LETTRES PORTUGAISES

LE BON HIVER

DU MÊME AUTEUR

LE DOMAINE DU TEMPS, Actes Sud, 2010.

Titre original :
O Bom Inverno
© João Tordo/Publicações Dom Quixote,
Alfragide, 2010

© ACTES SUD, 2012
pour la traduction française
ISBN 978-2-330-00596-2

JOÃO TORDO

Le Bon Hiver

roman traduit du portugais
par Dominique Nédellec

ACTES SUD

Men have called me mad ; but the ques-
tion is not yet settled, wether madness
is or is not the loftiest intelligence.

E. A. POE

Nous adorons l'hiver, car il est le prin-
temps des génies.

L'ARÉTIN

LA FEMME DE WILHELM RÖNTGEN

I

Après l'avoir déposé dans la nacelle du ballon, nous le laissâmes disparaître dans le ciel pâle du Lazio. Ce fut un moment tragique et, si nous n'avions pas succombé à cette torpeur lourde et lancinante qui s'était abattue sur nous, quelqu'un aurait levé le bras pour adresser, avec une larme ou un sourire, un dernier adieu à Don Metzger. Huit bras avaient été nécessaires pour transporter le corps depuis la voiture jusqu'à la gondole d'osier, où le sinistre Bosco, aidé comme toujours d'Alipio, avait gonflé d'air froid l'enveloppe de nylon noir, le grand ventilateur saturant de bruit cette si funèbre journée. Nous avions fait de notre mieux pour installer Don dans la nacelle – pour autant que cela fût possible avec un tel géant –, puis, dans un geste d'amour qui avait semblé prendre un tour cruel, Bosco avait ouvert la vanne du propane et allumé le brûleur. Les flammes avaient incendié l'air et soulevé la nacelle du sol comme pour la poser dans le creux d'une main invisible. Il était encore tôt ce matin-là et Don s'en allait déjà vers l'infini, tandis que des grappes de nuages aux différents tons de gris, baignées par un soleil mélancolique, progressaient lentement en direction de la montagne, avant de la survoler tels des anges en colère apportant avec eux le présage de temps funestes.

Pas un de nous ne bougea pendant que le ballon noir disparaissait dans les cieux, pas même lorsque celui-ci ne fut plus qu'une miniature se découpant sur l'immensité nébuleuse. Depuis la clairière, en un cercle disloqué, nous observâmes l'ultime ascension de Don, en sachant que c'était nous qui nous retrouvions seuls au monde, et pas lui. Peut-être le courage nous avait-il manqué ; peut-être pressentions-nous déjà, à cet instant, que nous ne saurions rien faire sans Don et que nous étions condamnés à rester à jamais sous le joug de son absence. C'est ainsi que débuta le Bon Hiver. C'était à Sabaudia, il y a quelques mois (même si j'ai l'impression que ça remonte à une éternité) et tout est arrivé par hasard. Pourtant, chaque fois que je repense à ce que j'ai vécu, je me dis qu'il n'y a peut-être pas eu le moindre hasard et qu'on peut tout expliquer. Avant de songer, avec un sourire et en hochant doucement la tête, qu'il est inutile de m'avancer de la sorte et que le mieux est encore de tout reprendre depuis le début.

En vérité, si les choses se sont déroulées de cette façon, c'est qu'il y a des raisons. Et, s'il y a des raisons, il doit être possible de les ordonner selon une certaine chronologie. Cela dit, c'est comme pour le fonctionnement de l'univers : le tout coïncide rarement avec la somme des parties. Il n'en reste pas moins que je dois certainement pouvoir expliquer ces parties ou, tout au moins, essayer : comment je me rendis en Italie quand mon destin était de revenir à Lisbonne depuis la Hongrie ; comment je passai ce temps-là en compagnie d'inconnus qui devinrent mes semblables et, plus tard, mes ennemis ; comment Don Metzger finit hissé à bord de la nacelle d'un ballon après avoir trouvé la mort ; comment ce ballon, tel un oiseau blessé réalisant sa dernière volonté, parcourut plus d'une centaine de kilomètres porté par les courants aériens avant de s'abîmer au large de l'île de Ponza. Etape par étape, il est possible de raconter cette histoire, même s'il est impossible, en définitive, de la comprendre. Pour ma part, je ne la comprends pas et mes compagnons d'infortune ne la comprennent pas non plus – soit parce qu'ils sont morts, soit parce qu'ils ont cessé d'exister pour moi, ce qui, en fin de compte, revient au même. Il y a toujours des raisons ; mais, comme chacun sait, elles ne seront jamais suffisantes. Cependant, et parce que toute histoire doit bien les exposer à un moment donné pour se valider elle-même, c'est précisément par elles que je commencerai.

II

La première fois que j'entendis parler de Don Metzger – un homme aussi fulgurant et fugace qu'une comète –, c'était dans un restaurant de Budapest, au printemps dernier. A cette époque, je vivais déjà sur mes allocations chômage depuis six mois et la Hongrie était bien le dernier endroit au monde où je pensais pouvoir me retrouver. J'atterris là-bas comme j'aurais pu tout aussi bien atterrir ailleurs et, malgré moi, finis par faire la connaissance de Vincenzo Gentile. C'est Vincenzo qui me parla de Don et c'est à cause de Vincenzo que je devais finalement séjourner quelque temps à Sabaudia, une ville de province sur la côte italienne dont jamais je n'avais entendu parler et qui habituellement ne figure pas dans les guides touristiques, pas même dans les guides italiens. Mais ce n'est certainement pas à cause de lui que j'avais arrêté de travailler, pas plus que ce n'est à cause de lui que j'étais devenu boiteux ; il serait injuste de le rendre responsable de tous les maux (et notamment de mes propres erreurs). Ainsi, s'il est vrai que l'Italien m'ouvrit les portes de l'enfer, il faut bien admettre que j'avais moi-même, et depuis un moment déjà, engagé ma vie sur une voie qui y menait tout droit.

Pour être honnête, elle ne valait pas grand-chose, ma vie. Quoi de plus ridicule qu'un écrivain qui ne croit pas en la littérature, quand bien même il s'imagine, paradoxalement, que celle-ci finira par le venger ? Eh bien, j'en étais là. Du reste, cela faisait déjà longtemps que je n'y croyais plus ; longtemps aussi que je faisais comme si ce n'était pas vrai ; c'est pourquoi j'ajournais sans cesse toutes mes décisions et vivotais sans être le moins du monde convaincu que l'existence fût un événement seulement digne d'être évoqué car, tôt ou tard, une œuvre magistrale finirait par me rendre justice. Donc, j'étais écrivain et, bien que ne croyant pas en la littérature – ou précisément pour cette raison, parce qu'il est des gens qui persistent à se taper la tête contre les murs –, j'envisageais l'avenir en plaçant tous mes espoirs dans une carrière littéraire qui se refusait à décoller et, parce que je ne savais que faire de ma vie, la traitais comme un rebut.

La vérité n'est pas aussi linéaire. La vérité, c'est qu'après plusieurs années à errer aux abords de la littérature, j'étais, pour tout dire, complètement épuisé. Sans m'en rendre compte, j'avais frappé à toutes les portes et j'étais devenu un professionnel de l'effraction, je pénétrais dans tous les milieux et proposais mes services pour tous types de travail avec une même disponibilité : pendant toutes ces années, je fus journaliste, correcteur, traducteur, créatif dans une agence de publicité, je rédigeai

16

des préfaces et des postfaces de livres, des discours pour des politiciens de seconde zone et, dans une période plus délicate, j'en fus réduit à écrire des menus dégustation pour des restaurants et les paroles d'un pousseur de chansonnette donnant dans le genre mariachi. En parallèle, je menais une carrière littéraire et, à l'automne, il y a deux ans, je publiai mon troisième roman, en étant à mille lieues de m'imaginer qu'avec ce livre je venais de clore un cycle – comme si le livre constituait la prémonition de quelque chose de monstrueux ou des temps qui s'approchaient. Ce roman était, comme les deux premiers, d'un pessimisme radical, tellement gratuit que nombre de lecteurs l'abandonnaient au bout de quelques pages, au motif que la réalité était déjà bien assez sinistre comme ça – dans mon premier livre, par exemple, un homme dont la famille périssait dans un incendie se claquemurait dans un appartement londonien et commençait à cohabiter avec des fantômes, à parler tout seul et à poursuivre des silhouettes dont l'existence lui semblait incertaine ; à la fin, il en venait à douter de sa propre existence et ainsi de suite, s'adonnant avec sadisme à un exercice de doute méthodique. Bref, c'était une succession d'horreurs. Néanmoins, les livres furent publiés, ils furent raisonnablement ignorés, après quoi, comme une vague qui reflue en charriant des ordures et des algues toxiques, les portes se refermèrent autour de moi à grand fracas. Ignorant les meilleurs conseils de mes parents et amis et ne sachant pas encore qu'il fallait faire attention à ce qu'on offrait au monde – car la misère et la solitude fictionnelles peuvent devenir réalité –, je finis par me faire renvoyer d'un emploi stable de scénariste dans une petite maison de production d'émissions télé, en septembre de l'année dernière, pour incompatibilité d'humeur avec mes collègues, avec mon chef et même avec les femmes de ménage qui bien souvent me retrouvaient en train de dormir dans les toilettes au beau milieu de la journée. Evidemment, je fis tout pour me faire licencier en adoptant des comportements d'insubordination qu'il est inutile de décrire ici et, deux ans après la publication du troisième roman – dont l'existence, comme celle des précédents, n'avait été qu'un feu de paille –, je décidai de monter à l'échafaud de ma propre initiative, convaincu que c'était là une attitude héroïque. Je ne saurais dire au juste pourquoi j'agis de la sorte. Peut-être parce que la littérature, chose extraordinaire et impossible à expliquer (et justement pour cela objet de constantes et vaines tentatives), avait été une ambition de jeunesse bien vite devenue une source de malentendus. Que ce fût parce que je ne croyais pas en moi ou que ce fût précisément pour le contraire – car, dans le fond, je me pensais capable de réaliser des prouesses –, je pris la décision, après avoir longtemps tâché de "gagner ma vie", comme on dit, de mettre un terme à cette flagrante perte de temps et de m'enfermer chez moi pour écrire l'œuvre avec laquelle j'allais enfin me venger du monde.

Comme il arrive presque toujours quand on prend ce genre de décisions, j'écrivis très peu mais bus énormément tout en pérorant sur des pages qui n'existaient que dans mon imagination. Les allocations chômage, ajoutées à quelques économies, rendaient possibles ce genre de velléités et j'avais quelques amis qui voulaient bien m'accompagner. De sorte que je m'enfonçai dans une sorte de marasme créatif et sentimental, persuadé que ce n'était pas un marasme mais plutôt un sortilège, une chose inévitable et inaccessible à toute justification rationnelle, trop obscure pour être comprise

– un charme ou un fléau, selon les points de vue. Cette langueur, pensais-je, devait faire partie du processus de création du fameux chef-d'œuvre ; c'était le destin d'un type qui finalement commence à devenir un véritable écrivain, avec cette très fine pellicule de pessimisme paralysant qui le coupe peu à peu de la réalité et qui, d'heure en heure, gagne imperceptiblement en épaisseur, jusqu'à ce qu'un jour plus rien ne puisse l'atteindre. Cependant, plus rien non plus ne peut le sauver, tellement il est isolé. A la vérité, que j'écrive ou non, j'avais toujours été d'un naturel pessimiste. Lorsque sur une route j'atteignais une certaine vitesse, par exemple, j'avais du mal à ne pas me mettre à penser à ce qui arriverait si, d'un léger écart de volant, je me déportais sur la voie d'en face et percutais de plein fouet une autre voiture ; quand je tenais un bébé dans mes bras, une sourde panique s'emparait de moi en songeant à ce qui m'attendrait si je le laissais tomber du haut d'un balcon. Bref, ce genre d'aberrations. Même imaginaire, une douleur est toujours une douleur ; elle est là quand on se couche le soir, elle est là avant le petit-déjeuner. Ainsi, avec le temps libre dont je disposais, habité par ce genre d'idées absurdes et une secrète défiance à l'égard de la littérature, je continuais à procrastiner, à boire et trouvais toujours une excuse pour remettre à plus tard la tâche malaisée qui consistait à m'asseoir pour enfin commencer à écrire.

III

L'histoire que j'ai à raconter commence peu après, un matin de décembre, il y a précisément un an, au cours duquel un événement mineur précipita tous les autres et ne tarda pas à tout bouleverser.

Je m'étais réveillé avec la gueule de bois et étais tombé dans l'escalier de mon immeuble au moment de sortir pour aller prendre mon petit-déjeuner. Je garde de cet instant un souvenir étonnamment précis : je me lavai les dents, j'avalai une gorgée du café insipide de la veille, je repensai au match de foot que j'avais oublié de regarder, ouvris la porte, sortis sur le palier et, arrivé devant l'escalier, je perdis connaissance et m'écroulai. Quand je retrouvai mes esprits, je me rendis compte de deux choses : la première, c'est que je souffrais d'une douleur lancinante à la jambe droite ; la seconde, c'est que j'avais également heurté le sol avec ma bouche et que, en plus de m'être ouvert la lèvre, je m'étais cassé une dent. Je saisis le bout de dent entre le pouce et l'index de ma main droite et, à cet instant précis, il m'apparut – comme tant de fois déjà par le passé, avec un coup sourd dans le cœur – qu'à l'évidence quelque chose ne tournait vraiment pas rond chez moi.

Avec l'aide d'un voisin, je me rendis à l'hôpital, où l'on m'annonça, à l'issue des examens, que j'avais une fracture du tibia. La jambe dans le plâtre, je rentrai chez moi quelques jours plus tard en compagnie d'une jeune femme armée de patience dénommée Magda, avec qui je sortais à l'époque et qui avait quitté son travail au milieu de l'après-midi pour venir me chercher (Magda travaillait dans une banque, était une lectrice obsessive de Milan Kundera et, pour quelque raison insondable, était amoureuse de moi). Je passai tout le mois de janvier chez moi, à regarder la télé et à manger la soupe et les plats préparés que Magda m'apportait quotidiennement. En plus de ça, elle me faisait du café, changeait mes draps et lavait mon linge, pendant que je tournais en rond avec une paire de béquilles, lançant des objets à terre et pestant contre le sort qui entravait l'avancement d'un roman génial qu'en réalité je n'avais même pas commencé. Progressivement, Magda perdait patience, puis, le jour où on m'enleva le plâtre, elle finit par la perdre pour de bon. Même si je continuais à boiter, j'insistai pour qu'on aille dans un bar au bord du fleuve où je me mis à boire trop et trop vite. Ensuite, je lui dis :

"Si tu savais comme j'en ai ras le bol de tout. Franchement, on peut pas dire que la vie soit un rêve. Ce serait plutôt une insomnie qui n'en finit pas dans une chambre infestée de moustiques."

Nous étions installés en terrasse. Elle se leva et glissa son sac sur l'épaule. Elle n'était pas d'humeur à me suivre sur ce terrain.

"Allez vous faire foutre, toi et ta métaphysique", lança-t-elle, puis elle me planta là sous une brève averse inattendue qui me trempa les cheveux et les vêtements.

Je restai assis une heure durant après le déluge – ou peut-être plus encore, je ne m'en souviens plus – à me lamenter sur mon sort. Ensuite, un serveur vint me dire qu'ils fermaient, je réglai l'addition et me mis à claudiquer dans la rue à la recherche d'un taxi.

Après cet épisode, les choses allèrent de mal en pis. Comme pour les personnages de mes livres, les ombres se refermèrent sur mon existence et, sans que je puisse rien faire pour me défendre, je devins le captif d'une prison que j'avais moi-même inventée. Cloîtré chez moi, seul et estropié, je me laissai emporter par une vague de tristesse qui semblait sans fin. A moins que je ne mente : ce n'était peut-être pas une vague de tristesse, plutôt de l'indifférence, cette espèce de lassitude résignée qui chez les hommes provoque une somnolence à des heures indues et les rend sensibles de l'estomac. J'errais en titubant dans les deux chambres et le petit salon de mon appartement comme un vieillard erre dans un asile, sans but ni raison. A l'occasion, j'allumais la télé. Un soir, assis dans mon canapé à regarder les images, je tombai par hasard sur une série américaine avec un médecin qui boitait et utilisait une canne. J'en regardai un épisode, puis un autre, et finis par devenir accro ; pendant les mois suivants, je ne ratai pas une seule diffusion. Lors de brefs moments de lucidité, je téléphonais à quelques amis, tous trop occupés par leur famille, leur travail, leur vie de tous les jours et sans une minute pour écouter mes lamentations. Dans des moments de folie, provoqués par la solitude, j'avais de violentes altercations avec un voisin dont les chiens envahissaient ma cour à la tombée de la nuit et y laissaient leurs déjections. En criant bien fort, le voisin me recommandait tantôt de me mettre au travail, tantôt d'aller consulter un médecin. Je retins la seconde proposition.

Fallait-il incriminer la série télé ou la fébrilité de mon état psychologique ? Toujours est-il que ma jambe ne semblait pas vouloir se rétablir. Le médecin m'assura que c'était un problème passager, avant de m'envoyer faire une série d'examens, ce qui acheva de me convaincre que quelque chose ne tournait pas rond et qu'il m'avait menti. La semaine suivante, je fis les radios dans un hôpital public. Les résultats ne révélèrent rien d'anormal, mais j'étais persuadé qu'il était en train de se fomenter une conspiration biologique contre moi parce que les douleurs à la jambe refusaient de disparaître. Je voulus prendre un autre avis. Après de nouveaux examens et d'innombrables consultations, mon diagnostic demeurait incertain. D'après plusieurs docteurs, je souffrais d'hypocondrie ; pour d'autres, d'un état de santé fragile sans cause apparente. Je finis par retourner voir mon premier médecin qui commença à me prescrire des anxiolytiques.

Lorsque pour finir je me résignai à accepter ce destin si cruel – être condamné à boiter pour le restant de mes jours –, je me rendis dans une boutique de la basse ville et m'achetai une canne Rosewood en acajou brun, avec un pommeau également en bois. Je me mis à l'utiliser chez moi et lors de longues promenades à la tombée du jour dans le parc qui se trouvait non loin de mon appartement et que fréquentaient des vieux et des pigeons, les seconds aussi décatis que les premiers. Lorsque, au mois de mars, j'entrai dans son cabinet pour lui montrer les résultats des derniers examens en tenant ma canne à la main, mon médecin écarquilla les yeux. Ensuite, il fixa longuement les enveloppes que je lui apportais, les ouvrit, consulta la paperasse avec cet air énigmatique qu'ont les médecins, marmonna quelque chose d'imperceptible et finit par me demander pour quelle raison je marchais avec une canne. Je lui expliquai que je ressentais toujours des douleurs et qu'il m'était pénible de traîner cette jambe partout où j'allais sans aucun appui. Il se contenta de jeter un œil une dernière fois sur les bilans et répéta qu'il n'y avait aucune raison plausible pour expliquer mon état.

"Vous allez me laisser cette canne au placard, me lança-t-il, sur un ton paternaliste. Vous avez à peine plus de trente ans et vous marcheriez comme un vieillard ? Le diable lui-même n'imaginerait pas une chose pareille.

— Le médecin de la série télé en a bien une, lui, rétorquai-je.

— Oui, mais il a aussi la célébrité, l'argent, et l'âge d'être votre père."

Il me parla ensuite de troubles psychosoma-
tiques et nota sur une ordonnance le téléphone
d'un psychiatre. Je quittai son cabinet sans dire un
mot, en m'aidant de ma canne à chaque pas, et à
la sortie de l'hôpital je jetai la feuille à la poubelle.

Si jusque-là j'avais été pessimiste, après avoir
acheté ma canne je devins cynique. Un homme
jeune avec une canne pouvait se payer le luxe de
mépriser le monde ; par conséquent, j'avais bien
l'intention de profiter de cette opportunité pour
régler mes comptes avec la réalité. Il y avait dans
cet objet – ainsi que dans la douleur que je ressentais en permanence à la jambe et dans la certitude
qu'en moi quelque chose était en train de pourrir –
de quoi transformer tout le scepticisme de ma jeunesse en pur fiel. Je n'arrivais pas à marcher sans
boiter et pourtant tout le monde jetait sur moi le
même regard incrédule que le médecin, comme
si j'étais fou et que j'imitais un infirme uniquement
pour le plaisir. Il avait raison sur un point : le diable
n'avait pas encore songé à un homme d'à peine
plus de trente ans muni d'une canne ; il fallait faire
preuve d'un peu plus d'audace pour se rappeler à
son bon souvenir.

Un soir, en entrant dans mon immeuble, je tombai sur Magda assise sur les marches du hall. L'espace
d'un instant, j'imaginai de théâtrales réconciliations,
mais elle m'expliqua qu'elle venait récupérer quelques
affaires qu'elle avait laissées chez moi.

"Tu aurais pu m'appeler pour me prévenir, dis-je
en boitant vers l'ascenseur, la main droite sur la
canne.

— J'ai essayé de téléphoner je ne sais combien
de fois, mais tu ne décroches jamais. Qu'est-ce que
c'est que ça ? demanda-t-elle en désignant la canne.

— Je suis malade, lui dis-je.

— Malade ? Et c'est quoi comme maladie ? m'interrogea-t-elle avec une pointe de mépris pendant que nous franchissions les portes rouillées de l'ascenseur.

— Diagnostic incertain, répondis-je. Encore qu'on puisse raisonnablement penser qu'il s'agit d'un cancer des os."

Magda leva les yeux au ciel, ce qui me donna envie de la gifler. Puis je regardai son visage symétrique – avec ses yeux marron très clair, ses cheveux blonds – et ses longues mains aux doigts effilés et aux os saillants, comme si son squelette avait eu envie de se montrer. Je fixai longuement ses seins, petits mais parfaits.

"Le cancer ne t'a pas coupé l'envie", dit-elle en sortant de l'ascenseur pour gagner le palier.

Nous parcourûmes le couloir plongé dans l'obscurité sans dire un mot. Au-dehors, la sirène d'une ambulance rappelait l'existence de la ville. Cinq minutes plus tard, Magda ressortait avec un carton rempli de livres, de disques et de quelques vêtements qu'elle avait éparpillés à travers l'appartement et que je ne m'étais pas soucié de ranger.

"Prends soin de toi", me dit-elle.

J'appuyai tout mon corps sur la canne, en tenant le pommeau des deux mains.

"Je ferai de mon mieux."

Magda s'éloigna.

"Au fait, j'ai lu ton dernier livre", dit-elle, avant de monter dans l'ascenseur.

J'eus comme un spasme d'anxiété.

"Ah ? Et qu'est-ce que tu en as pensé ? demandai-je, feignant l'indifférence.

— C'est chiant. On a l'impression qu'il fait deux fois son nombre de pages."

Magda entra dans l'ascenseur, les portes se refermèrent derrière elle. Je lâchai un juron, sentant la rancœur s'accumuler dans ma gorge. Je rentrai chez moi et, d'un coup bien ajusté de ma Rosewood, décanillai une tasse qui se trouvait sur l'évier de la cuisine.

C'est un vendredi après-midi que je reçus le coup de fil. Je n'étais pas sorti depuis plusieurs jours et, en me traînant, je faisais de sporadiques allers et retours entre la cuisine et le salon où je m'asseyais dans le canapé pour lire un livre dont j'ai oublié le titre et l'auteur. Je lisais pour lire, sans m'intéresser vraiment. La télévision ne marchait plus depuis la fin mars et, maintenant que j'étais privé de la série américaine avec le médecin pour me divertir, l'ennui s'était installé. Ça m'ennuyait de rester chez moi et ça m'ennuyait de sortir ; je n'avais aucune raison, en vérité, pour me trouver où que ce soit. En attendant, les factures impayées s'accumulaient dans ma boîte aux lettres ; j'avais décidé de les ignorer, par crainte d'avoir à me pencher sur le solde de mon compte en banque. Après tant de mois sans travail, avec les dépenses supplémentaires dues aux consultations et aux examens, j'étais probablement en train d'épuiser mes dernières économies et les allocations chômage ne seraient pas suffisantes pour me nourrir. La perspective de reprendre le travail, cependant, m'effrayait.

Il est étrange, dans ces conditions, que j'aie répondu à cet appel ; mais le fait est que j'y aie bel et bien répondu. C'était un vendredi pluvieux du mois d'avril. Le téléphone sonna et, sans réfléchir à ce que je faisais – et après avoir passé des semaines à ignorer précisément cette même sonnerie –, je tendis le bras et portai le combiné à mon oreille. Me parvint alors la voix de la secrétaire de la maison qui publiait mes livres, m'annonçant qu'elle me passait l'assistant éditorial. Celui-ci me salua et m'informa qu'il restait une place pour participer à un cycle de conférences en Hongrie, organisé par des écrivains européens, avant de me demander si je serais disponible pour m'y rendre.

"Non, répondis-je.

— C'est payé, dit-il.

— Quoi ?

— La conférence. C'est payé, et bien payé."

Je voulus à nouveau refuser, mais hésitai. Il y eut un blanc.

"Tu serais disponible ? demanda l'assistant.

— Oui. Enfin, ça dépend.

— Ça dépend de quoi ?

— Le séjour aussi est payé ?

— Tout est pris en charge par l'European Writers Bureau.

— Qu'est-ce que c'est que ça ?

— C'est une nouvelle structure à Bruxelles. Un organisme, pour reprendre un terme qu'ils affectionnent, fondé par un Suédois, et tu sais comment sont les Suédois.

— Ahan", répondis-je, sans savoir le moins du monde comment étaient les Suédois.

Me vinrent à l'esprit des images de films pornos des années 1970.

"Ce qui signifie que tu es logé, nourri et que tu touches une indemnité journalière tout ce qu'il y a de raisonnable. Plus un chèque à la fin.

— Combien de temps ?

— Une semaine en juin."

J'inspirai profondément. Ça représentait une somme.

"D'accord."

Il y eut un moment de silence.

"D'accord ? répéta-t-il.

— Quoi ? Il y a un problème ?

— On était persuadés que tu allais refuser. On avait organisé des paris ici au bureau.

— Pourquoi m'avez-vous appelé alors ?

— Pour en avoir le cœur net, tiens.

— Et pour quelle raison aurais-je refusé ?"

Nouveau silence.

"La rumeur court que tu serais malade, répondit l'assistant.

— Effectivement, confirmai-je d'une voix sinistre.

— Bon, pour tout dire, j'ai vu Hector la semaine dernière et il m'a raconté que vous vous étiez rentrés dedans sur un trottoir il y a quelque temps.

— *Rentrés dedans ?* Aucun souvenir.

— Il m'a dit que tu marchais dans la rue les yeux rivés au sol, avec une canne, et que tu butais dans les gens comme si tu étais miraud. Il t'a bousculé, tu l'as insulté et tu es reparti."

Je fouillais dans ma mémoire à la recherche d'un tel épisode. En vain.

"Ça ne me dit absolument rien.

— Eh bien lui, il s'en souvient, répondit l'assistant. Tu l'as traité de fils de pute en lui demandant de regarder où il allait.

— Ah, dis-je, lassé par la conversation. Il faut que je te laisse. Je dois prendre mes médicaments et l'infirmière ne peut rester que jusqu'à six heures. Après, je dois changer le cathéter tout seul."

Cette fois, il n'y eut pas de réponse à l'autre bout du fil.

"Rappelle-moi en juin pour les détails", dis-je pour conclure et je raccrochai*.

---

* Que croyez-vous ? Que je suis un narrateur digne de confiance ? Que je suis là pour raconter toute la vérité et rien de moins que la vérité ? Le problème avec la "vérité", de toute évidence, c'est qu'elle constitue une ruse qui ne marche que dans la fiction ; on ne saurait assimiler réalité et vérité,

IV

La seconde semaine de juin, je partis pour Budapest. Les préparatifs ne furent guère faciles. Je
téléphonai à la compagnie aérienne qui avait émis
le billet transmis par la maison d'édition et demandai une place pour personne handicapée. La dame
qui me répondit me pria d'être plus précis. Je lui
dis que j'étais en train de mourir. Elle resta silencieuse quelques secondes puis m'indiqua que
c'était une compagnie *low cost* et qu'ils ne propo-
saient pas de conditions particulières, pas même
pour les gens en train de mourir, ce qui, à bien y
réfléchir, était le cas de tous les passagers. Je reconnus qu'elle avait de l'humour et laissai tomber.
Il y avait d'autres problèmes plus urgents : faire
mes valises, préparer la conférence et rassembler
tout mon courage pour sortir de chez moi. La première tâche fut la plus facile ; la deuxième, je la
gardai pour le trajet en avion ; quant à la troisième,

puisque tout dépend du point de vue de l'observateur. Le
point de vue est la condition première du récit et le récit la
condition première de la fiction. Précisément parce qu'il
s'agit ici d'une histoire authentique, rien ne dit qu'un autre
observateur ne viendra pas démentir l'ensemble des faits
que je m'apprête à exposer – quoique, ironiquement, et au
bénéfice de la "vérité", aucun autre observateur ne puisse
revenir sur les sinistres événements du Bon Hiver, pas même
pour les démentir. Chacun pourra s'aider des journaux et
vérifier certains faits rapportés dans ce récit, notamment
ceux de notoriété publique : l'existence de Don Metzger et
le lieu où fut déclarée sa disparition ; l'existence de Vincenzo
Gentile, écrivain italien ; l'existence de la propriété de
Metzger, située entre la via Litoranea et la strada Statale 148,
à environ sept kilomètres de Sabaudia, au milieu d'un bois.
Cette série de vérifications suffira à dissiper l'idée, qui a peut-
être déjà germé dans l'esprit du lecteur, selon laquelle le
narrateur aurait une imagination trop fertile.

je réglai l'affaire en demandant à un taxi de venir me chercher en bas de l'immeuble afin d'éliminer toute possibilité de me défausser.

Budapest était complètement différent de ce à quoi je m'attendais. D'un côté du fleuve, c'était une ville européenne aux allures impériales ; de l'autre, une espèce de village médiéval avec des châteaux et des petits palais. Le mot qui désignait une rue était *utca, tér* signifiait place. Pour le reste, la langue était absolument incompréhensible. A l'aéroport, je pris un taxi et montrai au chauffeur l'adresse de l'hôtel que j'avais notée dans un carnet. Il regarda ma canne, hocha la tête avec une expression de solidarité et, à la fin, refusa le pourboire. Sans la moindre envie de faire du tourisme ou de découvrir les attractions locales, je restai dans ma chambre d'hôtel le premier soir – ce n'était pas vraiment un hôtel, plutôt une auberge médiévale aux murs de pierres, aux plafonds si bas que je m'y cognais la tête chaque fois que je montais l'escalier étroit qui conduisait au second étage, déclenchant ainsi les rires timides des demoiselles de la réception. Allongé sur mon lit, je jetai un œil sur ce que j'avais écrit dans l'avion pour la conférence. Une succession de gribouillis indéchiffrables. Je résolus de tout reprendre. Le thème proposé était : les nouvelles tendances de la littérature européenne. Sans savoir le moins du monde par où commencer ni de quelles tendances il pouvait bien être question, je griffonnai quelques imbécillités, avant de finalement décider de m'en remettre à mon inspiration le moment venu. A deux heures du matin, ma jambe se remit à me faire souffrir et m'empêcha de dormir jusqu'au lever du jour. A huit heures, le téléphone sonna : c'était Eva Kalman, l'organisatrice du festival de littérature, qui me convoquait à une réunion à l'autre bout de la ville. Je me maudis d'avoir accepté de faire ce voyage et me levai avec un grognement.

Le palais Károlyi se trouvait au centre de Pest. Le taxi emprunta lentement le pont qui enjambait le Danube et déblatéra sans discontinuer, dans un anglais pitoyable, sur les problèmes des handicapés dans les transports publics. Je tentai de lui expliquer que j'étais pressé, mais il était trop absorbé par sa diatribe. Lorsque j'arrivai au palais, il était dix heures passées et la réunion avait déjà commencé. Je grimpai maladroitement l'escalier principal de l'édifice – un authentique palais du XIXᵉ siècle, avec des salons de danse et d'immenses rideaux de velours comme je n'en avais jamais vu que dans des films – et, suivant les indications d'un gardien, me dirigeai vers la salle de conférences. J'avais à peine ouvert la porte que ma canne glissa sur le revêtement en lino : je perdis l'équilibre et, dans la seconde, me retrouvai par terre. J'entendis les exclamations inquiètes d'une douzaine de personnes. Une femme blonde et boulotte vint m'aider à me remettre debout et, avec délicatesse, me redonna ma canne.

"Je ne savais pas", me dit-elle en anglais, avec un fort accent.

Une fois relevé, je rajustai mes vêtements. Certaines personnes se mirent à rire, d'autres me fixèrent, l'air étonné. La femme se présenta : c'était Eva Kalman. Elle avait un sourire sympathique et les yeux bleus d'une enfant.

"Asseyez-vous", me dit-elle.

Une vingtaine de chaises étaient disposées en cercle. Je pris place et regardai autour de moi : le groupe était des plus étranges, composé de gens d'âges différents et ressemblant plus ou moins à des clochards. Un garçon très maigre et une fille me dévisageaient avec curiosité depuis l'autre côté de la salle. Je pris ma canne sur mes genoux et desserrai mon col : la chaleur de juin envahissait les lieux qui sentaient le renfermé. Je jetai un coup d'œil rapide sur le couple. Ils avaient tous deux des yeux marron clair, même si lui était brun et elle très blonde, avec des cheveux presque blancs. Ils me semblaient très jeunes et la fille était extraordinairement belle.

Eva Kalman fut à la peine une demi-heure durant avec son anglais rudimentaire. Elle présenta chacun des participants – la plupart des écrivains venaient d'Europe de l'Est et portaient des noms à coucher dehors ; le garçon qui m'avait observé s'appelait Vincenzo Gentile et était italien –, avant de détailler le cycle de conférences du lendemain. Pendant la présentation d'Eva Kalman, je dus faire des efforts pour ne pas m'endormir : avant de quitter l'hôtel, j'avais pris trois comprimés contre la douleur et mon corps semblait désormais avoir cessé de répondre pour se laisser glisser dans une somnolence incontrôlable. A la fin, vaincu par l'engourdissement, je descendis lentement l'escalier du palais Károlyi et m'échappai par une porte de derrière, d'où l'on apercevait un beau jardin illuminé par le soleil de cette fin de printemps. On entendait résonner le bruit de ma canne sur les pierres à mesure que je marchais. Je me dirigeais vers la sortie lorsque j'entendis quelqu'un m'appeler par mon nom.

"Eh là ! Pourquoi partir si vite ?"

Vincenzo était adossé à l'une des colonnes de la façade latérale de l'édifice. A ses côtés se trouvaient la blonde et une autre fille que je ne me rappelais pas avoir vue lors de la présentation. Je m'approchai à pas lents, conscient d'être sérieusement diminué.

"Comme tu peux le voir, je mets bien plus de temps que la normale pour aller où que ce soit. Il fera sans doute nuit avant que j'aie réussi à retraverser la ville."

L'Italien me regarda et sourit. Il avait des dents tordues et des yeux profonds. Ses cheveux étaient épais comme de la paille et se dressaient dans tous les sens. Il portait une veste noire, une cravate et un jean. Les filles souriaient.

"Voici une de tes compatriotes", dit-il, une cigarette à la main, en désignant l'inconnue.

Elle était rousse et grande, le visage couvert de taches de rousseur. Elle devait avoir mon âge, peut-être un peu plus. Je la saluai d'une poignée de main. Elle s'appelait Nina M. Pascal et parlait anglais avec un accent britannique.

"Portugaise ? demandai-je, incrédule.

— Par la bande, en quelque sorte, répondit Nina. Mon grand-père est né au Portugal, mais de parents étrangers.

— Nina vit à Londres, expliqua Vincenzo. Elle représente une agence littéraire internationale.

— Ah bon, et tu es venue dénicher des talents méconnus ?"

Nina sourit. La blonde restait immobile et nous observait ; elle avait l'air d'une créature docile.

"Pas du tout, répondit Nina. J'ai bien quelques rendez-vous avec des éditeurs, mais rien de significatif. Vincenzo et moi, on se connaît depuis quelque temps déjà et quand il m'a dit qu'il venait à Budapest, j'ai voulu profiter de l'occasion. Je n'étais jamais venue en Hongrie."

Un groupe d'écrivains franchirent la porte de derrière que j'avais empruntée. C'étaient, dans leur grande majorité, les représentants de l'Europe de l'Est. Ils nous ignorèrent et gagnèrent la sortie.

"Regarde-les, dit Vincenzo. Les pauvres arrière-petits-enfants de Lénine."

Aucun de nous ne rit et lui-même sembla oublier son commentaire aussitôt prononcé. J'observai le groupe : on eût dit une bande de corbeaux égarés, épaules affaissées, têtes basses, marmonnant d'obscures langues slaves. Ensuite Vincenzo se frotta les mains et parut s'animer.

"Bon, alors, on y va ? lança-t-il.

— Où ça ?

— Manger un morceau, boire des coups, ce genre de choses. Voir la ville."

J'hésitai un instant.

"En fait, je vais peut-être rentrer à l'hôtel, moi. Demain il y a la conférence et, comme tu l'auras compris, je serais un vrai boulet pour vous."

Vincenzo regarda la canne que je tenais et, d'un geste soudain, me l'arracha de la main. Je perdis l'équilibre et, tant bien que mal, dus prendre appui sur une jambe en laquelle j'avais perdu toute confiance.

"Rends-moi ça", lui dis-je, irrité.

Il serra la canne dans la paume de ses mains et l'observa attentivement. Les filles le regardaient.

"Vincenzo ! finit par dire la blonde, sur un ton de reproche.

— Oh, Olivia, du calme. Je jette juste un œil. Ce n'est pas tous les jours qu'on voit une canne Rosewood aux mains d'un écrivain." Il me fixa. "Tu savais que c'est l'un des meilleurs fabricants américains de cannes, de clubs de golf et de tees ? La tienne a même un pommeau Fritz. On n'a pas affaire à n'importe qui."

Vincenzo me rendit la canne, que j'acceptai avec empressement, impatient de retrouver l'équilibre. Puis il me fit un clin d'œil.

"Je meurs de faim. On y va ?"

V

L'épisode avec la canne avait été grotesque et aurait pu poser problème si, au long de cet après-midi,

34

Vincenzo n'avait pas montré que le seul motif l'ayant conduit à agir ainsi était la curiosité. Il avait tout juste vingt-cinq ans et, dans sa jeunesse et sa fougue, je reconnus un peu ce que j'avais perdu avec le passage du temps. Il n'en restait pas moins que sa présence finissait par être épuisante. Vincenzo voulait vivre chaque chose avec l'intensité d'une tornade : il parlait à cent à l'heure, marchait presque aussi vite et, au cours d'une conversation, se retrouvait souvent à discuter tout seul puisque j'étais resté à la traîne, incapable de le suivre, progressant à pas lents au rythme de ma canne. Curieusement, Vincenzo était à la fois le mal et le remède, dans la mesure où, dès le départ, il s'était montré aussi précautionneux avec moi qu'un éléphant avec un vase de cristal. Cette attitude, en dépit de ce qu'elle pouvait avoir d'agaçant, était tout à son honneur.

Nous déjeunâmes en terrasse près du fleuve. J'appris qu'Olivia était la petite amie de l'Italien, mais lorsqu'elle me le dit, Vincenzo se contenta de hausser les épaules.

"On se connaît depuis longtemps", dit-il tout en fumant.

Il fumait en permanence. Il avait plusieurs paquets dans les poches de sa veste et allumait cigarette sur cigarette. Il ne cessa pas de fumer tandis que nous partagions un ragoût et buvions du vin en regardant les gros piliers qui soutenaient le pont sur le Danube. Il m'expliqua également l'intrigue de son unique roman publié. Intitulé *L'ultima rivoluzione*, c'était un livre dense et acrobatique sur un groupe d'Italiens qui décidaient, au plus fort de leur jeunesse, de refaire Mai 68 à Rome. Nina, assise à côté de moi, n'arrêtait pas de le couper par des questions que Vincenzo semblait recevoir avec la même violence que des tirs à balles réelles qui auraient interrompu son discours. Tout cela est bien artificiel, pensai-je avec bienveillance ; rien de plus normal chez un écrivain aussi jeune. Ensuite, Olivia m'interrogea sur le type de livres que j'avais écrits. Je m'agitai un peu sur ma chaise – le vin avait réussi à atténuer la douleur mais l'avait transformée en une démangeaison continue – et j'esquivai la question. Je n'avais aucune envie de parler de livres et encore moins de lui expliquer en quoi consistaient les miens.

"Ce sont des polars, mentis-je. Ils n'ont pas grand intérêt, à moins que tu n'aimes les polars."

Olivia me fixa de ses grands yeux. On lisait une certaine ingénuité sur son visage, mais aussi une étrange mélancolie qui semblait trahir une profonde détresse.

"Ce n'est pas très sympathique de ta part de présumer que je ne m'intéresse pas aux polars", répondit-elle, étonnamment offensée.

Je me tournai vers Vincenzo qui sourit, d'un air sardonique.

"Ce qu'il a probablement voulu dire, intervint Nina en s'adressant à Olivia, c'est que l'intrigue des romans policiers est plus linéaire que celle d'un livre comme celui de Vincenzo. Ils appartiennent à un genre que tout le monde connaît et qu'il ne vaut pas la peine d'expliquer ici dans le détail." Elle se tourna vers moi : "C'était bien ça ?"

La question resta en suspens. Vincenzo but une gorgée de vin et je posai la main sur le pommeau de la canne, cherchant une position qui me fût agréable.

"Oui, ça devait être ça." Je regardai Olivia : "Je n'ai pas voulu être déplaisant", dis-je, sans avoir la moindre envie de m'excuser.

L'expression indignée du visage d'Olivia s'adoucit.

"Ou peut-être que ce n'était pas ça du tout, mais pourquoi se disputer alors qu'on vient tout juste de faire connaissance ?" conclut Vincenzo.

Olivia lui jeta un regard de travers, Vincenzo fit un clin d'œil à Nina, qui fixa l'Italien pendant un moment. Olivia se leva et, tout en s'éloignant, annonça qu'elle allait fumer une cigarette au bord du fleuve. Vincenzo reposa son verre sur la table.

"Je reviens", dit-il.

Je restai seul avec Nina. Des trois, c'était clairement la plus adulte ; quelque chose en elle inspirait confiance. Elle semblait tout à la fois éminemment accessible et suffisamment distante pour être capable de garder un secret. Elle me raconta qu'elle avait rencontré Vincenzo à Brighton, où vivait son compagnon. Il était écrivain lui aussi et ami de l'Italien. Je lui demandai comment il s'appelait : c'était un Anglais du nom de John McGill. J'avais déjà entendu parler de lui, il avait publié un roman, apparemment extraordinaire, avec une histoire qui se passait dans les égouts de Londres. Nina m'indiqua que des discussions étaient en cours pour une adaptation cinématographique du roman. Je ne fis aucun commentaire ; je pressentais le navet à la sauce hollywoodienne.

"J'ai lu une critique du livre quelque part, dis-je. Ça m'a paru être une bonne histoire."

Près du pont, Vincenzo et Olivia fumaient. Ils se tenaient debout, côte à côte, et Vincenzo parlait en gesticulant. Olivia l'écoutait. Elle était aussi grande que lui et avait de longues jambes que laissait voir une courte jupe marron.

"Parfaits l'un pour l'autre, tu ne trouves pas ? lança Nina.

— Absolument.

— C'est grave ?" demanda-t-elle, en désignant ma jambe du menton.

Je haussai les épaules.

"J'ai bien peur que oui.

— Quel est le pronostic ?

— Aucune idée. Le médecin dit que tout est dans ma tête. Que c'est psychosomatique. La vérité, c'est que j'ai des douleurs en permanence. La douleur, ce serait psychosomatique ? Je ne sais pas. Ce que je sais en revanche, c'est que pour faire mal, ça fait mal.

— La blessure fait mal comme elle fait mal, n'est-ce pas ainsi que disait le poète ?

— Précisément, répondis-je. A bien y réfléchir, que savent les médecins, dans le fond, de notre douleur ? Que savent-ils de nous ? Tout ce qu'ils ont, c'est des chiffres, des tableaux, ces maudites radios... Tu sais ce qu'a déclaré la première personne à avoir été soumise aux rayons X, à la fin du XIXᵉ siècle, en voyant le cliché ? Qu'elle avait l'impression de voir la mort en personne."

Nina se mit à rire et alluma une cigarette. Elle fumait des Mayfair, une marque que je n'avais pas vue depuis la dernière fois que j'étais allé à Londres, près de dix ans auparavant.

"Réfléchis bien à la question, insistai-je. Y a-t-il quelque chose de plus ressemblant à l'image qu'on se fait de la mort – avec les squelettes, les têtes de mort – qu'une radiographie ? La première à avoir été faite, c'était sur la main gauche de la femme de l'inventeur de cette maudite machine, un certain Wilhelm Röntgen. Tu l'as déjà vue ? C'est effrayant, une image morbide. C'était la première fois qu'on pénétrait à l'intérieur d'une personne, qu'on la photographiait de l'intérieur, et voilà le résultat. La mort en personne, comme a dit la pauvre femme. Elle a dû avoir une de ces trouilles ! Et si elle n'en est pas morte, justement, c'est sans doute pour que l'ironie de la situation ne vire pas au ridicule.

— Ce n'est qu'une image, dit Nina. Ce n'est rien de plus que ça.

— Ce n'est pas tout à fait vrai, rétorquai-je. Je suis sûr que la science a cru, pendant longtemps, qu'elle pourrait sauver non seulement le corps, mais aussi l'âme. Et que l'âme se trouvait quelque part à l'intérieur de nous, que c'était une chose que personne n'avait jamais vue, une lumière ou un souffle, une substance fugace. Ensuite, la science progresse et la première représentation qu'elle nous offre de l'intérieur de l'homme – où est censée se trouver la fameuse âme éternelle – ressemble à une image tirée d'un film d'horreur. Franchement, c'est à désespérer.

— Tu sembles vraiment avoir peu de foi en la médecine, à ce que je vois", commenta-t-elle. Puis elle sourit de son ironie. "Si ç'a un sens de dire une chose pareille."

Vincenzo et Olivia avaient disparu. La rue József-Attila commençait à s'emplir d'employés quittant leurs bureaux pour gagner les bars et les restaurants du quartier.

"En ce moment, j'ai foi en pas grand-chose", ajoutai-je, en buvant une gorgée du vin qui se réchauffait dans le verre.

Je regardai autour de moi à la recherche des Italiens, sans parvenir à les apercevoir.

Ensuite, Nina me parla un peu d'elle. Elle s'exprimait lentement, en multipliant les pauses, ce qui donnait à la conversation un tour tranquille, une sérénité peu fréquente. C'était agréable de l'écouter : elle avait une voix mélodieuse et cette intonation des documentaires de la télévision. Elle m'expliqua qu'elle travaillait dur dans l'agence littéraire, sans que rien l'y oblige. Elle avait hérité une certaine somme de sa famille, l'avait placée avec bon sens et, en une décennie, sa fortune avait triplé. L'héritage lui venait de son grand-père, mort en 1984 – après avoir dit cela, elle s'empressa d'ajouter qu'une partie de l'argent lui servait à faire des dons réguliers à des institutions caritatives.

"Personne n'est coupable d'être riche, dis-je, en nous resservant du vin.

— Quand même, répondit Nina. Si j'ai plus d'argent que ce dont j'ai besoin, j'ai l'impression que je dois quelque chose aux autres. Tu n'es pas de cet avis ?"

Je haussai les épaules. "Comment ton grand-père s'est-il enrichi ?"

Nina écrasa sa cigarette dans la soucoupe de sa tasse à café. "Il faisait des affaires au Portugal. Dans le domaine où j'ai grandi, au milieu de l'Alentejo." Elle prononça le mot à la portugaise. "Le plus bel endroit que tu puisses imaginer. Mais la partie la plus importante de l'héritage qu'il m'a laissé n'est pas sa fortune.

— C'est quoi alors ?

— L'amour des livres. J'étais très jeune quand il est mort et, à cette époque, je n'avais pas encore la passion des mots. Aujourd'hui, bien souvent, je repense à l'énorme bibliothèque de mon grand-père. Je crois ne jamais l'avoir vu sans un livre à la main.

— D'où un petit ami écrivain", la taquinai-je.

Elle rit. "Oui. Peut-être ne suis-je réellement tombée amoureuse de John qu'après l'avoir lu.

— Tu sais ce qu'il y a de bizarre ? lui demandai-je en souriant, sans pourtant en avoir très envie. Moi, pour ce qui est de la littérature, j'ai régressé. Je veux dire, je lis toujours des romans, évidemment. Mais je me suis aperçu que les romans ne me disaient rien. Ou ne me disaient plus rien, je ne sais pas. Je les lis comme je lis le journal : sans amour, soupçonnant légèrement que ce que je suis en train de lire est une rumeur sans fondement. Comme si je lisais des nouvelles sur des choses arrivées à d'autres. On ouvre, on referme et on oublie.

— Je te comprends, répondit Nina.

— Pourquoi ça ?"

Nina réfléchit un instant.

"Si je dis n'importe quoi, tu m'arrêtes. Mais je crois de plus en plus qu'il ne vaut la peine de lire un roman – en l'occurrence, un bon roman – que lorsqu'on a une question en tête pour laquelle on n'a pas de réponse. Ou, si on a la réponse, pour en avoir le cœur net."

Je fus intrigué. Je lui demandai de poursuivre son explication.

"Si tu y réfléchis bien : on pourrait dire la même chose pour ce qui est d'écrire des livres, tu ne crois pas ? Dans le fond, l'auteur n'est-il pas le seul à être intéressé par ce qu'il écrit ? Je veux dire, à quoi bon inventer des histoires à tort et à travers si ces histoires n'apportent pas de solution, temporaire ou absolue, à une énigme ?

— On a tous des énigmes à déchiffrer, répliquai-je. Pour autant, on ne lit pas tous de la fiction. Et on est encore moins nombreux à en écrire.

— Justement, répondit Nina. Parce que des gens différents trouvent des réponses de manière différente. Certains les trouvent dans leur vie ; je fais peut-être partie de ce groupe. Pour d'autres personnes, les réponses n'apparaissent que lorsqu'elles se déguisent en n'importe quoi, en quelqu'un qu'elles ne sont pas. Quand elles se mettent à la place d'un personnage à qui ensuite elles infligent des souffrances. C'est bien ce qui se passe dans les romans.

— En même temps, c'est une forme de lâcheté, répondis-je. Laisser les autres vivre les choses à notre place. Même quand il s'agit de personnages de notre invention.

— Ça, c'est sûr, acquiesça Nina en souriant. Les écrivains, au bout du compte, ne sont que de grands lâches et de grands menteurs. Il leur arrive d'être très courageux, mais c'est rare. La plupart du temps, ce ne sont que des lâches et des menteurs."

Je restai sans réponse et, à cet instant précis, Vincenzo et Olivia nous rejoignirent. Olivia avait une fleur pourpre dans les cheveux. Elle souriait et donnait la main à Vincenzo qui avait une cigarette au coin des lèvres. La fumée lui entrait dans les yeux et il clignait beaucoup des paupières.

"Regardez ce que m'a acheté Vincenzo, lança Olivia, toute fière de sa fleur.

— Et si on demandait l'addition ?" proposai-je en m'appuyant sur la canne pour me lever.

VI

Nous passâmes l'après-midi à déambuler dans la ville, entrant et sortant des cafés et des bars. J'avançais lentement mais, avec l'alcool constamment en train de me courir dans les veines, les douleurs n'étaient plus qu'une légère gêne. Vincenzo et Olivia menaient la marche, soûls et bavards. L'Italien semblait être quelqu'un de bien inconstant : tant pis pour lui, pensai-je. Je n'avais pas pour projet de me faire des amis et il m'était indifférent que mes collègues conférenciers m'apprécient ou me détestent ; je voulais remplir mon rôle, toucher le chèque et fuir tout ça le plus vite possible, pour retrouver le confort anesthésiant de mon appartement.

Vers les cinq heures de l'après-midi, Nina nous quitta. Elle devait revenir à son hôtel et se préparer pour un dîner avec deux agents littéraires qui se trouvaient à Budapest à l'occasion de la conférence. Je voulus moi aussi battre en retraite, mais Vincenzo parvint à me convaincre de dîner avec eux – plus tard, nous pourrions prendre un taxi ensemble puisque leur hôtel se trouvait non loin du mien. Poussé par une légère ébriété, j'acceptai. Nous avions passé l'après-midi à parler de livres, de cinéma, de la vie à Rome et de la vie à Lisbonne ; je m'étais laissé porter par la banalité de la conversation et subitement je m'aperçus que j'avais faim. Cela faisait très longtemps que je n'avais pas eu faim de la sorte – ou, du moins, ce type de faim, plus proche de la gloutonnerie que du besoin de manger – et je suggérai qu'on se mît à la recherche d'un restaurant correct.

Nous allâmes au *Borbíróság*, un endroit dont Olivia avait entendu parler et qui proposait une carte authentiquement hongroise. On était vendredi : le restaurant était plein, l'animation régnait au bar et parmi les convives attablés, et l'on pouvait sentir le fumet des préparations qui sortaient des cuisines. Les noms des plats étaient inscrits en hongrois sur une grande ardoise accrochée au mur. Nous bûmes du vin et partageâmes saumon grillé, poule aux champignons et veau au paprika. A la fin du repas, Olivia se leva et prit congé en s'excusant de nous abandonner. Elle était épuisée et voulait se coucher de bonne heure car elle envisageait pour le lendemain de faire une promenade touristique. Le dîner terminé, Vincenzo alluma une cigarette et commanda une vodka ; il me demanda si je l'accompagnais, j'acceptai sans grand enthousiasme : il y avait de longues heures que j'avais quitté l'hôtel et ma jambe suppliait qu'on lui accordât le confort d'un lit.

Lorsque Olivia fut partie, Vincenzo nous tira immédiatement du marasme dans lequel la conversation semblait avoir sombré. Les dernières heures m'avaient convaincu – ou presque – que, malgré une touche d'excentricité, Vincenzo était dans le fond un garçon issu d'une bonne famille conservatrice.

Son père était diplomate, sa mère travaillait pour les Nations unies et lui vivait seul dans l'appartement familial à Rome.

"En réalité, un confetti merdique au milieu du chaos", dit-il, ses yeux clairs reflétant les lumières de la salle.

Olivia n'est pas la seule à avoir l'air mélancolique, pensai-je ; dans l'expression de Vincenzo également, se lisait une mélancolie inhabituelle pour quelqu'un de son âge. Cependant, la sienne différait de celle d'Olivia en ce qu'elle semblait moins infantile et plus tragique.

"On peut difficilement dire de Rome que ce soit une ville chaotique, protestai-je.

— Détrompe-toi. Elle a été construite en dépit du bon sens, sans le moindre esprit pratique. Et l'appartement… Je préfère ne même pas en parler. Mes parents sont si souvent partis qu'ils ne se sont pas encore aperçus que des champignons poussaient dans les coins du salon.

— Pour un Italien, tu m'as l'air bien soucieux de l'ordre."

Un serveur s'approcha avec deux verres de vodka pure. Il les posa devant nous et repartit.

Vincenzo expira la fumée par les narines.

"Je suis de Milan. Ce qui est déjà une explication. Il faut aussi savoir que je suis fils unique et que je vis pratiquement seul depuis l'âge de huit ans. J'ai bien eu des baby-sitters. Mais mes parents ont rapidement compris que je n'avais pas besoin de tant d'attention.

— Tu t'es donc structuré toi-même et c'est pour ça que tu apprécies l'ordre.

— C'est peut-être paradoxal. J'apprécie l'ordre, mais il ne me viendrait pas à l'esprit d'enlever ces champignons. J'aime les regarder s'étendre, comme si, au bout d'un moment, ils allaient imposer leur règne au monde. Contre toute attente, la moisissure prendra le pouvoir et mettra un terme au règne de mes parents."

Je me mis à rire d'une telle absurdité. La vodka était glacée et me monta rapidement au cerveau.

"Pourquoi ne changes-tu pas d'appartement ?"

Il haussa les épaules.

"Je ne veux pas vivre en Italie et encore moins à Rome. C'est amusant pour les touristes, mais pour un Italien, la ville représente tous les défauts de la civilisation contemporaine, alors qu'elle est érigée par-dessus une autre qui, elle, était presque parfaite.

— Empereur Vincenzo, plaisantai-je. Grâce te soit rendue !"

Nous levâmes nos verres et portâmes un toast.

"Et avec Nina ? C'est quoi l'histoire ?"

Il comprit mon intention et sourit. Ses dents tordues brillèrent sous la forte lumière des plafonniers.

"C'est toujours la même histoire, mon ami. Nina a déjà quelqu'un.

— Toi aussi tu as déjà quelqu'un.

— Olivia ?" Vincenzo éteignit sa cigarette et sa bouche se fendit d'un sourire cynique. "Olivia, au lit, elle est parfaite. Mais ce n'est rien qu'un intermède, une pause nécessaire entre les choses. C'est comme aller au cinéma et, à cause d'une panne du projecteur, être obligé de sortir fumer une cigarette. On rencontre Olivia, on s'entend bien pendant dix minutes, puis on revient dans la salle pour voir le film, et plus jamais on ne se souviendra de cette cigarette qu'on a fumée.

— Tu lui as déjà dit ça ? J'imagine qu'elle serait ravie.

— Je garde cette théorie sous le coude pour lui écrire un beau poème d'amour.

— Sérieusement. Quelle place a Nina dans tout ça ?"

Vincenzo se rappuya contre le dossier de sa chaise, sourire aux lèvres.

"L'histoire est un peu plus compliquée, mais pour l'essentiel voilà ce qui s'est passé : il y a deux ans, j'ai fait la connaissance d'un type nommé John McGill à Brighton. C'est au cours de ce même séjour que j'ai fait la connaissance de Nina. A ce moment-là, il avait déjà écrit son roman, mais il n'avait pas encore été publié.

— Comment s'appelle le livre ?

— *The Old Fires.*

— Voilà, c'est ça. Je ne me rappelais plus.

— Tu l'as lu ?

— J'en ai lu des extraits en revue. Ça m'a semblé plutôt pas mal.

— McGill est génial." Vincenzo se tut et resta songeur un instant. "Bref, pour faire court : dès que le roman est sorti, je l'ai lu d'une traite et j'ai rejoint Taddeo en Grèce, où il passait des vacances.

— C'est qui Taddeo ?

— C'est mon père, excuse-moi. Donc : je lui offre le livre et lui en dis le plus grand bien. Il se trouve que Taddeo – Vincenzo alluma une autre cigarette dont la fumée dissimula son visage ovale et infantile – parcourt la planète depuis une vingtaine d'années et qu'il connaît beaucoup de monde. Lors d'un séjour à New York, il tombe sur Don Metzger et lui parle du livre de McGill.

— Don Metzger ?"

Il éclata de rire. Le bruit autour de nous avait diminué et le restaurant avait commencé à se vider. Il devait être tard, mais l'alcool m'avait fait perdre la notion du temps.

"Metzger est l'un des plus grands producteurs de cinéma du moment, dit Vincenzo.

— C'est bizarre, jamais entendu ce nom-là.

— J'ai dit l'un des plus grands, pas l'un des plus connus. Il a produit un paquet de films indépendants

46

primés dans des festivals un peu partout. Tous ceux de Klaus Kasper jusqu'à *La Faim*, par exemple. *Les Journaux de Rimbaud*, il y a cinq ou six ans. *Le Troubadour*, de Jacques Giraud. Tu as déjà entendu parler d'Elsa Gorski ?

— Bien sûr : la plus jeune actrice jamais primée à Cannes.

— Eh bien, Elsa Gorski a signé un contrat d'exclusivité avec Metzger quand elle avait dix-sept ans. Juste pour que tu saisisses un peu la dimension du bonhomme.

— Ça veut dire que Metzger a produit tous les films dans lesquels elle joue ?

— Certains. Pour d'autres, il a mandaté des hommes de confiance. Ce qui est curieux avec Don Metzger, c'est qu'il déteste se montrer. Tout le contraire de ces fils de pute de Hollywood : tu ne le verras jamais fouler un tapis rouge. On dit même qu'il serait déjà apparu dans des génériques de films sous différents pseudonymes.

— Un type spécial, apparemment."

Vincenzo alluma une nouvelle cigarette et m'en proposa une. J'hésitai, puis décidai d'accepter. Je toussai à la première bouffée et la fumée m'aveugla complètement.

"Bon, tout ça pour dire que, quand Metzger a lu *The Old Fires*, il a immédiatement dit à mon père qu'il y avait là de quoi faire un film fabuleux. C'était il y a un an et, comme tu dois le savoir, au cinéma tout prend toujours une éternité. Quand j'ai annoncé ça à McGill, il était tellement excité qu'il est venu me rendre visite à Rome, en compagnie de Nina." Il marqua une longue pause. "Nina et moi sommes devenus plus proches lors de cette visite.

— Et entre toi et McGill ?"

Vincenzo sourit, sans que je sache s'il fallait voir dans ce sourire de l'ironie ou de la tristesse.

"Disons que McGill et moi avons nos problèmes. On n'est pas ennemis ni rien de ce genre, entendons-nous bien. Seulement John a une très forte personnalité. Qui parfois glisse vers une espèce de...

— De ?

— D'arrogance, peut-être. Ou de mépris. C'est difficile à dire.

— Je comprends", dis-je.

Je commençai à trouver à ma cigarette une saveur exceptionnelle.

"Nina et moi avons commencé à nous voir de temps en temps. Elle voyage beaucoup à cause de son travail et, moi, je voyage beaucoup parce que j'ai besoin de m'enfuir de Rome dès que je peux. J'imagine que McGill n'a jamais dû se réjouir de ces rencontres qui échappent à son contrôle.

— Elle serait une espèce d'Audrey Hepburn dans *Vacances romaines*.

— Si j'étais un reporter américain, évidemment.

— Tu veux dire qu'en ce moment John McGill est à Brighton en train de se livrer à un rituel vaudou avec une poupée qui te ressemble vaguement, c'est ça ?"

Vincenzo fit signe au serveur et demanda deux autres vodkas. Je refusai d'un geste, mais l'Italien ne sembla pas le remarquer.

"Ça m'étonnerait. Je vais te dire un truc : Nina ne serait pas ici si McGill n'avait pas un intérêt dans l'affaire. C'est vrai qu'elle s'est débrouillée pour organiser des rendez-vous professionnels à Budapest, mais la raison principale de sa présence ici, ce sont les nouvelles imminentes de la part de Don Metzger. Mon père m'a dit, il y a environ deux semaines, que la proposition pour les droits d'adaptation cinématographique du roman ne tenait plus qu'à des détails. Le téléphone peut sonner à tout moment. Quand j'ai raconté ça à Nina, elle m'a immédiatement annoncé qu'elle nous rejoignait en Hongrie.

— Tu penses vraiment que Nina n'est ici que pour cette raison ?"

Vincenzo réfléchit un instant. Il semblait étrangement sobre, comme si la boisson produisait sur lui l'inverse de l'effet normal. Puis il haussa les épaules.

"Ce n'est pas à moi de me prononcer sur ses motivations. Nina est quelqu'un de bien et elle adore John. Tous deux savent pertinemment qu'on ne pouvait pas faire plus direct entre lui et Don Metzger.

— Comment ça ? Metzger ne pouvait pas régler l'affaire avec un agent ? McGill a certainement un agent.

— Oui. C'est Nina.

— Je vois. Et ce ne serait pas plus simple si le producteur l'appelait directement ?"

Vincenzo sourit. "Tu n'as pas pigé. Ou du moins pas encore. Avec Don Metzger, rien ne fonctionne par les canaux habituels et il ne traite avec les agents que dans les phases postérieures. D'abord, il tient à connaître personnellement tous les auteurs sur qui il mise. Quand il décidera de faire une proposition pour les droits du livre, il se montrera le plus discret possible et téléphonera à mon père, le premier à lui en avoir parlé. Don appelle mon père, mon père m'appelle, j'en parle à Nina, elle transmet l'info à John. Dans cet ordre.

— Comme ça, la chaîne ne se brise pas.

— Exactement.

— Un drôle de lascar, ce Metzger, risquai-je.

— Il semblerait, oui.

— Comment ça ? Tu ne l'as jamais rencontré ?"

Vincenzo confirma d'un signe de la tête.

"Bon, et comment va-t-il faire la connaissance de McGill personnellement, s'il décide de miser sur lui ?

— Dans ce cas, je serai l'intermédiaire chargé des présentations.

— C'est-à-dire ? Qu'est-ce qui va se passer ?"

Vincenzo me fixa du regard avec une intensité feinte. Puis il avança sa chaise, se pencha sur la table et approcha son visage du mien.

"Qu'est-ce qui va se passer ? Le Bon Hiver."

Je le regardai un moment, en essayant de comprendre si j'avais bien entendu. Le dernier groupe de clients quittait le *Borbíróság* et les serveurs commençaient à ranger le restaurant.

"Qu'est-ce que c'est que ça ?"

Vincenzo resta silencieux volontairement pour augmenter le suspense. Il tapota le bout de sa cigarette sur le cendrier et la cendre tomba.

"Le Bon Hiver, c'est comme ça que Metzger appelle l'été en Italie. Le bonhomme a une propriété dans le Sud du pays, quelque part entre Rome et Naples, près d'une petite ville côtière qui s'appelle Sabaudia.

— Jamais entendu parler.

— Sabaudia est un drôle d'endroit, un croisement entre le cinéma réaliste approuvé par Vittorio Mussolini, le fils du grand dictateur, et le meilleur surréalisme de Fellini. Difficile à décrire. La ville a été construite sur ordre de Mussolini dans une vaste zone de marais asséchés. Son architecture est dans le plus pur style fasciste et bon nombre de ses habitants sont... disons, des vieillards amers qui ont la nostalgie de l'époque de la dictature pour la seule raison qu'à ce moment-là ils étaient encore jeunes, tout comme certains adultes ont la nostalgie de leur adolescence. D'un autre côté, Sabaudia a également été un lieu de villégiature pour Pasolini et Moravia.

— Un endroit étrange.

— En tous les cas, les étés dans la propriété de Metzger sont connus dans la communauté artistique internationale, et pas seulement parmi les gens de cinéma. A la fin des années 1970, il a acheté un terrain et fait construire une maison. Depuis, il y invite ses amis et les gens avec qui il envisage de travailler. C'est une façon pour lui de les mettre à l'aise. Tu vois, Metzger est extrêmement discret dans sa vie quotidienne, mais quand il arrive en Italie, les choses changent d'allure. Mon père a séjourné là-bas je ne sais combien de fois et il m'a dit que les fêtes qu'on y donnait étaient hallucinantes. Quand James Leffers a été invité, il a débarqué à Sabaudia avec une clique d'une dizaine de personnes venues de Californie. C'est au cours de cet été-là qu'il a commencé à écrire *Bandwagon*.

— Qui a été adapté au cinéma par la suite.

— Par Metzger.

— Et tu es convaincu que cette année, ce sera le tour de McGill."

Vincenzo fronça les sourcils.

"Peut-être que ce ne sera pas seulement le tour de McGill.

— Comment ça ?

— Tu sais ce que mon père m'a dit ?

— Non, mais je redoute un peu de l'apprendre."

Vincenzo s'inclina à nouveau au-dessus de la table et parla à voix basse.

"Il m'a dit que si Metzger décidait d'inviter McGill, il fallait que j'y aille aussi. Il m'a dit au téléphone avoir expliqué à Don que McGill et moi étions amis et Don lui a répondu qu'il aimerait me connaître." Vincenzo posa sa cigarette sur le cendrier et entrelaça ses doigts. "Mon père avait mon âge quand il est allé pour la première fois dans la maison de vacances de Don. Je pense que le moment est venu pour moi d'aller expérimenter le Bon Hiver.

— Tu ne penses pas qu'il serait préférable que tu sois réellement invité ?

— La règle est la suivante : il faut que tu sois lié à quelqu'un qui suscite l'intérêt de Don. Dès que c'est le cas, les portes de la villa de Sabaudia te sont ouvertes. Bien, moi j'ai McGill. En plus Don a dit qu'il aimerait faire ma connaissance. Ça, mon ami, c'est ce qui s'appelle une opportunité à ne pas rater.

— Une opportunité pour quoi faire ?"

Vincenzo but ce qui restait de sa vodka.

"Pour lui montrer qu'il n'y a pas qu'un seul Gentile qui mérite d'être connu."

J'éclatai de rire. "Je ne te croyais pas aussi intéressé.

— Je ne suis pas intéressé, protesta-t-il. Je suis curieux. J'aime les aventures et j'ai besoin d'elles pour mes histoires. Qui plus est, à Sabaudia, quand il s'agit de signer des contrats de plusieurs millions ou de construire des carrières, c'est au bord d'un lac que ça se passe. Il se trouve que j'apprécie les lacs. On y boit beaucoup aussi, mon père me l'a dit. Et moi, j'aime boire. Si Metzger en vient à s'intéresser à ce que j'écris, fabuleux. Sinon, ce qui compte, c'est d'être allé là-bas, d'avoir vécu ce moment. Sans oublier qu'on ne sait jamais ce qui peut arriver. Peut-être que je parviendrai à glisser discrètement un exemplaire de *L'ultima rivoluzione* sous l'oreiller du bonhomme." Il fit une brève pause, puis répéta : "Peut-être.

— Tu ne m'as toujours pas expliqué cette histoire de Bon Hiver. On est en juin, que je sache !"

Il haussa les épaules et reprit sa cigarette.

"Je ne sais pas quoi te dire. Ça fait des années que j'entends mon père utiliser cette expression.

J'imagine que Metzger est le seul à en connaître le sens exact.

— Bien, si un jour tu as une explication, merci de me tenir au courant."

J'enlevai la serviette que j'avais sur les genoux, cherchai ma canne sous la table et me mis à bâiller. Le restaurant était complètement vide et un dernier serveur solitaire nettoyait le bar avec un torchon humide. "Cette conversation est passionnante, mais demain une longue journée nous attend. On y va ?"

Vincenzo sembla ne pas m'avoir entendu.

"Attends, je viens d'avoir une idée géniale."

Je posai ma serviette sur la table.

"Quand on dit ça, en général, c'est qu'un désastre est imminent.

— Si je reçois le fameux coup de fil, tu pourrais venir avec nous à Sabaudia."

Je le fixai, incrédule.

"Je ne voudrais pas paraître mal élevé, mais on vient juste de faire connaissance."

Les yeux de Vincenzo brillèrent d'enthousiasme.

"Sans rire, imagine un peu. On est écrivains tous les deux, on est jeunes tous les deux. Passer quelques jours dans la villa de Metzger, ça peut être une putain d'expérience. Qui a l'avantage de pouvoir avoir lieu précisément maintenant.

— Ecoute, dis-je, en l'interrompant brusquement. C'est la première fois que j'entends parler de toutes ces histoires. De Metzger, de Sabaudia et du Bon Hiver, quoi que ça puisse bien vouloir dire. Même si j'apprécie ton enthousiasme, je ne suis pas dans une phase de ma vie qui me permettrait de le partager." Je levai ma canne et la lui montrai. "J'ai la trentaine passée, je suis invalide et j'ai besoin de dormir."

Vincenzo me regardait d'un air goguenard.

"La canne ne t'a pas empêché de venir jusqu'à Budapest.

— J'étais invité. Je ne vais nulle part sans être invité et, la plupart du temps, même quand on m'invite, je n'y vais pas.

— Je t'ai déjà dit que ce n'est pas comme ça que les choses fonctionnent avec Don Metzger. Regarde ce qui s'est passé avec James Leffers.

— Leffers a gagné le Pulitzer, rétorquai-je, fatigué. Même si la maison de ce fameux producteur abrite une communauté d'artistes où tout le monde peut venir sans avoir besoin d'invitation parce que, finalement, les artistes n'ont jamais besoin d'aucune invitation pour quoi que ce soit, il y a d'autres choses plus urgentes dans ma vie en ce moment."

L'Italien me toisait avec une expression de défi.

"Comme par exemple ?"

Un serveur s'approcha et nous informa que le restaurant allait fermer. Je jetai un œil sur la pendule accrochée au mur : il était presque une heure du matin.

"Comme par exemple prendre un taxi pour rentrer à l'hôtel", répondis-je.

Vincenzo partit d'un rire sarcastique.

"Tu as toujours été comme ça ?

— Comment comme ça ?

— Indisponible. Fermé comme une huître, coupé du monde."

Je lâchai un profond soupir. Le serveur nous regardait à distance.

"Mon problème a toujours été l'inverse. Du moins jusqu'à il y a quelques années. J'ai longtemps vécu en étant trop disponible. Trop prêt à essayer tout et n'importe quoi. Je voulais être partout à la fois et j'étais jaloux de ceux qui se trouvaient ailleurs, n'importe où. Un peu comme les vieux qui ont la nostalgie de la dictature juste parce qu'à l'époque ils étaient encore jeunes. J'ai été un hédoniste, mais l'hédonisme se paie cher." Je pris appui sur ma canne avec ma main droite et me levai péniblement. "Maintenant je dois dormir", dis-je pour mettre un terme à la discussion.

Nous sortîmes et prîmes un taxi. Alors que nous empruntions le pont entre Buda et Pest, Vincenzo sourit et dit :

"Tu n'as pas besoin de me répondre tout de suite. Réfléchis à la question."

Les lumières de la ville se reflétaient sur l'eau tels des diamants gisant dans les profondeurs du fleuve.

VII

Je dormis par intermittence à cause des douleurs. Et dans les moments où je parvins à dormir, je fis des rêves étranges à la limite du cauchemar : une maison cachée au milieu d'un bois, Mussolini se noyant dans un marécage, le squelette de la femme de Wilhelm Röntgen, Nina et Vincenzo faisant l'amour dans les eaux saumâtres d'un égout londonien. Je me réveillai épuisé, sans la moindre énergie. Vincenzo, Nina et Olivia arrivèrent à neuf heures et demie dans un taxi et nous allâmes directement au centre des congrès de Budapest, rue Jagelló, à côté d'un hôtel moderne. L'Italien semblait avoir dormi pendant une semaine et, avec une ardeur que je commençais à trouver insupportable, il parla sans s'arrêter un seul instant de ses plans pour Sabaudia, où je ne voulais pas me rendre comme je le lui avais expliqué. Olivia l'écoutait attentivement, tandis que lui, à l'avant, à côté du conducteur, offrait une description de la propriété de Metzger à partir de ce que lui avait raconté son père. Nina, qui était assise à côté de moi, me donna un coup de coude.

"Il semblerait que tu aies été largement informé hier soir, dit-elle en souriant.

— Beaucoup plus que je ne l'aurais voulu, répondis-je.

— Il est comme ça. Toujours en train de s'emballer.

— Tu devrais être emballée, toi aussi. Après tout, ce sont d'excellentes nouvelles pour McGill.

— J'attends de voir d'abord.

— Et si ça se confirme ? Si ce fameux Don Metzger veut vraiment les droits du roman ?"

Nina sembla gênée.

"Ce serait génial pour John. Et génial pour moi qui le représente.

— Ce n'est pas à ça que je pensais, dis-je en observant attentivement les yeux bleus de Nina. Si ça se confirme, tu vas à Sabaudia avec Vincenzo ?"

L'Italien continuait de parler avec Olivia à voix haute. Notre conversation était couverte par ses palabres et par l'intensité du trafic. Nina hésita un instant.

"Il semblerait, oui. Enfin, seulement si c'est nécessaire pour que l'affaire se concrétise. Apparemment, Don aime passer du temps avec les artistes et les écrivains, mais il faut bien que quelqu'un s'occupe de faire signer les papiers."

J'étais de mauvaise humeur et je décidai de la provoquer.

"Et John ? Qu'est-ce qu'il va penser de tout ça ?"

Elle me fixa d'un air interrogateur. Puis elle répondit :

"John nous rejoindra sans doute."

Nina resta silencieuse jusqu'à la fin du trajet. Quand nous arrivâmes au centre des congrès, je résolus de m'éloigner de ces trois personnages durant le reste de mon séjour à Budapest. La conférence avait lieu dans un bâtiment moderne avec des baies vitrées, sur lesquelles venait se refléter le soleil radieux du matin, et de longs escaliers conduisant à plusieurs amphithéâtres. Nous nous quittâmes à l'entrée – Vincenzo devait faire une intervention dans une salle différente de la mienne, et Olivia et Nina l'accompagnaient. Je leur promis de les retrouver à la fin, sans avoir aucunement l'intention de tenir parole. Si bien que je restai seul dans le hall. Cinq minutes plus tard, j'étais aveuglé par tant de lumière et me traînais avec ma canne, hébété, hagard, en tâchant d'éviter des centaines de personnes qui se déplaçaient en tous sens, à la recherche de quelqu'un qui pourrait me venir en aide. Je les maudis de m'avoir abandonné. L'accent hongrois commençait à m'irriter comme une abeille qui vous vrombit dans les oreilles. Eva Kalman fit soudain son apparition, surgie de nulle part, et me serra vigoureusement le bras droit.

"Venez, venez", me dit-elle dans un sourire, puis elle me conduisit vers un ascenseur.

La conférence fut pénible. Mon groupe comprenait cinq écrivains d'Europe de l'Est et un gros Ecossais suant qui avait publié un roman historique. L'amphithéâtre était à moitié plein et, pour je ne sais quelle raison, les voix d'un auditorium mitoyen nous parvenaient en échos distants. Fatigué, accablé, je regardai mes collègues de table ronde et leur trouvai un air encore plus misérable que la veille : les loques dans lesquelles ils s'étaient présentés au palais Károlyi ressemblaient à des tenues de gala comparées à ce qu'ils portaient ce matin-là. Le modérateur présenta chacun des participants et, lorsque arriva mon tour d'intervenir, pour contrarier la poétesse roumaine qui venait de parler, je me lançai volontairement dans une diatribe sur la mort prématurée de la poésie européenne, arguant qu'après la Seconde Guerre mondiale et T. S. Eliot on n'avait rien vu d'autre qu'un vide existentiel, qu'étaient ponctuellement venus troubler quelques éternuements sans conséquences. La thèse était complètement aléatoire et farfelue : elle suscita la stupéfaction chez les autres écrivains et des silences embarrassés dans le public, jusqu'à ce que le modérateur interrompe mon discours belliqueux et donne la parole à un autre intervenant.

Je passai l'heure du déjeuner seul dans la cafétéria de l'édifice, la canne appuyée contre la baie vitrée, observant les écrivains qui mangeaient en petits groupes et des gens du public qui fumaient sur la terrasse. J'ai peut-être franchi la ligne jaune, pensai-je pendant que je mangeais à nouveau du ragoût, mais je ne ressentais aucun sentiment de culpabilité. A cet instant, je me fis la promesse de ne plus jamais participer à des rencontres d'écrivains et me revinrent alors à l'esprit les paroles de Nina – sa voix tranquille, son visage placide – lorsqu'elle avait dit que les écrivains n'étaient que des lâches et des menteurs, qu'ils se réfugiaient dans la littérature qui n'était qu'un mensonge impossible se substituant à la vie possible qu'en permanence ils rejetaient.

Les sessions de l'après-midi se déroulèrent sans enthousiasme. Le public vint en plus grand nombre, mais les participants avaient perdu leur vivacité du matin et les discussions tournaient en rond. Au premier rang, Eva Kalman m'observait avec un mélange d'incrédulité et de commisération. Lorsque le débat prit fin, aux environs de cinq heures, le public applaudit mollement ceux qui étaient probablement les écrivains les plus ennuyeux de la littérature européenne et, épuisé, je me mis à boiter vers la sortie de l'auditorium, bien décidé à passer une nuit de sommeil correcte et à trouver une excuse quelconque pour éviter les séances des jours suivants.

Dans le hall, je descendis l'escalier menant vers l'extérieur et j'étais en train de me diriger vers la place où une file de taxis attendaient derrière un kiosque lorsque j'entendis la voix d'Olivia. Je me retournai et la vis assise sur la plus haute marche de l'escalier, les bras croisés posés sur ses jambes, en train de fumer une cigarette. La lumière de la fin d'après-midi donnait en plein sur ses cheveux blonds, qui étaient dénoués et lui couvraient la moitié du visage.

"Tu bats en retraite ?" demanda-t-elle.

Je gravis les marches jusqu'à ce que mes yeux arrivent au niveau des siens.

"J'y songeais sérieusement, admis-je. Et toi ? Où est passé Vincenzo ?"

Olivia désigna la porte. "Il est en train de recevoir des éloges et de signer des autographes.

— Waouh. C'est que ç'a dû bien se passer.

— Il est comme ça", répondit Olivia, en haussant les épaules. Elle semblait fatiguée. "Il arrive à capter l'attention chaque fois qu'on lui donne l'occasion de parler.

— Ça n'a pas l'air de te réjouir."

Olivia tenta de sourire, avec ses dents absolument parfaites. Mais le résultat parut forcé.

"En fait, je suis un peu énervée contre lui." Elle me regarda durant un instant. "Tu ne veux pas t'asseoir un moment ?"

J'hésitai puis montai les dernières marches et m'assis à côté d'elle. Elle portait un petit tee-shirt à bretelles et, à travers le décolleté, je remarquai son soutien-gorge noir.

"Je ne sais pas si je suis la personne la plus indiquée, prévins-je.

— Cette histoire avec Nina et son petit ami, coupa Olivia, sans prêter attention à ce que j'avais dit. Cette histoire de Sabaudia. Tout à coup, c'est comme si tout le reste n'existait plus ; c'est comme si moi-même je n'existais plus. Depuis que son père l'a appelé et lui a parlé de l'éventuelle proposition de je ne sais plus qui, c'est comme si sa vie en dépendait ou venait de commencer. Comme si ce qui avait eu lieu jusque-là était insignifiant.

— Don Metzger.

— Quoi ? demanda Olivia.

— Le je ne sais plus qui, il s'appelle Don Metzger.

— Soit. Eh bien, depuis, c'est comme si le Soleil s'était arrêté de tourner autour de la Terre.

— C'est le contraire", rectifiai-je.

Olivia sembla confuse.

"Vraiment ?

— Bon, très bien, tu es prégaliléenne, en fait. Chacun son truc."

Olivia se mit à rire. C'était un rire honnête ; on pouvait au moins porter ça à son crédit.

"Tu as raison, que je suis bête. C'est le contraire, évidemment. La Terre autour du Soleil.

— Mais tu parlais de Sabaudia."

Olivia reprit.

"Je veux dire, le livre n'est même pas de lui. C'est le livre d'un Anglais sorti d'on ne sait où que je ne connais même pas. Quand Vincenzo commence à s'emballer, il fonce tête baissée, du moment que c'est excitant. Ou que ça lui paraît excitant. Tu trouves ça normal ? Tu trouves ça normal qu'il soit aussi enthousiasmé par quelque chose qui ne le concerne même pas ? Comme si le succès des autres était le sien ?

— Hier, on a un peu parlé au dîner. Il ne me semble pas que ton petit ami soit aussi altruiste que ça.

— Alors tu peux me dire pour quelle raison on devrait aller à Sabaudia avec Nina, si ce fameux Metzger téléphone au sujet d'un livre dont Vincenzo n'est pas l'auteur ?"

Je restai sans savoir quoi répondre et cherchai, dans ma tête, le meilleur moyen de me sortir de ce pétrin.

"Il faut bien voir que ça peut être une belle op-portunité pour lui. Tu y as pensé ? Si les choses se passent comme elles ont l'air de vouloir se passer, si ce Metzger est vraiment un gros poisson, et si le roman de Vincenzo est bon, il connaîtra peut-être le même sort que celui de McGill."

Olivia me regarda d'un air sceptique. "Le roman de McGill a été un succès en Angleterre. Celui de Vincenzo s'est vendu à trois ou quatre mille exem-plaires en Italie.

— Mais le père de Vincenzo et Metzger sont amis, ce qui est un avantage.

— Jamais Taddeo ne lui ferait lire le roman de son fils.

— Et pourquoi ça ?"

Olivia secoua la tête. "C'est une tradition dans la famille : ils ne s'aident pas les uns les autres, ou du moins pas de manière directe. Ils sont trop fiers. C'est chacun pour soi. Aucun d'eux n'aime montrer son affection, son attachement à l'égard des autres, aucun d'eux ne veut reconnaître avoir besoin des autres. C'est pour ça qu'ils font tout par la bande.

— Qu'est-ce que tu veux dire ? Que Taddeo a montré le roman de McGill à Don Metzger avec une arrière-pensée ?

— Il a dû te raconter, rétorqua Olivia en sou-riant, comme si j'étais en train d'essayer de dévier la conversation. Monsieur je ne sais plus qui a dit à Taddeo qu'il voulait faire la connaissance de Vin-cenzo, ce que lui a interprété comme une invitation pour aller à Sabaudia parler du livre de l'Anglais. Son espoir, c'est que le producteur le prenne au sérieux et s'intéresse aussi à son roman. Comme ça, tout a l'air d'arriver par hasard quand en réalité Taddeo a tout planifié. C'est leur façon de procéder. Bizarre, non ?"

L'après-midi commençait à se rafraîchir et le vent se mit à lentement balayer la place.

"Bon, je ne crois pas qu'il y ait un seul écrivain qui n'ait envie de voir son roman adapté au cinéma. Les droits rapportent une fortune, sans parler du nombre de personnes que, tout à coup, tu vas pouvoir toucher avec ton histoire. C'est une ambition compréhensible.

— Pour des gens normaux, oui. Pour Vincenzo, c'est complètement différent.

— Comment ça, différent ? Hier, il me parlait de glisser un exemplaire de son livre sous l'oreiller de Metzger."

Olivia détourna le regard et s'arrêta sur un pigeon qui sautillait, mal assuré, de marche en marche. Puis elle lâcha un soupir.

"Je ne sais pas comment t'expliquer. J'ai l'impression que tout sert toujours d'excuse pour autre chose. Je le connais depuis très longtemps ; je le connais depuis bien trop d'années. Rien chez lui n'est transparent. Taddeo, c'est pareil. Sabaudia est une expérience, tout comme écrire est une expérience, tout comme Nina et McGill sont une expérience. Tout comme moi je suis une expérience. C'est sa façon de vivre chaque chose, je pense. Voyons ce qui se passe si je me mets à agiter ces eaux trop calmes. Voyons ce qui se passe si je plonge dans ce fleuve. Peut-être que tu ne comprends pas ce que je te raconte parce que, quand on rencontre Vincenzo, il déborde tellement d'énergie qu'il donne le tournis, pas vrai ? Ensuite, il devient tout simplement épuisant.

— Il a vingt-cinq ans, c'est normal.

— Moi aussi, j'ai vingt-cinq ans", répliqua-t-elle.

Les portes s'ouvrirent derrière nous et des dizaines de personnes commencèrent à dévaler l'escalier. Les conférences étaient terminées.

"C'est peut-être différent pour un homme. Peut-être qu'à cet âge-là il y a un surplus d'anxiété.

— Je ne sais pas si je suis faite pour la supporter, cette anxiété, ajouta Olivia, en se redressant. Je ne sais pas si je vais supporter ça encore longtemps avant de disjoncter."

Elle me tendit la main pour m'aider. Je pris appui sur le sol avec ma canne. Les gens passaient en nous évitant.

"Parfois, j'aimerais qu'il soit un peu plus comme toi", lança Olivia.

La phrase me stupéfia.

"Là, je crois que tu te trompes, répondis-je.

— Plus vieux, je veux dire. Plus mature." Elle réfléchit un instant. "Plus léger."

Les paroles d'Olivia me firent l'effet d'un coup de massue. Ainsi je me retrouvais, moi qui étais devenu prématurément infirme, à jouer le rôle de l'homme romantique – ou de l'homme castré. Je tentai de trouver rapidement une répartie sarcastique mais, lorsqu'il m'en vint une à l'esprit, Vincenzo et Nina descendaient déjà l'escalier. L'Italien avait l'air légèrement euphorique, le visage écarlate à cause de la chaleur à l'intérieur du bâtiment. Nina affichait son calme coutumier.

"Je me suis laissé dire que tu avais offert un beau spectacle ce matin, dit l'Italien, en allumant une cigarette. Ça y est, tu passes déjà pour une espèce de créature mythologique qui dévore les poètes au petit-déjeuner."

Je haussai les épaules. Je n'étais pas d'humeur à supporter les provocations. Je les saluai d'un geste de la main.

"Au revoir. J'ai laissé mes analgésiques à l'hôtel, ils m'appellent.

— Hé", lança Vincenzo, en descendant une marche. Il avait les pupilles dilatées. "Tu as réfléchi à ma proposition d'hier ?"

Je ne pus retenir un sourire incrédule : décidément, ce type se sentait investi d'une mission. Comme avait dit Olivia, il était bien décidé à agiter des eaux trop calmes, à plonger dans le fleuve. Je lui aurais tiré mon chapeau si j'en avais eu un. Mais, pour ma part, j'avais fort besoin de rester sur la terre ferme.

"Je te remercie une nouvelle fois, répondis-je, en tapotant la pierre des marches du bout de ma canne. Mais une nouvelle fois, je décline l'invitation."

Je lançai un dernier regard à Nina et Olivia, puis, tandis que je m'avançais en boitant vers la station de taxis, je sentis celui de l'Italien me brûler le dos.

J'avalai mes comprimés et m'endormis sur-le-champ. Dans les ultimes instants de veille, je pensai, sans savoir pourquoi, à Magda. La douce Magda que j'avais poussée à bout, à force de me couper de tout. Je sentis comme le frémissement d'un désir sensuel, mais j'étais trop fatigué pour l'explorer et m'assoupis. A une heure et demie du matin, je me réveillai en sursaut. J'avais l'horrible sensation que quelqu'un se trouvait assis à côté de mon lit à jouer du tambour. J'ouvris les yeux, allumai la lumière, jetai un coup d'œil sur le réveil et compris, encore tout ensommeillé, que quelqu'un frappait violemment à la porte de ma chambre. J'entendis mon nom crié à plusieurs reprises par une voix masculine. Je lâchai un juron et m'extirpai de mon lit, chancelant. J'avais laissé ma canne de l'autre côté de la chambre sur le canapé et, en me tenant aux objets que je trouvai sur mon chemin, je parvins à atteindre la porte sans tomber. Je regardai par l'œilleton et, dans le couloir, je vis le visage de l'Italien déformé par la perspective, son nez tordu trop grand par rapport au reste du visage, les yeux exorbités.

J'ouvris la porte et Vincenzo entra, en chantant mon nom. Il tenait un cigarillo allumé dans sa main droite et était ivre.

"C'est plutôt merdique", dit-il en regardant autour de lui.

Ensuite, il se laissa tomber au pied du lit et appuya sa tête sur la paume de sa main.

"Tu sais l'heure qu'il est ?"

Je me traînai jusqu'au canapé pour attraper ma canne.

"Il est l'heure des secondes chances, mon cher."

Je gagnai la salle de bains et me passai de l'eau sur la figure.

"Pour quoi faire ?

— Tu as vu *Michael Clayton* ?"

Je m'essuyai le visage avec une serviette ; j'étais encore somnolent, à cause du sommeil et des comprimés. La voix de Vincenzo, trop nasillarde et transformée sous l'effet de l'alcool, me vrillait les tympans comme une sirène d'ambulance.

"Le film ?

— Oui, le film. Tu te rappelles ce moment où le personnage, Clayton, arrête sa voiture au milieu de la route en pleine campagne et, sans qu'on sache pourquoi, s'en va retrouver un troupeau de chevaux sauvages en train de paître sur une colline ?"

Je sortis de la salle de bains et me mis à la recherche des analgésiques ; je les retrouvai sous une chaussette égarée sur une chaise. J'en avalai deux.

"Plus ou moins. Et ça, c'est important pour toi à l'heure qu'il est ?

— Non, c'est important pour toi, corrigea-t-il, en se relevant, la cendre de son cigarillo tombant sur le drap. Clayton ne meurt pas dans l'explosion de sa voiture parce qu'il va voir le troupeau de chevaux. *Deus ex machina*. L'arbitraire intercède en sa faveur. Toi, mon ami, tu es Michael Clayton, et moi, je suis ton troupeau. Tu seras sauvé."

Je m'assis sur la chaise et poussai un long soupir.

"Il est tard. Tu commences sérieusement à me fatiguer avec tes charades.

— Ton retour chez toi, c'est la bombe dans la voiture. Poum."

Il fit un geste comme si quelque chose avait explosé dans les airs.

"C'est pas vrai, dis-je, agacé. C'est encore au sujet de Sabaudia ?" Je respirai profondément. "Ecoute, j'apprécie vraiment que tu m'aies invité, mais rends-toi compte un peu de l'absurdité de la situation.

— Mon père a appelé."

J'en restai muet.

"Mon père a appelé, répéta-t-il. Metzger nous veut en Italie dès que possible."

J'eus un haut-le-cœur. Les comprimés nageaient dans mon estomac vide.

"C'est génial pour vous. Génial pour McGill, pour toi et Nina. J'espère que tout se passera à merveille."

Vincenzo fit une grimace désolée, se leva du lit et rajusta sa cravate qui était de travers.

"Très bien, je n'insiste pas. Mais au moins fais ça pour moi : viens boire un verre avec nous, une sorte d'adieux officiels.

— Quand ça ?

— Maintenant. Elles nous attendent en bas."

Je jetai un œil sur le réveil. Il était une heure et quarante-sept minutes.

VIII

Nous prîmes un taxi et demandâmes au chauffeur de nous amener jusqu'à un bar encore ouvert. Nous allâmes au *Janis's*, un pub irlandais. L'intérieur était sombre et empestait la bière. Quelques quadras buvaient des chopes au comptoir et un groupe de jeunes fin soûls étaient assis à une table. Le bar était entièrement décoré de vieilles affiches et de petits portraits de Janis Joplin. Aucun d'eux ne sembla le remarquer. Vincenzo, obnubilé par Sabaudia, ne parlait que de ça et commençait à organiser les préparatifs ; Olivia avait l'air fatigué, comme si elle aussi avait été à moitié endormie ; Nina tentait de passer un coup de fil avec son portable. Entre-temps, les analgésiques que j'avais pris m'avaient plongé dans une profonde torpeur. Dans cette ambiance enfumée, avec ces créatures solitaires au comptoir, je commençais à me sentir doucement sombrer vers un endroit inhospitalier, irréel, dont il me fallait fuir de toute urgence. Vincenzo était insupportable, Olivia attendait désespérément qu'on lui accorde un peu d'attention et Nina – même si j'avais avec elle une plus grande communion d'esprit, comme si d'une certaine façon elle était plus authentique, plus réelle à mes yeux – était trop embarquée dans cette histoire ahurissante pour pouvoir partager ma stupéfaction.

Vincenzo rapporta des bières du comptoir et proposa qu'on porte un toast.

"Il a répondu ?" demanda-t-il, anxieux.

Nina regarda à nouveau son portable. "Pas encore", répondit-elle. Elle portait un ensemble à bretelles qui laissait voir ses omoplates saillantes.

"On devrait rester jusqu'à la fin, dit Olivia. Je trouve stupide de partir comme ça, aussi subitement."

Vincenzo fumait une cigarette. Il tira une longue bouffée.

"Nous avons fait notre partie. Les tables rondes auxquelles je devais participer sont terminées et s'ils croient que je vais rester là pour assister au défilé des morts vivants, ils peuvent toujours se brosser.

— Ne sois pas vulgaire", dit Olivia.

Elle n'avait pas touché à sa bière et semblait tendue.

"Qu'est-ce que tu en penses, Nina ?" demanda Vincenzo.

Nina fixa Olivia du regard.

"Je pense que ça ne pose aucun problème de partir demain, dès lors que Vincenzo en informe l'organisation.

— Demain ?" demandai-je.

Nina me regarda et sourit.

"C'est dommage que tu ne viennes pas avec nous.

— Je doute que mes os puissent supporter une telle excitation.

— Moi aussi, je crois que je préfère rentrer à Rome", dit Olivia.

Vincenzo reposa violemment sa bière sur la table.

"Mais putain", vociféra-t-il. Deux hommes au comptoir se retournèrent. "Qu'est-ce que vous avez, bon sang ? On en a un qui se traîne en se la jouant grand invalide et une autre qui se comporte comme si elle était ma grand-mère. Je suis pas en train de vous proposer de vous enrôler dans l'armée, je suis en train de vous proposer de rejoindre la maison de vacances de l'un des plus grands producteurs de cinéma du moment. Qu'est-ce que vous voulez que je fasse ? Que je me mette à genoux pour vous supplier ?"

Le silence se fit autour de la table. Le volume de la musique – Janis Joplin chantait *Little Girl Blue* d'une voix tragique – semblait avoir diminué.

Olivia baissa les yeux. "Je trouve juste que ce n'est pas une bonne idée, c'est tout."

Vincenzo était furieux. C'était la première fois que je le voyais comme ça : son visage avait perdu tout ce qu'il pouvait avoir d'infantile, le sang lui était monté aux tempes et ses yeux étaient devenus vitreux, comme s'il avait été capable de tuer sans le moindre scrupule. Nina intervint et lui dit :

"Je t'accompagne jusqu'en Italie. On attend l'arrivée de John et, si Olivia en a envie, elle peut nous rejoindre plus tard."

Vincenzo sembla ne pas avoir entendu et se leva, renversant sa bière sans faire exprès avec la manche de sa veste. Le verre éclata à terre à grand fracas. Les mêmes clients au comptoir nous dévisagèrent.

"Et puis merde", siffla Vincenzo entre ses dents, et il se dirigea vers la sortie.

Olivia se leva pour aller le rejoindre. A cet instant, je me sentis entouré d'imbéciles et songeai à déguerpir ; cependant, je ne voulais pas laisser Nina toute seule.

"L'histoire se répète", commentai-je.

Nina alluma une Mayfair.

"C'est la routine chez ces deux-là. Ils se disputent, l'un s'en va, l'autre lui court après et ils finissent par revenir ensemble."

Il y avait eu dans sa voix une pointe de mépris ; de façon presque imperceptible, elle l'avait brièvement laissé affleurer.

"Ça t'énerve ?"

Nina affecta un air indifférent.

"Disons que ce genre de scènes ne facilite pas nos plans.

— Quels plans ? Les tiens et ceux de McGill ? Ou les tiens et ceux de Vincenzo ?"

Nina me lança un regard d'une férocité dont je ne la croyais pas capable.

"C'est la deuxième fois de la journée que tu me cherches avec tes airs énigmatiques."

La douceur de ses manières avait disparu.

"Si je t'ai blessée, je te demande pardon. Je voulais juste dire que tout ça me paraît injuste pour Olivia. C'est tout.

— Olivia a beau se comporter parfois comme une enfant, elle est tout de même assez grande pour décider elle-même ce qui est juste et ce qui ne l'est pas", affirma Nina, en posant sa cigarette sur le rebord du cendrier. La fumée s'éleva en une spirale bleutée. "Si tu veux me dire quelque chose, vas-y pour de bon. Et fais une phrase complète. Je n'ai plus l'âge ni la patience pour ces conversations qui tournent autour du pot. Qu'est-ce que tu veux savoir, exactement ?"

Je cherchai le pommeau de ma canne du bout des doigts. Je le trouvai et le serrai avec force.

"Mais comment ça ?" Sa détermination, qui m'apparaissait à présent renforcée par une nuance de rouerie ou de malice, me rendait nerveux. "Je ne veux rien savoir. C'était juste une idée. Ou une constatation, si tu préfères. Olivia a l'air d'être laissée à l'écart d'une histoire qui la dépasse.

— Olivia est à l'écart d'une vie qui la dépasse", répliqua Nina.

Je la trouvai soudain d'une grande sensualité : assise là, le néon d'une marque de bière illuminant son visage qu'ornaient des mèches rousses descendant jusqu'à ses lèvres.

"Certaines personnes sont plus faibles que d'autres, ajoutai-je, en cherchant à donner un sens à la situation. Enfin, peut-être que «faibles» n'est pas le mot qui convient. Si ça se trouve, elles sont seulement plus prudentes."

Nina sourit, mais c'était un sourire sardonique, presque mauvais. Elle continua à fumer.

"De qui tu parles, au juste ? demanda-t-elle. D'Olivia ou de toi ?"

A cet instant son portable sonna ; je l'observai pendant qu'elle le cherchait à l'intérieur de son sac à main. Elle finit par le trouver, le porta à son oreille et engagea une conversation. Son commentaire m'avait atteint. Elle avait porté le fer dans la plaie et le mal se faisait encore sentir, même si la plupart du temps il était seulement latent. "Prudent" était un euphémisme pour ce que j'étais devenu ; en vérité, j'avais capitulé et laissé l'indifférence gagner la partie. J'avais réglé mes comptes avec la réalité en me dispensant d'exister et, si un homme se dispense volontairement d'exister, c'est qu'il a succombé à la faiblesse, ou à la lâcheté, ou à l'absence – autant de choses qui le poursuivent en permanence, jusque dans ses rêves, à une heure qui devrait pourtant être d'une plus grande sérénité, moins tourmentée.

Nina parlait au téléphone avec McGill. Elle s'était retournée sur sa chaise et faisait face au comptoir du bar. Le volume de la musique avait de nouveau augmenté et je ne parvins à entendre que quelques mots mais, en voyant le sourire qu'arborait son visage, je sus que c'étaient des mots d'amour. Pour la première fois depuis longtemps, j'eus la gorge nouée et me sentis extraordinairement seul. Je sortis un billet de mille forints de ma poche et le laissai sur la table. Ensuite, je fis peser tout mon corps sur la canne et me levai ; Nina sembla ne pas s'apercevoir de mon départ.

Dehors, la nuit s'était rafraîchie, la chaleur avait cédé la place à une douce brise. La lune, haute et ronde dans un ciel sans étoiles, illuminait la rue déserte. Je cherchai Vincenzo et Olivia mais ne les vis pas. Je me mis alors à marcher vers l'endroit où nous étions arrivés en taxi. Je montai la rue Királyi Pál, où les bars avaient fermé leurs portes, le silence n'étant interrompu que par ma canne qui battait la mesure de façon monotone sur les grandes dalles du trottoir. Au croisement avec la rue Ferenczi, adossés à la façade d'un édifice ancien aux pierres de taille assombries par le temps, Vincenzo et Olivia s'embrassaient. Leurs visages étaient collés l'un à l'autre, celui de Vincenzo caché par les cheveux blonds d'Olivia, la seule couleur dans la rue déserte à cette heure avancée de la nuit. La main gauche d'Olivia était enfouie dans le pantalon de Vincenzo. Ils gémissaient tout bas. Je fis demi-tour et cherchai à m'éloigner sans me faire remarquer, mais le bruit de la canne trahit ma présence.

"Eh !"

En quelques secondes, Vincenzo se trouva face à moi. Il était tout ébouriffé et remettait tant bien que mal sa chemise dans son pantalon. Même débraillé, c'était un type attirant, pensai-je. Il me regarda avec tristesse.

"Ce sont de vrais adieux, alors ?"

Je m'efforçai de sourire, mais ne parvins à grand-peine qu'à faire une grimace sans inspiration.

"Excuse-moi de m'être emporté comme ça, dit-il. Je n'ai pas voulu t'offenser. Je suis un peu bourré."

Je haussai les épaules. Vincenzo sourit.

"Si je t'ai dit ça, c'est seulement parce que je pense que tu ne sais pas te vendre. C'est tout. Parce que je pense que tu vaux bien mieux que ça."

Vincenzo m'arracha une nouvelle fois la canne de la main. J'essayai de l'en empêcher, mais sans grande conviction. Olivia nous observait de l'autre côté de la rue ; le silence de la ville était dévastateur.

"Peut-être que tout est dans ma tête. Peut-être que non, lui dis-je. Mais c'est la seule tête que j'aie, tu comprends ? Je vais devoir vivre avec jusqu'à la fin de mes jours."

L'Italien sourit, en soupesant la canne. Puis il me la rendit et me donna l'accolade.

"Tu me plais. Mais je ne t'envie pas."

Le commentaire me fit rire. Ensuite, Vincenzo s'éloigna et, alors qu'il avait déjà le dos tourné, leva la main droite pour me faire un signe d'adieu.

"Si on te coupe cette tête-là, tu sais où me trouver.

— Ça marche.

— *Alea jacta est*", lança l'Italien avant de se mettre à courir vers l'autre côté de la rue, d'où Olivia me disait au revoir de la main.

Quelques secondes plus tard, ils avaient disparu dans la nuit.

Je marchai jusqu'à la rue Szerb, puis empruntai la rue Váci, la plus animée de Pest, où les bars commençaient à fermer. Il en émergeait des groupes de touristes, ivres et agressifs. Un homme m'aborda pour me demander si j'étais intéressé par de la drogue ; un autre pour me proposer des filles avec qui passer la nuit. Ce dernier eut un mouvement de recul dès qu'il remarqua la canne et s'excusa dans un anglais absurde. Je continuai sans trop savoir où j'allais, puis finis par trouver un taxi qui me ramena à l'hôtel. La réception était déserte et je dus faire tinter la cloche sur le comptoir pour qu'on me remette la clé. Dans la chambre, je m'allongeai sur mon lit et, après cinq minutes, je compris que je n'arriverais pas à dormir. Je sentais des douleurs à la jambe, mais même elles semblaient insignifiantes comparées à l'angoisse qui m'étreignait depuis que j'avais laissé Nina seule dans le bar. Je me souvins alors, sans savoir pourquoi, que de retour chez moi il me faudrait affronter la réalité d'un appartement silencieux et solitaire où j'étais censé écrire une œuvre magistrale grâce à laquelle je devais me venger du monde et, dans ma tête, je vis mon appartement submergé par des eaux diluviennes, un torrent imparable qui allait tout emporter – y compris, bien entendu, cette fameuse œuvre que je n'avais jamais réussi à commencer.

C'est alors que je fis une chose stupide. Après quelques minutes d'indécision, je pris le téléphone et composai le numéro de Magda. La sonnerie retentit à quatre reprises dans le silence de la nuit, puis une voix masculine et ensommeillée répondit. Je raccrochai sur-le-champ, craignant d'avoir fait un mauvais numéro, puis réessayai. Cette fois, c'est Magda qui répondit dès la première sonnerie. Encore assoupie elle aussi, elle me demanda ce que je voulais à une heure pareille.

"Je ne sais pas vraiment", dis-je. Je mis un certain temps avant de reprendre. "Je crois que, dans le fond, je voulais savoir si on pourrait se revoir à mon retour."

Je l'entendis soupirer à l'autre bout du fil.

"Il t'est arrivé quelque chose ?"

Silence.

"Non, rien, dis-je. Enfin, si. Il m'est arrivé plusieurs choses, mais aucune qui n'ait vraiment de sens. C'est ça le problème, justement, c'est que rien n'a vraiment de sens en ce moment." Je soupirai. "Mais nous ?" J'entendis sa respiration. "Nous, ça avait un sens, non ?

— Ça n'a jamais eu de sens", répondit Magda. Ces mots laissèrent dans leur sillage un écho douloureux. "Maintenant je dois dormir, d'accord ? Demain je travaille. Ne me rappelle plus s'il te plaît, surtout pas à une heure pareille. Au revoir."

J'entendis le clic, puis la ligne muette. Ensuite, la tonalité continue remplaça le silence. J'éloignai le combiné de mon oreille, lentement, et l'abandonnai sur le lit, le son monocorde étouffé par l'épaisseur du matelas. Je me sentis tellement idiot que j'eus envie de me jeter par la fenêtre. Au lieu de quoi je me levai et allai dans la salle de bains, je me passai de l'eau sur le visage et m'examinai dans le miroir : les cernes, les cheveux en bataille, le teint blafard, le corps maigre dissimulé par des vêtements froissés. Je fus à deux doigts de pleurer, mais ensuite j'appuyai mes mains sur le marbre froid du lavabo et me mis à le serrer comme si j'avais pu le démolir par la seule force de mes doigts. Je dis à voix haute : Relève la tête, misérable, relève la tête. Je me demandai quelle pouvait être cette angoisse soudaine, quelle puérile détresse s'était emparée de moi cette nuit-là. Avais-je pitié de moi ? Non, ce n'était pas de la pitié, c'était autre chose – j'étais fatigué, ça ne pouvait être que ça, de la fatigue. Je revins dans la chambre en boitant, en prenant appui contre le mur, et m'allongeai en grognant sous l'effort. Ce n'est qu'alors qu'une larme se permit de descendre le long de mon visage. Une larme unique, solitaire ; une larme sans avenir ni désir. Une larme lâche, qui avait tourné le dos à toutes les autres larmes*.

* A partir de là, les choses se compliquent. Pour moi, tout au moins. Pour le lecteur, évidemment, l'intrigue vient d'atteindre en ce moment crucial ce que l'on appelle, dans le domaine de la fiction, un tournant : le personnage, tout d'abord réticent, est incapable de résister à l'appel de l'aventure et part pour une destination inconnue où il sera confronté à des situations conflictuelles et à des difficultés, la plus grande étant de surmonter son propre échec. Mais ce qui, dans une fiction, constitue le moteur du récit correspond généralement, dans la vie réelle, à une décision absolument désastreuse ouvrant la porte à une série d'événements horribles qui, par ironie, nous semblent ne pouvoir se produire que dans les romans. Ou sur un écran de cinéma, si on n'est pas un grand lecteur. Voilà quel a été le problème : comment avancer sans dénoncer les crimes qui furent commis ? Comment poursuivre ce récit, en sachant qu'il constituera une lourde sentence contre ceux qui y sont évoqués, vivants ou morts, alors que je suis le seul responsable de son élaboration et donc tout à la fois accusé, avocat et juge dans la construction d'une affaire qui se fait au détriment de ses protagonistes ?

SABAUDIA

IX

Je les retrouvai dans un sale état à environ huit heures du matin. Après deux heures de sommeil troublé, je m'étais levé, j'avais fait mes bagages, quitté l'hôtel et, sans être très sûr de ma décision, j'avais pris un taxi pour la rue Krisztina. Lorsque je parvins à l'hôtel *Mercure*, je tombai sur Nina, Olivia et Vincenzo qui prenaient leur petit-déjeuner, vêtus comme la veille. L'Italien se leva rapidement de table et, devinant mon intention, me serra dans ses bras. Il sentait la cigarette, l'alcool et le chlore. Il m'expliqua, encore ivre, que la veille ils étaient restés dans le bar irlandais jusqu'à la fermeture et que, sous l'emprise d'une quantité considérable d'absinthe, ils avaient également fait un passage par une discothèque remplie de prostituées slaves avant de finir, au petit matin, dans un sauna et une piscine mixtes. Nina sourit lorsque je m'assis pour prendre tartines et café ; s'il y avait eu quelque friction entre nous, c'était désormais un malentendu oublié. Même Olivia semblait enthousiasmée par le voyage, bien que les saines couleurs qu'elle arborait jusqu'alors eussent cédé la place à une pâleur d'insomniaque. Un problème se posait : le départ était pour dans quelques heures seulement. Je leur annonçai que j'allais essayer

79

d'effectuer une réservation sur un prochain vol et qu'il me fallait quelques indications pour arriver jusqu'à Sabaudia. Vincenzo sourit tout en mordant sa tartine à pleines dents.

"Ton billet est déjà acheté", me dit-il.

Je ne tardai pas à être pris de regrets. Assis dans l'espace exigu de l'avion, la canne dans le compartiment au-dessus de nos têtes, tout l'enthousiasme qui avait pu exister eut tôt fait de s'évanouir et, en route vers le Lazio, je commençai à me trouver bien stupide d'avoir cédé à l'appel de la curiosité. Les analgésiques que j'avais emportés à Budapest étaient finis ; les douleurs à la jambe allaient et venaient en vagues cruelles ; l'hôtesse de l'air me donna deux aspirines qui n'eurent qu'un seul effet : un mal de ventre qui m'obligea à me lever et à claudiquer sur toute la longueur de la cabine pour gagner les toilettes. Vincenzo, assis à mes côtés, ronfla pendant toute la durée du voyage.

Nous arrivâmes à la gare de Rome en début d'après-midi ; Vincenzo et Nina prirent alors la direction des opérations. La chaleur à Rome frôlait les limites du supportable – une sueur visqueuse et désagréable collait les vêtements au corps – et la gare était bourrée de voyageurs, des milliers de touristes et d'Italiens en vacances qui couraient pour attraper leur correspondance, renversant au passage enfants, vieillards et invalides. Des trains partaient dans toutes les directions sur une multitude de lignes de chemin de fer. Olivia avait décidé de m'accompagner dans ma morosité et, quand il arrivait que je me fasse bousculer, elle me retenait par le bras. Elle semblait sincèrement préoccupée par ma mobilité réduite. A un moment, après qu'un voyageur hors de contrôle m'eut percuté le genou avec le coin de sa valise à roulettes, je dus même lui jurer que je n'avais pas mal, alors que je m'étais mordu les lèvres pour me retenir de crier. Il nous fallut parcourir des centaines de mètres sur les quais avant d'atteindre le guichet où Nina et Vincenzo achetèrent nos billets pour Priverno-Fossanova, la gare la plus proche de Sabaudia. A tant suer, nous étions trempés comme des soupes. Olivia insista alors pour que je la laisse porter mes bagages ; à force de se montrer aussi prévenante, elle commençait à m'agacer.

"Je croyais que tu devais rester à Rome, attaquai-je, tendu, tandis que nous attendions l'arrivée du train.

— A Rome, c'est trop la pagaille à cette période de l'année, dit-elle. Et je dois reconnaître que la curiosité l'a emporté.

— La curiosité, c'est le problème principal de l'homme, tu n'es pas au courant ? répliquai-je. Ne pas savoir rester tranquille dans sa chambre.

— J'ai de la chance de ne pas être un homme, alors", conclut Olivia.

Le train pour Priverno n'était pas climatisé. Nous prîmes place deux par deux, les sacs à dos entre nous offrant un peu de repos à nos jambes. Les autres passagers étaient vieux : on eût dit que toutes les personnes âgées de Rome avaient décidé de partir en vacances. Le wagon sentait le renfermé et la vieille eau de Cologne ; sur un siège solitaire à côté des nôtres, une vieillarde vêtue de noir de la tête aux pieds mâchonnait ce qui lui restait de gencives édentées. Nina avait acheté une carte d'Italie dans une boutique de la gare et me montra notre itinéraire. Le train allait quitter Rome en direction du sud, passerait près de Pomezia et d'Aprilia, ensuite par Latina (une autre ville construite selon les règles architecturales fascistes chères à Mussolini ; il y eut même, à l'époque du dictateur, une ville appelée Mussolinia, expliqua Vincenzo) et, enfin, repiquerait légèrement vers l'intérieur, en direction de Priverno. Une fois à Priverno, il nous faudrait descendre et attendre à la gare.

"Pour quelle raison ?" demandai-je.

Vincenzo haussa les épaules. "C'est mon père qui s'est occupé de ça. Il m'a dit : «Vous attendez à la gare.» J'imagine que quelqu'un va venir nous chercher.

— Tu n'as pas demandé qui ?

— Un type avec un nom bizarre." Il réfléchit un instant, puis se souvint : "*Banco*. Incroyable d'avoir un nom pareil !"

Olivia et Nina éclatèrent de rire.

"*Banco ?* demanda Nina.

— Oui. Ou quelque chose d'approchant en tout cas.

— Où se trouve Taddeo en ce moment ? demanda Olivia.

— En Argentine, répondit Vincenzo. Ou au Pérou, enfin par là-bas. Probablement en train de passer des vacances avec une des filles du harem Gentile."

Il y eut un silence, puis le bruit des roues sur les rails couvrit durant quelques instants les voix des autres passagers.

"Eh, ne soyez pas choqués, continua-t-il. C'est de notoriété publique. Ma mère aussi a sûrement ses amants à New York. Encore que j'aie plus de mal à l'imaginer au lit avec un autre homme.

— Pourquoi ? demanda Nina. Parce que c'est une femme ?

— Non, répondit l'Italien, en se carrant dans son siège. Parce qu'elle est grosse et vieille, une horreur. Elle doit avoir un mal de chien à trouver des partenaires.

— Vincenzo", le réprimanda Olivia.

Il l'ignora et se tourna vers Nina.

"Et John, il en est où ?

— Si tout se passe bien, il arrive demain. Il n'a pas réussi à trouver de vol pour aujourd'hui.

— Il t'a paru enthousiaste ?

— Il m'a surtout paru ne pas vouloir s'emballer, dit Nina. Il a peut-être besoin de voir pour croire."

Vincenzo sourit, puis ferma les yeux et finit par s'endormir. Olivia appuya sa tête sur son épaule et, peu après, s'endormit à son tour. Nina ouvrit l'édition du jour de *La Repubblica* qu'elle avait achetée à la gare. Je regardais à travers la fenêtre lézardée et embuée : d'immenses champs défilaient, silencieux et funèbres, brûlant sous un soleil oppressant. Nous allions bientôt arriver dans les marais de Sabaudia.

X

Nous dûmes attendre plus d'une heure dans la chaleur de l'après-midi du Lazio. C'était une petite gare, quasiment déserte, hormis lorsque les trains approchaient, toutes les vingt minutes, en route vers Rome ou Naples. Dans ces moments-là, les voyageurs envahissaient soudain le quai avant de disparaître à l'horizon. Nous étions assis devant l'entrée du bâtiment. Face à nous, des champs cultivés s'étendaient à perte de vue. Nous échangeâmes de rares paroles, bûmes de l'eau, Olivia alla au buffet de la gare chercher des sandwichs au *prosciutto* et, quant à moi, pas moyen de trouver une position confortable pour ma jambe. Je commençais sérieusement à douter de l'existence du dénommé Banco lorsqu'une décapotable bleue surgit de nulle part et stoppa devant nous. Il en sortit un homme courtaud, un brin ridicule, avec de longs cheveux blonds qui prenaient naissance sur le pourtour d'un crâne dégarni. Il ne devait guère avoir plus de quarante ans. Il tenait une caméra – une vieille caméra, à bande magnétique – et son sourire découvrait des dents jaunies. Il portait un bermuda et une chemise hawaïenne. Vincenzo fut le premier à se lever, en secouant la poussière de ses vêtements. Le type nous filmait.

"Roger Dormant", dit-il en anglais avec un fort accent australien. Puis il cracha par terre. "Ça ne vous dérange pas que je filme ce moment, j'espère ? Assis là, en sueur, couverts de poussière. Classique."

Vincenzo s'approcha si près que l'homme fut obligé d'arrêter sa caméra. Il se présenta.

"Nous attendions quelqu'un d'autre, ajouta-t-il.
— Et qui ça ?" demanda Roger.

Tout chez lui était petit, y compris ses mains potelées, aux gros doigts courts.

"Un certain Banco."

Roger marqua un temps d'arrêt, puis éclata de rire ; on aurait dit une hyène.

"*Banco !* Classique, classique", dit-il.

Puis il porta son attention sur nous : Nina s'était levée et l'observait avec un mélange de curiosité et de dédain. En retour, Roger la regarda avec son sourire lamentable, puis s'approcha de moi.

"John McGill, je suppose, dit-il en me tendant la main. Très honoré. J'ai beaucoup entendu parler de ton roman. Excitant."

Il avait prononcé ce dernier mot sur un ton ridicule et déplacé. Il était difficile de dire s'il parlait sérieusement ou s'il cherchait à se moquer. On lisait également une sorte de lubricité sur son visage lorsqu'il regardait Nina et Olivia. Je serrai sa main moite de sueur et dus le décevoir en lui expliquant que je n'étais pas l'auteur de *The Old Fires*. Roger s'éloigna comme si j'avais la peste.

"John McGill doit arriver demain à Priverno, dit Nina.

— Qui es-tu, toi ? demanda Roger

— Je suis son agent, répondit-elle.

— Nous attendions M. Banco, insista Vincenzo.

— Bosco, corrigea Roger. Il s'appelle Bosco. La seule chose qu'on m'ait dite, c'est de venir chercher l'écrivain anglais à Priverno. Je ne m'attendais pas à ce qu'il y ait tout un groupe et encore moins un groupe sans l'écrivain anglais.

— Bosco ne t'a pas expliqué la situation ?"

Roger fronça les sourcils et montra ses dents tachées. Il cracha par terre une nouvelle fois.

"Je ne suis pas le garçon de courses de Bosco. Mon seul patron, c'est Don Metzger.

— Alors tu dois savoir que mon père a parlé avec Don et qu'il a tout arrangé avec lui.

— Ton père ? demanda Roger, avec un rictus d'indignation. Et tu pourrais me dire qui est ton père ?"

Vincenzo fit rouler ses yeux dans leur orbite, visiblement excédé par la stupidité du bonhomme et par ce malentendu.

"Il s'appelle Taddeo Gentile, c'est un ami de Don depuis de longues années, répondit l'Italien avec suffisance. Ils se sont parlé et nous avons été invités à venir dans sa maison de Sabaudia. On nous a dit d'attendre ici, qu'un dénommé Banco, qui finalement s'appelle Bosco, viendrait nous chercher." Vincenzo attrapa son sac à dos et avança vers la voiture. "Banco, Bosco, Roger, Dulcinée, peu importe, après tout. Où est-ce qu'on met les bagages ?"

Il jeta son sac sur la banquette arrière de la décapotable et alla s'asseoir à l'avant. Quelque peu désarçonné par la situation, Roger ne s'abstint pas pour autant de relever sa caméra et de continuer à nous filmer pendant que nous prenions place.

Il pointa impudemment son objectif vers les corps en sueur de Nina et d'Olivia tandis qu'à grand-peine elles chargeaient leurs bagages dans le coffre exigu, avant de monter à bord de la décapotable. Pour finir, Nina plaqua sa main sur la caméra et l'obligea à l'éteindre. Roger sourit avec malice, se mit au volant, posa la caméra aux pieds de Vincenzo et nous nous mîmes en route.

L'air était brûlant en cette fin d'après-midi et, empruntant les routes secondaires de la province de Latina, nous roulâmes jusqu'à Sabaudia. La via Migliara 53 traversait des champs immenses, les verts et les marrons confluant en un décor d'une grande sérénité que venait perturber le bourdonnement continu du moteur. Nina et Olivia étaient assises à mes côtés, sur la banquette arrière ; le vent agitait leurs cheveux. Nina portait des lunettes noires et la légère inflexion de ses lèvres me laissa penser qu'elle était satisfaite, voire presque heureuse. Le soleil, flatteur, sombrait derrière la ligne d'horizon, embellissant les peaux d'ocre et de carmin, et même Olivia semblait désormais décontractée, tandis qu'elle se laissait conduire vers l'inconnu par un Australien trapu. Je me trouvais moi-même étrangement à l'aise. Il se dégageait de ce voyage vers une destination incertaine une liberté inattendue et plaisante, la liberté de celui qui laisse son sort entre les mains du hasard et remet à plus tard toutes ses décisions ; le genre de liberté que l'été pouvait offrir.

Roger et Vincenzo continuèrent à évoquer les ratés de l'organisation du rendez-vous, puis l'Italien changea de sujet. Ils parlaient fort à cause du vent.

"La caméra ? dit Roger. Je suis réalisateur. Films indépendants. Il est probable que tu n'aies jamais entendu parler de moi. Tu es trop jeune."

Vincenzo sembla l'ignorer. "A quelle distance sommes-nous ? l'interrogea-t-il.

— De quoi ?

— De la maison de Metzger.

— Sept ou huit kilomètres. Mais il faut d'abord qu'on passe à Sabaudia. Vous n'aurez qu'à faire un petit tour en ville, j'ai deux ou trois trucs importants à régler pour l'arrivée de Don.

— Don n'est pas encore arrivé ? demanda Vincenzo.

— Il arrive ce soir. Il est en Suisse pour boucler un contrat portant sur trois longs métrages de Lucas Belvaux."

Nina se pencha vers les sièges avant pour intervenir.

"Le Belge qui a reçu le prix de la critique en France ?

— Exactement, confirma Roger. Le type qui a fait la trilogie.

— On aura quelque chose à fêter, alors, continua Nina.

— Peut-être que oui, peut-être que non. Don est imprévisible. Quoi qu'il en soit, je vais faire quelques achats et préparer un peu, on ne sait jamais. En plus, on a des invités." Vincenzo sourit. "Je ne parle pas de vous, ajouta Roger, agacé. L'équipe de *Game Over* a fini le tournage à Rome et ils sont avec nous depuis trois jours. Et puis Bosco a besoin de matériel."

La maigre chevelure de Dormant flottait dans tous les sens, autour du cercle chauve du sommet de son crâne. Il parlait vite en avalant la moitié des mots et émettait des postillons que le vent emportait. Vincenzo se retourna et me regarda.

"Tu sais ce que ça veut dire ?

— Pas du tout.

— Qu'Elsa Gorski est à Sabaudia.

— Effectivement, railla Roger. Mais pas la peine de s'affoler, tu ne crois quand même pas qu'Elsa meure d'impatience de rencontrer un moins que rien dans ton genre ?

— C'est ça, après tu viendras me demander comment c'était", le provoqua Vincenzo, en lui donnant deux petites tapes condescendantes sur l'épaule.

Les mains agrippées au volant, Roger se tourna pour fixer l'Italien ; d'une embardée, il quitta la route et prit par un chemin de terre qui la longeait. Il pila et les pneus dérapèrent en soulevant un nuage de poussière. Roger, à présent, regardait Vincenzo comme s'il s'apprêtait à le tuer ; un mince filet de salive dégoulinait de sa lèvre inférieure. Il pointa son doigt vers Vincenzo et, durant une seconde, il sembla chercher les mots justes – ou chercher ses mots tout court.

"Ecoute bien ce que je vais te dire", commença-t-il. Il avait les yeux injectés de sang et son corps, petit et compact, était extrêmement tendu. "Je sais pas qui tu es ni ce que tu viens foutre ici et, sincèrement, j'en ai rien à secouer. Ton père connaît peut-être Metzger mais, apparemment, toi tu connais rien à rien. T'es encore qu'à l'état de projet, t'es qu'un petit merdeux insignifiant et tant que tu resteras ici je te conseille de pas me manquer de respect."

Vincenzo sourit le plus naturellement du monde.

"Tu vas m'envoyer au coin ?

— Tu sais pas de quoi je suis capable, dit l'autre. Je faisais déjà des films quand t'étais encore qu'une mauvaise idée."

Vincenzo se retourna vers nous. Caustique, il lança :

"Roger Dormant, réalisateur de cinéma. Ça vous dit quelque chose ?"

L'Italien écarquilla les yeux dans l'attente d'une réponse. Le soleil était à présent comme un bûcher rougeâtre à l'horizon ; le chant des cigales couvrait notre silence.

"C'est bien ce que je pensais", conclut Vincenzo.

Furibard, Roger démarra en trombe et la poussière se souleva derrière les pneus qui se mirent à crisser une fois de retour sur l'asphalte.

Nina se pencha vers l'avant et, cherchant à calmer les esprits, demanda à Roger de quel matériel avait besoin Bosco. L'Australien mit un certain temps à s'apaiser, mais sembla ensuite oublier Vincenzo et nous expliqua, sur la route de Sabaudia, qu'Andrés Bosco était un artiste catalan qui vivait dans la propriété de Don Metzger. C'est là qu'il concevait, réalisait et mettait en œuvre des projets qui, d'après Roger, étaient le fruit d'une obsession du producteur, qui l'avait embauché et lui versait un salaire.

"Et c'est quoi, cette obsession ? demanda Nina.

— Les ballons à air chaud, répondit Roger. Des ballons de toutes les formes, de toutes les couleurs et de toutes les tailles. Bosco en assure la conception pendant la moitié de l'année et, à partir de mars, il commence à les fabriquer. Quelquefois, il en fabrique cinq ou six en même temps. Certains sont si grands qu'ils pourraient emporter une demi-douzaine de personnes ; d'autres ont la taille de lanternes célestes, ces illuminations que les Chinois confectionnent avec des tiges de bambou et du papier de riz. Le plus curieux dans tout ça…" Roger accéléra et doubla une camionnette remplie de légumes qui roulait tout doucement. "… c'est que Don n'a jamais volé une seule fois dans les ballons fabriqués par Bosco.

— A quoi est-ce qu'ils servent, alors ?" demandai-je.

Roger haussa les épaules.

"Va savoir. Si tu veux que je te dise, je trouve que c'est un énorme gaspillage, et pas seulement de temps. Don a déjà investi un argent fou dans ces ballons, avec pour seul objectif de décorer le ciel. Aux environs de la fin juillet, les invités se rassemblent dans la forêt pour regarder disparaître les ballons de Bosco. Quelques-uns survolent le Lazio pendant un certain temps, puis le vent les entraîne en direction de la mer ; lorsqu'il n'y a plus de gaz, ils tombent dans l'eau. Apparemment, le bonhomme sait calculer la trajectoire des vents et les ballons finissent toujours par se diriger vers le large."

Le rituel semblait n'avoir aucun sens. A quoi servait un ballon à air chaud sans personne pour le piloter et qui n'avait d'autre fin que d'aller s'abîmer dans la Méditerranée ? Je l'interrogeai :

"Pourquoi Metzger ne vole-t-il pas à bord de ces ballons ?"

Roger se mit à rire.

"Quand tu auras fait sa connaissance, tu comprendras."

La via Migliara 53 déboucha sur la via Principe Biancamano et soudain Sabaudia surgit de nulle part : une succession de rues aux noms royaux, des immeubles bas et colorés et des monuments aux formes géométriques, témoignant de ce qu'avaient pu être les préférences des dictateurs européens du XXe siècle. L'odeur de la mer était omniprésente, les rues propres et entretenues ; les habitants se rendaient de la poissonnerie au magasin de primeurs et de là gagnaient les baraques des vendeurs de glaces avec la lenteur qui seyait à ce début d'été. Les vespas, conduites par des garçons comme par des filles, déboulaient de partout, se croisaient aux coins des rues, klaxonnaient à grand bruit avant de filer. La voiture de Roger ne passait pas inaperçue et certains piétons ne manquaient pas de nous regarder. Vincenzo avait étendu ses jambes sur le rebord de la portière et laissait dépasser ses pieds à l'extérieur ; puérilement, Roger rasait les voitures en stationnement afin que l'Italien finisse par se faire arracher les chevilles.

"Méfie-toi", dit Vincenzo, amusé.

Il était évident que ces deux-là se détestaient déjà et, bien que Roger cherchât à imposer le respect, l'allusion à Taddeo Gentile, un bon ami du producteur, avait limité ses ambitions. Nous fîmes une halte chez un caviste pour acheter une douzaine de bouteilles – vodka, gin, *limoncello*, liqueurs –, puis Roger s'arrêta devant une mercerie. Il descendit de voiture et nous demanda de l'attendre. Nina se pencha vers l'avant pour parler avec Vincenzo, tandis que je massais inutilement ma cuisse afin d'essayer de ne pas laisser ma jambe s'ankyloser, ce qui survenait généralement lorsque je restais trop longtemps assis : dans ces cas-là, les douleurs se faisaient encore plus fortes. C'est alors que je sentis les doigts tièdes d'Olivia frôler ma main gauche – juste un léger contact, une agréable caresse qui suffit néanmoins pour que je jette un coup d'œil vers elle. Je vis qu'elle avait l'air distraite, mais aussi le rouge aux joues ; cependant, ce pouvait être un simple reflet du crépuscule.

"Ce Roger, c'est vraiment le naze de service, dit Nina.

— Un naze du paléolithique inférieur", compléta Vincenzo, en volant les lunettes noires de Nina pour se les mettre sur le nez. Il ressemblait à un acteur dans un film de Godard, la chemise trempée de sueur, col ouvert, les cheveux en bataille. "Et probablement un lèche-bottes de première. Mon père m'a toujours dit qu'il y avait une bande de clowns qui tournaient autour de Don Metzger. Mais, bon sang, jamais je n'aurais pensé à un imbécile dans son genre.

— Ça en dit long sur notre compte, dis-je.

— Comment ça ?

— On se pointe ici en se prévalant de quelqu'un qui n'est même pas encore arrivé. Ce type m'a pris pour John McGill. On n'est peut-être pas des imbéciles, mais on en a sans doute l'air."

Vincenzo retira ses lunettes et me fit un clin d'œil.

"Même les imbéciles peuvent avoir de la classe."

Roger revint avec deux énormes sacs en plastique remplis de tissu en nylon bleu et rouge. Il les jeta sur la banquette arrière ; l'un d'eux atterrit sur Olivia qui bougonna pendant que la décapotable faisait demi-tour, avant de retraverser Sabaudia. La voiture était maintenant pleine à craquer, les sacs en plastique encombrant encore un peu plus les sièges arrière. Entre-temps, la nuit avait commencé à tomber : la lumière se dissipait lentement, comme si le soleil cherchait à retarder ses derniers instants. A la sortie de la ville, nous prîmes la via Litoranea, sur laquelle nous croisâmes une enfilade de voitures colorées, remplies de jeunes gens qui venaient passer la soirée en ville ; Roger, cependant, roulait en s'enfonçant dans l'obscurité de la nuit toute proche et, après dix minutes, abandonna la route principale pour prendre un chemin en terre battue. Il alluma les phares ; nous venions de nous engager dans une vaste friche et l'herbe rase avait du mal à masquer l'aridité du sol ; les anciennes zones marécageuses de Sabaudia étaient désormais ensevelies sous des couches et des couches de terre sèche qui occultaient les lents mouvements souterrains. Mussolini avait fait drainer les marais mais, à mesure que la décapotable avançait en zigzaguant et en cahotant sur le chemin, je sentis, sans savoir pourquoi, que quelque chose ne s'était pas définitivement stabilisé en ces lieux ; que, malgré une surface asséchée, se trouvait sous nos pieds quelque chose qui pourrait resurgir d'un rêve ancien pour venir hanter nos insomnies.

La nuit était tombée pour de bon lorsque nous aperçûmes les lumières. Nous nous trouvions déjà à une certaine distance de la via Litoranea. Ce n'étaient pas celles d'une maison, mais des lumières éclairant quelque chose d'énorme au milieu du terrain vague. Roger quitta le chemin de terre et piqua en direction des foyers lumineux, derrière lesquels s'étendait une forêt touffue. La voiture, dont les phares braqués telles deux colonnes de fumée blanche illuminaient deux silhouettes que l'on devinait à distance, parcourait le terrain instable en soulevant de la poussière ; on eût dit qu'on roulait sur la lune, mais une lune plus grande qu'à l'accoutumée, marron et verte. Lorsque nous nous approchâmes des silhouettes en question – deux hommes –, nous comprîmes qu'ils étaient éclairés par une paire de projecteurs suspendue aux branches d'un arbre ; il y avait également un bruit puissant et continu, comme la turbine d'un avion qu'on aurait camouflée. Cette chose qui flottait au milieu du champ avait la forme d'une larme renversée, suspendue à trois ou quatre mètres du sol grâce à l'air qu'on avait propulsé à l'intérieur et que chauffait la flamme bleue d'un brûleur. Sous l'enveloppe en tissu noir, une nacelle en osier était retenue au sol par quatre câbles, à l'extrémité desquels des anneaux constituaient les sommets d'un carré imaginaire. Roger stoppa sa voiture à quelques mètres de distance, éteignit les phares et descendit.

Deux hommes s'activaient sur le ballon à air chaud qui, en planant de la sorte au-dessus du terrain vague, formait une ombre irréelle se découpant sur le ciel nocturne constellé d'étoiles. A l'intérieur de la nacelle, surveillant le brûleur, se

tenait un homme maigre avec des moustaches gri-
sonnantes, vêtu d'une chemise à carreaux et coiffé
d'une casquette ; à côté de la gondole, un bloc-
notes dans la main droite, se trouvait un homme
de grande taille, chauve, fort comme un taureau,
en débardeur blanc, dont le tronc compact lui donnait l'allure d'un lutteur, n'eût été la paire de lunettes
rondes posée sur l'arête de son nez. Derrière lui
était garée une vieille Renault. Les deux hommes
nous ignorèrent ; le plus grand semblait étudier ses
notes et donnait ses instructions à celui qui, à l'intérieur de la nacelle, était occupé à régler le brûleur.
Quand Roger s'approcha, pourtant, l'homme glissa
son bloc-notes dans la poche arrière de son pantalon et tourna la tête dans notre direction. Il avait
un regard violent, pénétrant et blessé, surtout blessé,
pensai-je. Malgré son physique solide, il devait facilement avoir une cinquantaine d'années, comme
l'attestaient les rides sur son visage et son cou. A
mes côtés, je sentis qu'Olivia était tendue, comme
si le regard de l'autre provoquait chez elle une
répulsion ou un frissonnement inattendu ; d'une
certaine façon, je sentis également, sans savoir
pourquoi, que c'était elle que l'homme regardait.
Roger lui dit quelques mots que nous ne parvînmes
pas à entendre ; ensuite, il détourna son attention
de la voiture – ses yeux très clairs et féroces, éclairés par les projecteurs branchés à un petit générateur, rappelaient ceux d'un animal – et d'un geste
autoritaire donna un ordre à l'homme à la moustache, lequel se hâta de descendre de la gondole.

"Ça ne peut être que notre Banco", dit Vincenzo.

Olivia se mit à rire, mais c'était un rire nerveux.
Je regardai Nina qui, toujours assise, était figée, les
yeux rivés sur le ballon.

"Cet endroit est effrayant", dit-elle en se recro-
quevillant, comme si le vent s'était levé.

L'homme à la moustache s'approcha et, lorsqu'il remarqua la présence de femmes parmi nous, ôta sa casquette par politesse.

"Je m'appelle Alipio, dit-il en italien. Je viens chercher le tissu pour M. Bosco."

Olivia descendit de la voiture et Nina lui passa les sacs en plastique contenant la toile. Alipio les prit dans ses bras, remercia d'un signe de la tête en souriant, puis retourna près du ballon. Roger continuait à discuter avec celui qui était probablement Bosco et qui, les bras croisés, le regardait de haut avec un certain mépris. Ils parlaient en anglais, mais leurs paroles étaient pour l'essentiel couvertes par le bruit continu du brûleur, dont la flamme maintenait en l'air le ballon et la nacelle. Je ne m'étais jamais trouvé si près d'une montgolfière et, dans cet endroit reculé, avec cette pénombre, elle me paraissait incroyablement grande et, dans le même temps, exceptionnellement fragile. La nacelle était un petit cube ne pouvant pas accueillir plus de deux personnes, avec une structure métallique pour supporter le brûleur. Au-dessus, la larme noire formait un étrange nuage surplombant le terrain vague. Alipio posa les sacs au pied du ballon et, après être remonté à bord de la gondole à l'aide d'une petite échelle, il éteignit le brûleur. La voix de Bosco devint soudainement audible, puissante et rauque.

"… pas possible un imbécile pareil ! Deux jours ? Tu ne sais vraiment rien faire sans mode d'emploi, dis-moi. Je t'avais juste demandé du tissu pourtant, pas de résoudre une équation du second degré", dit Bosco, dans un anglais au fort accent espagnol. Il secouait la tête, les mains sur les hanches. "Quel imbécile."

Roger avait l'air d'un nain à côté de Bosco ; il encaissa l'insulte sans moufter.

"Bon, la livraison est faite", dit l'Australien, en reculant lentement. Il désigna la voiture. "Je dois y aller.

— C'est ça, file d'ici", lança Bosco en ressortant le bloc-notes de la poche arrière de son pantalon. Il semblait au bord d'une crise de rage ; il l'interpella à nouveau : "Eh, l'imbécile. Tu diras à sa femme qu'on vient dîner."

Roger s'éloigna en pressant le pas et monta en voiture. Il était rouge de honte.

"Vous avez l'air très proches", railla l'Italien.

Furieux, Roger fit demi-tour, puis après avoir allumé les phares, se remit en route. Bosco et Alipio observaient le ballon en train de se flétrir et bientôt l'enveloppe s'affaissa sur la nacelle comme une serviette usagée. La décapotable avança en direction de la forêt obscure. Je me retournai et enregistrai cette image qui, à faible distance, était presque belle : deux individus aux traits imprécis au milieu d'une friche, dégonflant un énorme ballon sous la lumière fantasmagorique de deux projecteurs suspendus aux branches d'un arbre. C'est aussi à cet instant que je compris ce que Nina avait voulu dire en déclarant que cet endroit l'effrayait : je vis Bosco ramasser et mettre sur ses épaules un sac à dos dont dépassait ce qui avait tout l'air d'être le canon d'un fusil de chasse.

XI

Le chemin de terre que nous empruntâmes traversait l'épaisse forêt. On sentait encore la chaleur, mais elle était atténuée par une brise fraîche qui apportait l'odeur douceâtre des pins et des cyprès. Il devait y avoir quelque part un cours d'eau pour abreuver une végétation d'une telle densité. Roger roulait à vive allure et sans prendre de précautions ; le dessous de la voiture heurtait sans cesse des pierres qui sautaient de terre. Nina semblait de plus en plus absorbée par ses pensées et fouilla dans son sac à main, le corps cahoté à cause de la conduite maladroite de l'Australien. Lorsqu'elle parvint à trouver son téléphone, elle le brandit au-dessus de nos têtes.

"Je n'ai pas de réseau", dit-elle. Elle se pencha vers l'avant et demanda : "Est-ce qu'il y a un téléphone là où on va ?"

Roger cracha par la fenêtre ; il prit tout son temps et finit par répondre : "Oui. Pourquoi ?

— J'ai besoin d'appeler John McGill pour lui donner des indications. Il ne pourra pas me joindre à son arrivée à Priverno.

— On est vraiment au milieu de nulle part, dit Vincenzo, que cette idée semblait enchanter. C'est génial !"

Quelques minutes plus tard, nous parvînmes à une clairière. Les cimes des arbres étaient moins touffues et nous arrivions à voir le ciel. Roger ralentit et nous approchâmes d'une cabane en bois tout en longueur. Une applique électrique éclairait par intermittence la porte de la cabane, qui avait la forme d'un petit hangar et près de laquelle bourdonnait un générateur. Au bord d'un ruisseau, se trouvait une multitude d'accessoires pour montgolfières : des nacelles en osier de différentes tailles, certaines encore inachevées, d'autres en piteux état ; des enveloppes en nylon, dont le tas atteignait la taille d'un homme ; plusieurs bobines de cordes à côté de vieux ventilateurs et de brûleurs rouillés ; des dizaines de petites bouteilles de propane rangées dans un dépôt vertical construit avec des rondins de bois. La voiture passa lentement devant la porte de la cabane, qui était entrouverte.

"C'est le laboratoire du docteur Bosco, indiqua Roger. Je vous conseille de ne pas vous en approcher. Notre homme n'aime pas les gens trop curieux. D'ailleurs, il n'aime pas les gens tout court."

Roger persiflait, pourtant il y avait en ces lieux – malgré le ruisseau, malgré le silence paisible – quelque chose de sinistre. Ma jambe se rappela à mon bon souvenir, la blessure invisible pulsant à l'intérieur de la chair ; je dus le laisser voir car Olivia posa sa main sur mon bras. Je sentis ses doigts glacés sur ma peau ; ils étaient froids comme les morts. Le chemin de terre traversait la clairière de Bosco avant de pénétrer à nouveau dans la forêt et nous roulâmes encore une dizaine de minutes – cette fois, à la demande de Nina, Roger conduisit plus lentement – puis finîmes par déboucher sur la propriété de Don Metzger. La forêt s'achevait brutalement et le chemin conduisait à un grand espace dégagé, où se trouvait la villa. Roger expliqua que la propriété était circulaire et de grandes dimensions ; lorsque Metzger avait choisi cet endroit pour faire bâtir, il avait tenu à ce que la maison occupe précisément le centre de cette forêt de près de dix kilomètres sur cinq – pour autant qu'il fût possible de parler du centre d'un rectangle.

Nous aperçûmes le bâtiment éclairé à distance. Ce n'était pas un palace ni même une maison particulièrement imposante ; c'était une construction moderniste transportée dans un endroit reculé du Lazio. L'édifice était large et aplati, entièrement blanc, avec deux niveaux et un tracé rectangulaire ; le toit était plat et, à l'étage supérieur, les chambres s'ouvraient sur des balcons. La maison ne semblait faite que d'angles droits et la façade, partiellement en verre, laissait voir l'intérieur des pièces éclairées, ainsi qu'une grande volée de marches reliant les deux niveaux. A côté de l'entrée se trouvait un petit palmier, qui avait sans doute connu des jours meilleurs, et une longue enfilade de pierres blanches et de cactus verts qui ornaient l'accès à la porte principale ; çà et là, prospéraient des massifs d'hortensias et de bougainvilliers. Le chemin de terre se terminait où commençait une vaste pelouse dont la pente conduisait des abords de la maison jusqu'à un lac illuminé par la lune. C'était une maison de vacances importée tout droit des collines de Hollywood, sobre, lumineuse, rectiligne et sans rien d'européen. Vincenzo, qui en avait tellement exagéré les proportions dans son imagination, semblait mortellement déçu. Olivia, en revanche, déclara que c'était un bel endroit ; j'étais d'accord avec elle, surtout après avoir traversé la sinistre clairière de Bosco.

Deux voitures de luxe étaient stationnées devant la maison ; on entendait à l'intérieur des éclats de voix et de la musique. Roger se gara à côté des autres voitures. Nous sortîmes et, à sa suite, contournâmes le bâtiment jusqu'à sa partie latérale. A travers la baie vitrée, on pouvait voir des silhouettes à l'intérieur de la maison. Le lac, à quinze ou vingt mètres de l'entrée, attira immédiatement mon attention. Sa surface immobile reflétait la blancheur de la lune ; mais, même si ses eaux étaient placides, ce calme mortuaire ne semblait être qu'un répit avant que les flots s'ouvrent et révèlent quelque chose d'extraordinaire : un bateau pirate, un monstre marin. Un petit quai se prolongeait sous la forme d'un ponton en bois, avec à son extrémité un plongeoir et, au bord de l'eau, amarrée au ponton, une petite embarcation à rames à l'aspect fragile. Près du quai, une balançoire, faite avec deux cordes et une planchette en bois, avait été accrochée à un arbre.

L'Australien entra dans la maison par une porte coulissante qui donnait accès à la cuisine. Je suivis les autres en boitant et sentis du bout de ma canne la pelouse sèche qui laissait voir un sol sablonneux. Nous nous trouvions à faible distance de la mer et, pourtant, entourés d'une forêt aussi dense, il eût été impossible de deviner la présence du littoral. La cuisine était spacieuse et équipée comme un restaurant italien de province – il y avait des casseroles et des couteaux de toutes les tailles, des faitouts accrochés au mur, une table rustique entourée de huit chaises, un four à bois, des tresses d'ail et des oignons géants, plusieurs bonbonnes d'huile d'olive et des dizaines de bouteilles de vin rouge sans étiquette.

Roger déposa les sacs de boissons sur le comptoir et nous présenta Susanna, une grosse dame portant un tablier bleu et un fichu sur la tête.

"Elle ne parle qu'italien", dit-il en ouvrant une bouteille de vodka.

Susanna, dans l'expectative, nous regarda de ses yeux doux. Roger se mit à faire des gestes et désigna la pendule en disant en anglais que Bosco et Alipio allaient venir dîner ; la femme sourit, acquiesça et demanda, en italien, si nous avions faim. Il y avait une *focaccia* au four. Nous nous consultâmes du regard et, à tour de rôle, chacun d'entre nous se déclara partant. Susanna, avec son vieux visage ridé par le soleil, observa ma canne et sourit.

La fête semblait avoir commencé depuis un certain temps déjà et les gens étaient éparpillés à travers la maison. Se trouvaient là un réalisateur du nom d'Albert Fink ; une Allemande, Uli Lefer, productrice exécutive du film ; trois acteurs dont celui qui avait le rôle principal, un Néo-Zélandais fluet dénommé Sebastian Pym (à moins que Pym ne fût son surnom) ; également deux membres de l'équipe de tournage, le directeur de la photo, un Asiatique, et un ingénieur du son autrichien. Et il y avait Elsa Gorski, qu'il était difficile de ne pas remarquer. Non pas parce que c'était une star (Elsa en était une) ou parce qu'elle se comportait comme telle (elle ne s'en privait pas), mais bien à cause de sa beauté qu'elle traînait comme un malade traîne un virus, même lorsque tout en elle trahissait désintérêt et laisser-aller. Après avoir mangé la *focaccia* préparée par la cuisinière, nous trouvâmes Elsa allongée sur un canapé au milieu du salon, décoiffée, dans une robe noire très courte, en train de fumer une cigarette et de regarder, avec un air détaché et hautain, un immense écran de télé sur lequel défilaient les images d'un vieux film en noir et blanc. Sur le mur, au-dessus du canapé, était accrochée une énorme photo de Pasolini. Elsa m'expliqua par la suite que ce portrait du réalisateur dans les sables de Sabaudia était en fait l'agrandissement d'un photogramme extrait d'un entretien qu'il avait accordé au cours d'un lointain hiver dans les années 1970. Pasolini y apparaissait en train de marcher sur les dunes en gabardine, avec des lunettes noires et un pull rayé. Elsa, sous le réalisateur, lui tournait le dos.

Vincenzo se présenta à l'actrice, mais elle ne quitta même pas l'écran des yeux.

"*L'Année dernière à Marienbad*, dit-elle, en désignant l'écran. Avec Delphine Seyrig. C'est ce que la Nouvelle Vague a produit de meilleur."

De toute évidence, Elsa Gorski voulait qu'on lui fiche la paix. Cependant, il se dégageait de sa présence un tel pouvoir d'attraction que j'eus envie de m'asseoir à ses côtés et de me mettre à masser ses chevilles nues – comme si en voulant rejeter le monde, elle finissait par l'attirer à elle avec d'autant plus de force, alors que son attitude de rejet était visiblement sincère.

Le salon s'étendait sur presque toute la longueur du rez-de-chaussée et était divisé en deux parties. Dans la première, la plus proche de la cuisine, où l'actrice se trouvait allongée, il y avait des canapés et des fauteuils aux tons ocre et marron, un bar avec un comptoir en zinc, une table basse et un tapis épais et doux qui recouvrait presque la totalité du parquet. C'était une décoration datée mais accueillante. Dans l'autre partie, l'aménagement était complètement différent. Deux grandes portes coulissantes s'ouvraient sur un espace dont la baie vitrée offrait une vue sur l'extérieur – le palmier, les cactus, les voitures garées devant l'entrée – et où le sol avait été remplacé par du verre : des poissons nageaient dans un aquarium sous nos pieds, tous types de poissons d'eau douce, aux couleurs vives et aux grands yeux ingénus, zigzaguant au milieu d'une flore marine en plastique sur un fond de sable très jaune. S'ils l'avaient pu, ils seraient certainement venus nous mordiller les orteils. La lumière aussi provenait du sol, de deux énormes lampes subaquatiques cachées dans le sable, comme si cette partie du salon avait été une étrange discothèque sous-marine. Quelqu'un avait mis un vieux disque de musique *soul*.

C'était dans cet espace que l'équipe du film était rassemblée. Verre à la main, ils fumaient leur cigarette, tandis que les conversations se croisaient et se diluaient dans la musique. Vincenzo sourit, alluma une cigarette et s'en alla prendre part à la fête, sans nous attendre. Olivia resta à le regarder sans réaction : elle avait l'air fatiguée ou peut-être mal à l'aise. Ensuite, elle annonça qu'elle allait chercher ses affaires dans la voiture et se mettre en quête d'une chambre où les poser, puis disparut. Je pensai à elle pendant qu'elle s'éloignait. C'était une fille emplie de désillusion et, pour finir, elle se retrouvait toute seule. Nina indiqua qu'elle allait essayer de joindre McGill et fit demi-tour pour retourner dans la cuisine.

Dans la salle de l'aquarium, Roger sirotait la vodka qu'il s'était servie dans la cuisine et parlait avec trois personnes, dont une femme d'une quarantaine d'années qui avait attrapé de gros coups de soleil. A côté de ce groupe, d'autres personnes dansaient. La nuit était chaude et tout ce que je voulais à ce moment précis, c'était trouver un lit et dormir tout mon soûl. Vincenzo se rendit compte de mon hésitation et me passa un bras sur les épaules.

"La soirée ne fait que commencer", lança-t-il.

Il sentait le tabac et la sueur. Depuis qu'il avait pénétré dans cette maison, l'Italien semblait avoir oublié tout ce qui s'était passé jusqu'alors ; il se sentait dans cet environnement éthéré, liquide et blanc, aussi bien que dans un nid douillet. Fouler ce sol transparent était une expérience curieusement agréable et, lorsque je frappais le verre du bout de ma canne, les poissons s'approchaient de mon ombre, comme si j'avais été le joueur de flûte de Hamelin attirant les rats hors de la ville.

"Regarde, les poissons ont l'air de bien l'aimer", dit la blonde qui se trouvait à côté de Roger.

L'Australien nous présenta Fink, Lefer ainsi que sa femme, Stella Dormant. Stella tendit la main à Vincenzo, sur laquelle celui-ci déposa un baiser ; avec moi, elle se montra moins expressive et se contenta d'un bref signe de la tête. Ses cheveux blonds étaient trop brillants, ses cils trop faux et elle portait une robe trop juste pour son corps tout en rondeurs ; tout chez elle était excessif. J'échangeai un rapide regard avec Vincenzo ; il était effrayant d'imaginer ce que Roger et elle devaient pouvoir faire dans la solitude de leur chambre.

"Ils font partie du groupe de McGill", dit Roger à Albert Fink qui acquiesça d'un hochement de tête.

C'était un Anglais d'une quarantaine d'années, chauve et blanc comme un linge.

"Sacré talent, ce gamin, lança Albert. Si seulement je l'avais lu plus tôt. Il paraît que Metzger veut faire appel à Belvaux.

— Je peux pas le croire, dit Uli avec un fort accent allemand. Je peux pas croire que Metzger donne le boulot au Français.

— Il est pas français, il est belge, corrigea Roger. Encore un peu de vodka ?"

Stella accepta immédiatement. Uli et Albert demandèrent s'il restait du champagne ; Roger dit qu'il allait voir et s'éloigna. Nous formions un petit cercle sur le côté gauche de l'aquarium. Je regardai à travers la baie vitrée et vis Nina marcher près du lac. Derrière nous, un second groupe discutait avec animation, le directeur de la photo asiatique tenait une bouteille de vin et servait Pym, dont les yeux injectés de sang et les lèvres asséchées indiquaient qu'il n'avait pas consommé que de l'alcool.

Albert me demandait quelque chose. Je revins subitement à la conversation.

"Pardon ?

— Albert voulait savoir si toi aussi tu travaillais dans le cinéma, dit Vincenzo.

— Moi ? Non, non. Quelle idée !

— On dirait le médecin de la série américaine, avec la canne, commenta Stella.

— D'ailleurs il lui ressemble vaguement, dit Uli en riant. Pas de menton, une barbe de trois jours, le regard légèrement halluciné. Je parie…

— Tu paries quoi ? se moqua Vincenzo.

— Je parie qu'il est écrivain, dit Uli. En tout cas, il en a tout l'air.

— Ah bon ? Parce que c'est quoi un air d'écrivain ?" voulut savoir Albert.

Ils parlaient de moi comme si je n'avais pas été là.

"Un air hautain et en même temps un côté clochard, expliqua Uli sans même me regarder. Tu as déjà observé attentivement la collection de types que Don a ramenés ici au fil des années ? Je parle des romanciers, bien sûr.

— DeLillo est passé ici il y a quelque temps, intervint Albert.

— C'est l'exception qui confirme la règle, rétorqua Uli. Rappelle-toi Tom Kapus, ce juif américain, la quarantaine, qui ressemblait à un gros rat déguisé en homme. Et l'autre, là, celui de *Bandwagon*. Un hippie. Comment il s'appelait déjà ?

— James Leffers, répondit Vincenzo fièrement, comme si la discussion l'amusait.

— Alors, j'ai raison ou pas ? m'interrogea Uli.

— A quel sujet ? demandai-je.

— T'es écrivain ou pas ?"

Je bus une gorgée. Uli et Albert m'imitèrent ; Vincenzo alluma une cigarette. Il y eut un étrange moment d'attente.

"Non", répondis-je. Je pointai le menton vers l'Italien. "Mais lui, oui."

Uli écarquilla les yeux ; Albert toussa.

"Je suis étonnée, dit Uli.

— Pourquoi ? demanda Vincenzo, contrarié.

— T'as l'air hautain, ça c'est vrai, mais tu n'as pas franchement le côté clochard, répondit-elle. Etre hautain a son importance, mais le côté clochard est vraiment essentiel pour ceux qui se consacrent à ce genre de choses."

Vincenzo semblait chercher une réponse incisive quand Stella s'interposa.

"Laisse-moi deviner, dit-elle en me fixant très sérieusement. Avec cette jambe, tu as peut-être été lutteur ou un truc dans le genre."

Uli se mit à rire ; Albert continua à boire, amusé ; Vincenzo me regarda, dans l'attente de ma réponse.

"Oui, c'est ça, répondis-je. J'ai perdu ma jambe au cours d'un combat épique.

— A Acapulco, ajouta Vincenzo. Pendant sa période clochard. Fallait voir la brute épaisse qu'il avait en face : un vrai gorille."

Stella écarquilla les yeux, sincèrement préoccupée. C'est alors que Roger réapparut avec une bouteille de vodka et plusieurs verres. Il regarda sa femme :

"Qu'est-ce qui se passe ?"

Albert sourit.

"Tes amis nous racontaient à quoi ressemblait son passé de lutteur", dit-il sur un ton sarcastique.

Roger fronça les sourcils et distribua les verres.

"Qui, celui-là ? demanda-t-il en désignant Vincenzo.

— L'autre, dit Uli.

— C'est un gorille à Acapulco qui lui a complètement bousillé la jambe, dit Stella. Pauvre créature.

— Il n'y a pas de gorille à Acapulco", dit Roger confusément.

Je m'attendais à ce qu'il crache par terre ou sur les chaussures de sa femme.

Stella semblait ne plus trop savoir à quoi s'en tenir ; Roger nous regarda. "Je croyais que vous étiez écrivains ou je sais pas trop quoi. Comme McGill."

L'Australien servit de la vodka à tout le monde.

"Alors, et le champagne ? demanda Uli.

— Ce qu'on a est mis de côté pour l'arrivée de Don.

— A Don Metzger !" cria Pym, de l'autre côté du salon, en levant son verre.

Les autres l'imitèrent et se mirent à boire ; nous fîmes de même. La vodka pure me réchauffa immédiatement le corps. Pym avait crié pour attirer l'attention d'Elsa, qui semblait somnoler sur le canapé. Elle tourna la tête vers nous, nous regarda quelques secondes, essaya de sourire, puis nous oublia et referma les yeux. Sous mes pieds se promenait un poisson pourpre aux yeux jaunes avec de grandes nageoires.

"On dirait un dessin animé, tu trouves pas ?" commenta Nina qui, elle aussi, à mes côtés, suivait le mouvement irrégulier du poisson.

Elle était revenue parmi nous. Je la regardai avec un plaisir inattendu : elle semblait plus belle encore avec cette lumière qui provenait du sol et illuminait son menton parfait et ses cheveux roux, détachés sur ses épaules.

"Alors, McGill ?

— Je n'ai pas réussi à l'avoir, expliqua-t-elle. Susanna m'a laissé utiliser le téléphone de la maison, mais pas moyen de le joindre. Il doit être dans l'avion."

Nina sourit, mais elle avait l'air fatiguée ; Roger s'approcha, lui resservit une vodka qu'elle but aussitôt. La musique *soul* était devenue plus sirupeuse et, à cet instant, Vincenzo s'approcha d'elle et la saisit par la taille. Ils se mirent à danser sur le rythme lent du morceau, en faisant glisser leurs pieds sur le verre de l'aquarium, tandis que les petits poissons accompagnaient leurs mouvements sinueux en faisant onduler leur queue. Pym et les deux autres acteurs de *Game Over* – un homme de grande taille avec des moustaches et une femme aux cheveux peroxydés – rejoignirent Vincenzo et Nina ; peu après, ils furent imités par le directeur photo asiatique et l'ingénieur du son. Roger s'occupait de remplir démocratiquement tous les verres de vodka. Puis il reprit sa caméra qu'il avait posée sur une table et commença à filmer.

Je m'éloignai lentement, en m'efforçant de sourire comme si cela pouvait camoufler mes mouvements, pour regagner la partie plus conventionnelle du salon. Elsa avait disparu du canapé, mais son parfum – léger, aigre-doux – flottait toujours dans l'air ; ou peut-être le salon sentait-il toujours cette odeur, l'odeur du corps en nage d'une femme allongée. Je me demandai un instant où pouvait se trouver Olivia, mais oubliai aussitôt la question. A l'extrémité du salon, derrière le comptoir du bar, se trouvait une volée de larges marches en bois qui conduisait à l'étage supérieur. Je tentai de regarder ce qu'il y avait en haut de l'escalier, mais ne parvins pas à voir autre chose qu'un couloir obscur. J'envisageai l'hypothèse de m'y aventurer, mais une odeur provenant de la cuisine attira mon attention.

Susanna était aux fourneaux, en sueur, et agitait une poêle au-dessus d'une flamme diabolique. Bosco et Alipio avaient pris place autour de la table en bois et mangeaient des morceaux de pain trempés dans de l'huile d'olive. La cuisine sentait le chorizo, l'oignon et le clou de girofle.

"Ça sent bon", dis-je.

Bosco m'observait. Il portait les mêmes habits qu'en début de soirée, salis par ses travaux dans le terrain vague. Alipio sourit.

"Assieds-toi avec nous", proposa-t-il, en italien.

Susanna se retourna, sourit à son tour et désigna une place à table. La musique et les voix des autres étaient ici comme des murmures provenant d'un endroit éloigné ; ils étaient recouverts par les crépitements de la poêle : quelque chose de délicieux était en train de frire sur le gaz.

"Ce serait mal élevé de refuser", dit Bosco en anglais, de sa voix rauque.

Le ton était rude et autoritaire. J'acceptai, claudiquai jusqu'à la table et pris place en posant ma canne contre la chaise. Je dus grimacer de douleur car Alipio demanda, en joignant les doigts rugueux de sa main droite – il avait les ongles sales et gâtés – et en les portant à la bouche :

"Aspirine ?

— J'aurais besoin de quelque chose de plus fort", répondis-je.

Alipio se tourna vers Susanna, qui nous observait : *"Più forte"*, indiqua-t-il.

Susanna acquiesça d'un signe de la tête, s'approcha et versa une sorte d'omelette au chorizo directement de la poêle dans un plat en terre posé au milieu de la table. Bosco et Alipio se servirent et commencèrent aussitôt à manger. Sous la lumière douce qui tombait du plafond, on pouvait voir la sueur perler sur le crâne chauve du Catalan et menacer de couler dans ses yeux ronds ; à côté de Bosco, Alipio avait la taille d'un enfant. Susanna retira son tablier et sortit de la cuisine. Alipio me servit un verre de vin de l'une des bouteilles sans étiquette.

"Ça doit pas être marrant, dit Bosco, sans me regarder, tout en continuant à manger. Un type de ton âge qui ne peut pas marcher normalement."

Je goûtai le vin : il était doux comme une liqueur.

"Il y a pire. Je pourrais ne plus avoir de palais et être incapable de goûter ça."

Alipio se montra d'accord d'un signe de la tête, comme s'il avait compris ce que je venais de dire.

"Roger nous a dit que tu fabriquais des ballons pour Metzger.

— C'est qui, Roger ?

— L'Australien qui t'a apporté la toile."

Bosco fronça les sourcils un instant ; il semblait fouiller au plus profond de sa mémoire à la recherche d'un malheureux souvenir de Roger.

"Ah, cet imbécile. Et qu'est-ce qu'il a dit ?

— Que tu étais l'artiste qui fabriquait les ballons pour Metzger."

Bosco prit une expression goguenarde ; ses lèvres fines, quasi inexistantes, se tordirent dans un spasme. Il avait des œufs et du chorizo plein la bouche.

"Artiste ? cracha-t-il.

— Je crois bien que c'est le mot qu'il a utilisé."

Bosco continua de mâcher. "C'est un peu facile comme mot, tu trouves pas ?

— Comment ça ?

— On s'en sert pour tout et n'importe quoi." Il prit une nouvelle fourchetée et une fois de plus parla la bouche pleine. "Comment l'Australien s'est-il présenté lui-même ?

— Il nous a dit qu'il était réalisateur de films in-dépendants.

— Et un réalisateur, c'est un artiste ?

— *Artista*", répéta Alipio, tout en continuant de manger.

Notre conversation en anglais semblait l'amuser. Bosco rompit un morceau de pain en deux et en offrit une moitié à l'Italien, comme pour lui dire de se le fourrer dans la bouche et de la boucler.

"Il me semble que oui, répondis-je.

— Même un réalisateur qui se vante de faire du cinéma érotique quand, en réalité, ce qu'il fait n'est rien d'autre que de la pornographie mal déguisée en érotisme ? Des films, d'ailleurs, dans lesquels il fait jouer sa propre femme."

Je posai mon verre de vin. Je dus faire une drôle de tête parce que Alipio sourit à nouveau, la bouche pleine du pain que Bosco venait de lui donner.

"Imagine un peu, continua Bosco. Tu achètes une caméra d'occasion, tu appelles quelques amis et tu leur demandes de venir chez toi pour forniquer avec ta femme. Pendant ce temps, tu filmes tout. Tu trouves quelqu'un pour distribuer cette immondice (et tu remarqueras qu'il y a toujours des clients pour ce qui est immonde, alors que ce n'est pas le cas pour ce qui est beau) et tu appelles ça cinéma érotique. Cela fait-il de toi un artiste ?

— Je suppose que non."

Bosco mordit dans son morceau de pain à pleines dents et secoua la tête.

"C'est ça le problème de l'époque dans laquelle on vit", dit-il. Il semblait vraiment affligé. "On marche sur la tête. On ne pense plus en termes positifs, aujourd'hui on envisage la réalité par la négative. Adresse-toi à n'importe qui et indique-lui une faute morale. Il va te demander : où est le mal ? Alors que la question devrait être – et aurait toujours dû être : où est le bien ? C'est comme ça que se justifie ce salopard d'Australien : par la négative. Comme une prostituée en fin de course qui ne sait rien faire d'autre que ce qu'elle a fait tout au long de sa vie et qui, comme elle est vieille et foutue, raconte qu'elle a eu une longue carrière d'hôtesse VIP. Ce qui n'empêche pas qu'elle soit encore et toujours une prostituée.

— *Prostituta*, dit Alipio, sourire aux lèvres.

— Et Don s'est laissé mener en bateau, poursuivit Bosco. Il a gobé toutes ces salades."

Je bus une nouvelle gorgée de vin ; son arôme était si intense qu'il en était écœurant.

"Metzger finance les films de Roger ?

— La pornographie n'a pas besoin de financement, pas même celle qui se cache derrière le masque ridicule de l'érotisme", dit Bosco. Il y avait un mépris effrayant dans sa voix. "Comme la moisissure, elle se nourrit de la matière en décomposition.

— Je pose la question parce que Roger a parlé de Don comme de son patron.

111

— L'Australien est une sangsue ; il vit grâce à l'oxygène spirituel que Don lui fournit. Sans cet oxygène, il ne lui reste que le monde sordide de Los Angeles. Il lui reste des acteurs décadents de cinquième catégorie, les limousines à cinquante dollars de l'heure et les strip clubs de Santa Monica.

— Il n'a pas vraiment l'air de se préoccuper d'avoir une vie spirituelle. Ou raffinée.

— Si j'étais soûl dix heures par jour, moi non plus je ne m'en préoccuperais pas plus que ça.

— Et pourtant tu as l'air préoccupé, justement, alors que ça ne te concerne même pas."

Alipio se leva pour aller chercher une autre bouteille de vin. Susanna rapporta un flacon de comprimés qu'elle posa sur la table ; elle sourit et me dit en italien que c'était ce que le patron prenait en cas de douleurs. Pas plus que le vin, le flacon ne comportait d'étiquette ; j'en retirai deux comprimés que je glissai dans la poche de ma chemise. Alipio revint avec une nouvelle bouteille.

"Ce qui me préoccupe, c'est qu'on abuse de la bonne volonté de Don, reprit Bosco, en pointant son index énorme en direction de la porte qui donnait sur le salon. Ce qui me préoccupe, c'est qu'on abuse de son sens excessif de l'hospitalité. Que ces imbéciles, ces petits acteurs minables, ces réalisateurs frustrés et ces femmes faciles viennent ici pour profiter, consommer, sucer tout ce qu'ils peuvent. Ce ne sont pas des personnes, ils n'ont rien d'humain. C'est de la vermine, de vrais parasites.

— *Parassiti*", répéta Alipio en souriant.

Le discours de Bosco commençait à ressembler à l'homélie matinale d'un télévangéliste ; j'hésitai un moment, puis lui demandai :

"Et toi, en quoi es-tu différent ?"

Bosco haussa les épaules.

"En quoi sommes-nous différents des autres ?

— C'est ce que je te demande.

— La marque d'une finitude, dit Bosco.

— Je ne suis pas sûr de comprendre.

— Toi, par exemple. Qu'est-ce que tu fais dans la vie ?"

Je mis un certain temps à répondre.

"En fait, le plus souvent je ne fais rien. Parfois, je suis écrivain. Ou j'étais écrivain. Ou j'écris. Ou j'avais pour habitude d'écrire.

— Et que fait un écrivain ?"

Je fronçai les sourcils.

"Il écrit ?

— Pourquoi ?

— Parce qu'il a une question en tête à laquelle il ne sait pas répondre.

— Donc, il essaie de trouver une réponse, en imposant un ordre au monde avec ses mots.

— Ou en aggravant encore plus le désordre existant.

— L'échec est possible.

— Précisément.

— Encore qu'il soit le seul à connaître le sens de cet échec.

— C'est vrai.

— Mais cette canne et cette jambe morte l'exhibent en permanence."

Il y eut un moment de silence. Ensuite, Bosco reprit, en se penchant légèrement sur la table ; il parlait en s'emportant, tout en tâchant de se contenir.

"Tu peux croire une minute qu'un seul des imbéciles qui sont dans cette salle comprend ce que signifie exister de cette façon, avec l'exposition aussi évidente d'un échec ?

— Jamais je n'ai pensé à ma jambe comme à la marque d'un échec.

— C'est pourtant bien le cas. Ta jambe, c'est ton échec ; c'est la preuve de ta finitude. Et elle est exposée à la vue de tous, elle inspire à certains de la moquerie, à d'autres de la pitié. Néanmoins, tu es le seul à la comprendre vraiment, à en connaître la signification. Tu es le seul à vivre avec tes tourments."

Bosco pointa de nouveau l'index en direction de la porte de la cuisine. Au-dessus de nos têtes, la lumière faiblit un instant avant de revenir à la normale.

"Va dans le salon et demande à chacun d'eux où il a échoué ; demande-leur où se trouve la preuve de leur finitude. Nous la portons tous en nous d'une manière ou d'une autre, car nous sommes maintenant et pour toujours prédestinés à l'échec. Malgré ça, pour ta plus grande frustration, tu vas découvrir que ceux-là là-bas sont tous immortels. Une salle pleine de surhommes, parfaits dans leur imperfection, parfaitement oublieux de ce qu'ils sont, c'est-à-dire, comme nous tous, de la bonne chère pour les cimetières. De quoi régaler les asticots."

Bosco ôta ses lunettes et épongea la sueur de son front. Alipio se leva, sortit une cigarette de la pochette de sa chemise et l'alluma en souriant, avant d'annoncer en italien qu'il allait repartir au travail. Bosco lui dit de prendre la voiture et, peu après, on entendit la Renault s'avancer sur le chemin en direction de la forêt. Susanna lavait la vaisselle ; la cuisine se retrouva plongée dans le silence. Je posai alors la question suivante :

"Qu'est-ce qui selon toi pourrait donner une idée exacte de la finitude ?"

Bosco porta la main à l'arrière de son cou et inclina son crâne chauve. A la lumière du plafonnier, je pus voir une cicatrice s'étendant de l'oreille droite jusqu'au milieu de la nuque.

"Tumeur cérébrale à dix-neuf ans, répondit-il. Et mes ballons, évidemment.

— Tes ballons ?

— De l'art périssable. De l'art qu'on ne peut pas enfermer dans un musée, qu'on ne peut pas restaurer. De l'art qu'on met un temps fou à concevoir et à réaliser et dont on ne profite qu'un court instant. De l'art, pour ainsi dire, marqué par la finitude.

— Est-il vrai que Don n'a jamais volé dans aucun de tes ballons ?"

Bosco éclata d'un rire sarcastique, comme si la question n'avait pas de sens. "Les films, les premières, les festivals, tout ce putain d'argent… dit-il. Tout ça n'a aucun sens. Si tu arrives à voir un jour l'expression de son visage lorsqu'il regarde les ballons partir et emplir le ciel de couleurs, alors tu connaîtras le véritable Don Metzger.

— Il n'en reste pas moins que c'est bizarre, commentai-je. Regarder des ballons partir sans personne à l'intérieur, juste pour la beauté du truc."

Bosco vida son verre de vin d'un trait et le reposa rudement.

"Les ballons, c'est bien plus que de la simple beauté. La beauté peut donner un sens à la réalité, mais elle est éphémère. Les ballons ne sont pas seulement beaux ; ils sont des symboles et font partie d'un rituel, un rituel qui donne une vérité à la réalité, et non pas seulement un sens. En Thaïlande, par exemple, les gens pensent qu'assister au départ d'une lanterne céleste porte bonheur. Ça convient parfaitement aux Asiatiques, qui croient au destin. Par ailleurs, mes ballons sont symboles de libération." Puis il fit cette citation, comme pour conclure un discours enraciné au plus profond de lui : *L'homme est né libre, et partout il est dans les fers.*

Je reconnus la phrase, mais je dus me la répéter un moment avant d'en retrouver l'auteur. Tout en cherchant, je tentais également de comprendre si Bosco croyait réellement à ce qu'il disait, s'il était un fantaisiste ou, tout simplement, un imbécile se défendant de la réalité avec une philosophie de pacotille. C'est alors que je me souvins :

"Rousseau ?

— Oui. Pris dans les fers de ses désirs. Ou si on est croyant, de ses péchés. Dans la religion, il y a des péchés véniels et des péchés mortels ; dans ma forêt, il y a de petits ballons et de grands ballons. Chaque fois que l'un d'eux disparaît – chaque fois que l'un d'eux vole si haut qu'il en devient un mirage, l'ombre de quelque chose qui n'a jamais existé… Ce sont comme des étoiles distantes dont la lumière est un faux signe de vie. Chaque fois que l'un d'eux disparaît en direction de la mer, il y a quelque chose de moi – et de Don aussi – qui disparaît avec eux. Un poids, ou un désir, ou une illusion. Une douleur, si tu veux."

Bosco avait l'air presque ému. Il fit une pause, puis se passa la main sur son crâne chauve.

"Il vaut mieux que je me remette au travail", dit-il et il sortit de table.

Susanna, qui essuyait la vaisselle avec un torchon, sursauta lorsque quelqu'un ouvrit soudainement la porte en grand. Roger entra, la caméra dans sa main droite, ivre et titubant. A sa suite, Stella, prise d'un fou rire incontrôlable, Pym et Vincenzo ; ce dernier tenait la bouteille de vodka à la main. Pym fumait de la marijuana. Le bruit de la musique et des voix s'engouffra comme une bourrasque dans la cuisine – quelque part dans la maison, une femme riait comme une hystérique. Je me levai de table.

Roger pointa sa caméra vers Susanna et, avec un débit que l'alcool rendait traînard, lui demanda si elle pouvait donner aux spectateurs d'une émission de cuisine improvisée sa recette pour les *spaghetti frutti di mare*. Susanna, timidement, chercha à cacher son visage avec le torchon de cuisine, mais Roger insista, approchant de plus en plus la caméra de la figure de la femme. Vincenzo était aussi soûl que Roger ; alors qu'il s'apprêtait à boire à la bouteille, il remarqua la présence de Bosco. Il fit un pas en arrière et s'inclina pour une révérence, en manquant de trébucher. La vodka se répandit sur le sol de granite.

"Oups, lâcha-t-il. C'est le puissant bûcheron du Lazio."

Bosco l'ignora ; il regardait fixement Roger.

"Tu es cuit comme c'est pas permis", dis-je à Vincenzo.

Roger avait tourné la caméra dans notre direction ; Stella riait comme une démente.

"Et toi tu es sobre comme c'est pas permis", dit Vincenzo. Il regarda son poignet comme s'il portait une montre : "Quelle heure est-il ? Si Metzger ne se décide pas à arriver, je crois que je vais finir par tomber raide." Puis il sembla soudain se rappeler quelque chose. "T'aurais pas vu Olivia ?"

Stella poussa un cri : Bosco avait attrapé Roger par le col et l'avait soulevé de terre. Il laissa échapper sa caméra qui tomba à grand bruit sur le sol. Susanna eut à peine le temps de s'écarter ; le Catalan trimballa Roger comme un ours en peluche à travers la cuisine et la tête de l'Australien alla cogner contre les casseroles qui pendaient du plafond, produisant un étrange morceau musical. Vincenzo et Pym poursuivirent Bosco et finirent par saisir chacun un des énormes bras du Catalan. J'attrapai le pommeau de ma canne et me mis à boiter vers la porte, sans pouvoir faire autre chose que d'assister à cette triste scène.

"Lâche-le, sale brute !" criait Stella, en sortant à la suite de Bosco sur le gazon qui s'étendait jusqu'au lac.

Roger gémissait, comme à l'agonie.

Susanna, qui s'était réfugiée dans un coin de la cuisine, se signait. Les cris de Stella avaient attiré l'attention du groupe car, lorsque je sortis de la maison, je vis Albert, Uli, Nina et le reste des invités s'approcher du bord du lac, tandis que Bosco – dont Vincenzo et Pym tentaient en vain de stopper l'avancée – se dirigeait vers le ponton en menaçant de balancer Roger dans l'eau vaseuse. Vincenzo et Pym, à bout de forces, finirent par renoncer à vouloir contrarier le Catalan et reculèrent. J'échangeai un regard avec Nina : sur son visage on lisait de la frayeur et de l'incompréhension. J'avançai vers le ponton tandis que Roger se débattait, agitant dans l'air ses jambes courtaudes ; Bosco ne le lâchait pas, mais ne bougeait pas non plus. Lorsque je m'approchai, je vis que le Catalan avait les yeux baignés de larmes et sur son visage une rage incommensurable.

"S'il te plaît, lui dis-je tout bas. Lâche-le."

Bosco hésita un instant, puis, avec des gestes lents, recula du ponton ; ses mains se relâchèrent autour du cou de Roger qui suffoquait. Il le laissa s'écrouler sur l'herbe au bord de l'eau. Roger toussa et cracha.

"Tu lui diras de se tenir à distance, lança Bosco. La prochaine fois, je peux aussi bien lui faire la peau."

Puis il se retourna et, ignorant le regard de tous ceux qui se trouvaient là, s'enfonça dans l'obscurité de la forêt.

XII

L'incident entraîna quelques pertes : un groupe de cinq personnes partit dans l'une des voitures garées devant la maison, notamment le directeur photo asiatique et l'ingénieur du son autrichien. Malgré la scène du ponton, ils étaient encore ivres et en pleine excitation au moment de s'en aller et leur voiture fut rapidement engloutie par la forêt. La fête reprit son cours. Le Catalan avait disparu, Roger avait retrouvé ses esprits et l'alcool continuait de couler à flots dans les verres, puis des verres dans les gosiers. L'Australien passa un bon moment dans la cuisine à vociférer et à insulter Bosco tandis que Stella, attentionnée, l'écoutait se lamenter, puis ils rejoignirent le groupe de ceux qui fumaient de la marijuana dans le salon, affalés sur les canapés : Vincenzo, Pym, Albert et Uli. Elsa et Nina étaient assises sur le petit ponton au bord de l'eau et partageaient une bouteille de vin ; personne ne savait ce qu'était devenue Olivia. Je voulus convaincre Vincenzo de se mettre à sa recherche, mais je compris ensuite en voyant ses yeux mi-clos et son corps vaincu par la lassitude que c'était inutile.

Aux environs de vingt-trois heures, je me risquai à monter l'escalier conduisant à l'étage supérieur. Je cherchais Olivia et voulais visiter un peu la maison ; dans le salon, la conversation tournait au grand n'importe quoi et, par ailleurs, si je restais trop longtemps sans bouger, je ressentais plus vivement les douleurs à la jambe. J'avais oublié d'avaler mes comprimés à cause de la scène avec Roger et Bosco ; j'en pris conscience alors que je me trouvais au milieu de la volée de marches, mais l'idée de revenir à la cuisine pour me servir un verre d'eau m'apparut trop éprouvante. Je continuai donc à monter. Le premier étage était traversé par un long couloir qui conduisait à une baie vitrée à travers laquelle on pouvait voir les cimes touffues des arbres de la forêt. A cette heure – avec la lune suspendue au-dessus de la terre dans sa blancheur effrayante et les feuillages agités par le vent tiède qui sifflait en passant sous les fenêtres –, cette baie vitrée ressemblait à un écran de cinéma sur lequel on eût projeté un film macabre. Je boitai lentement à travers le couloir, en tâchant de ne pas faire trop de bruit avec ma canne, et cherchai un interrupteur pour allumer la lumière, mais n'en trouvai aucun. Le mur semblait vouloir me mordre le bout des doigts. Il y avait quatre portes fermées de chaque côté, mais j'eus le courage de n'en ouvrir aucune. Le silence, en ces lieux, était une chose indésirable. A distance, perdu dans un autre monde, j'entendis le doux murmure d'une respiration, mais il était impossible de dire d'où il provenait, ni même s'il s'agissait vraiment d'une respiration ou du bruit de la forêt dans la nuit.

Au fond, au niveau de la baie vitrée, le couloir se prolongeait vers la droite. Avant de tourner, je scrutai la forêt en plissant les yeux, à la recherche d'une lumière qui eût indiqué la présence de Bosco. Au début, je ne vis rien : un halo de brume semblait s'être subitement abattu sur la sombre silhouette des arbres. Ensuite, comme si un nuage dévoilait la lune pour que sa lumière éclairât la terre, il me sembla voir une ombre se déplacer en direction de la forêt. Elle se trouvait encore dans la propriété, mais eut tôt fait de disparaître au milieu du bois. Je frissonnai. C'était l'ombre de quelque chose de petit mais d'agile, probablement un jeune chevreuil ou un gros lièvre ; ou, dans un livre que j'aurais pu écrire, la silhouette d'un enfant égaré dans une forêt.

Au bout de cette portion sur la droite, le couloir s'interrompait brutalement devant une porte. C'était une porte plus grande que les autres, et plus solide en l'occurrence, munie d'une grande poignée métallique, sur laquelle je posai les doigts de ma main gauche. Quel monstre pouvait bien se cacher derrière cette porte ? Quelle créature étrange se protégeait des regards au bout de ce corridor si obscur ? J'eus envie de rire, mais c'était nerveux. Je pensai : dans quel temps, dans quel endroit nous trouvons-nous ? Je m'apprêtai à reculer lorsque la porte grinça – elle était entrebâillée et il avait suffi que je la touche à peine pour qu'elle s'ouvre tout doucement. Il y avait de la lumière à l'intérieur ; je posai l'extrémité de ma canne sur le seuil et entrai. C'était une chambre spacieuse et bien éclairée : il y avait un lit contre le mur le plus éloigné de la porte et un énorme écran de télévision sur le mur opposé. Sur la gauche, le comptoir arrondi d'un bar équipé, à côté duquel se trouvait une commode basse servant de support à un vieux tourne-disque ; sur la droite, deux fauteuils ; derrière les fauteuils, une porte. Une partie de la paroi contre laquelle s'appuyait le lit était en verre, ce qui permettait de voir la surface plane et sombre du lac. Je m'approchai pour regarder : Nina était assise sur le ponton, seule, et balançait doucement ses jambes au-dessus de l'eau, éclairée par la lumière qui provenait de la maison ; elle avait le regard orienté vers quelque chose qui se trouvait hors de mon champ de vision. Je levai la main gauche pour lui adresser un signe, puis me sentis complètement stupide.

"Vaine tentative", dit une voix.

Je sursautai et lâchai ma canne. Je perdis l'équilibre, mais parvins à atteindre le lit et à m'asseoir. Elsa se tenait debout au milieu de la chambre. Elle s'approcha, s'agenouilla, ramassa la canne et me la rendit.

"Excuse-moi", dis-je. Elle avait les jambes mouillées et sa chevelure brune en bataille. Je sentis son odeur puissante, un mélange de parfum et de sueur. "Je voulais me reposer un peu, je ne savais pas que tu étais là."

Je posai la canne sur le lit. Elsa s'assit à côté de moi.

"C'est ta chambre ?

— C'est la chambre de Don. J'aime dormir ici quand il n'est pas là.

— Je vais te laisser dormir, alors", lui dis-je.

Je voulus me lever, mais Elsa me retint par le bras. Ses doigts étaient tièdes et ses mains d'une étonnante douceur.

"Tu es drôle, dit-elle, en allumant une cigarette.

— Pourquoi ça ?

— On dirait que tu t'es trompé d'endroit. Comme si tu étais mécanicien, par exemple, et que tu t'étais pointé par erreur à un congrès de dentistes."

Je me mis à rire.

"Figure-toi que c'est à peu près ça, acquiesçai-je. Je me suis fait rouler en beauté.

— Par qui ? Ton ami italien ?

— Il connaît une personne à qui Don s'intéresse. Enfin, c'est une longue histoire.

— Je vois ça d'ici. Je fais tout pour le fuir.

— Qui ?

— Vincenzo.

— Pour quelle raison ?

— On a discuté tout à l'heure. Il est venu me trouver et a commencé à me parler comme le font souvent les gens : de toutes ces histoires de films, d'acteurs, de réalisateurs, blablabla. Ils tournent autour du pot, n'abordent pas ce qu'ils aimeraient vraiment aborder, tout en se cachant derrière le masque de ceux qui savent déjà tout. Dans le fond, c'est toujours le même problème : le succès ou l'absence de succès. Sauf que lui se présente sous un déguisement. En même temps, il essaie d'avoir l'attitude de celui qui ne se sent pas intimidé, de celui qui ne s'en laisse pas conter par les gens parce que, dans le fond, il s'estime supérieur à eux. Et ça, ça m'énerve parce que c'est malhonnête."

Elsa inspira profondément. Au-dehors, la nuit était de plus en plus épaisse et la lune voilée par un nuage de passage.

"Tu ne lui laisses pas beaucoup de marge de manœuvre, lui opposai-je en prenant la défense de Vincenzo, sans savoir pourquoi. S'il s'adressait à toi sur un ton révérencieux, ça t'énerverait encore plus. Tu préférerais vraiment qu'il te parle sur ce ton-là ? Ou qu'il se montre intimidé ?

— Je ne sais pas, répondit-elle, en tirant une bouffée. En fait, je crois que j'attends toujours une espèce de distance. Ou si tu veux, un peu plus de tact dans l'approche." Elle marqua une pause, en fumant. Puis elle ajouta : "J'avais dix-huit ans quand j'ai remporté un prix à Cannes. J'étais une gamine, mais ça ne m'est pas monté à la tête, si c'est à ça que tu penses."

J'acquiesçai d'un hochement de tête avec, sans le vouloir, un sourire au coin des lèvres. Elle m'asséna un coup de coude.

"Allez, dis-moi ce que tu as à me dire, me défiat-elle.

— Je ne sais pas. Je trouve que c'est trop tôt pour recevoir une pareille récompense. Le risque, c'est le succès, comme tu disais. Le succès est une chose dangereuse.

— Comment le sais-tu ?

— J'imagine. Parce que je lis les journaux. Parce que j'ai des amis qui ont connu le succès et qui sont devenus des imbéciles. Parce que dans ton milieu, il y a trop d'histoires de gens qui se sont effondrés trop tôt."

Elsa sourit ; elle avait des dents tachées par le tabac et l'arête de son nez était légèrement tordue. Elle était jolie, malgré tout.

"Je n'ai jamais compris ces raisonnements sur le succès. S'il arrive tôt, c'est trop tôt ; s'il arrive tard, c'est trop tard. Et s'il arrive tôt, qu'est-ce qu'on est censé faire, alors ? Se cloîtrer chez soi jusqu'à ce qu'on ait l'âge requis pour savoir déjouer les pièges de la célébrité ?

— Je me faisais juste l'avocat de Vincenzo. S'il t'a semblé un peu trop à son aise, c'est peut-être parce que en réalité il ne l'est pas du tout. Je sais qu'il peut avoir l'air d'un idiot, mais je ne crois pas qu'il en soit un. Simplement, il est jeune, vorace et voudrait ne faire qu'une bouchée de tout ce qui lui passe sous les yeux.

— Toi aussi, tu es jeune.

— Moins que lui."

Elsa haussa les épaules.

"Bon, d'accord. Je vais redonner une chance à l'Italien. Enfin, quand même, c'est ennuyeux de toujours parler de moi comme si la seule chose digne d'intérêt à mon sujet était un bien public. J'en ai assez. Ce que je voudrais, c'est conclure un pacte imposant le silence sur tout ce qui me concerne."

Elle poussa un soupir, puis passa la main dans ses cheveux. Ses pieds nus et petits se balançaient au bord du lit.

"Tu sais ce que Don m'a dit la première fois qu'il m'a vue ?

— Non.

— Qu'il avait besoin d'une femme de ménage."

J'éclatai de rire. Ce Metzger me plaisait de plus en plus.

"Je suis née dans une banlieue de Cracovie et ma mère m'a emmenée avec elle en Californie quand j'avais dix ans. Pour fuir l'Union soviétique. Elle est morte quelques années plus tard, elle était malade depuis longtemps, et je suis restée seule dans une petite ville qui s'appelle Salinas. J'avais encore de la famille en Pologne et, de temps en temps, ils m'envoyaient un peu d'argent. Mais je survivais en faisant le ménage dans un motel. Tu ne peux pas t'imaginer tout ce que j'ai pu trouver dans ces chambres à Salinas : de l'argent, de la drogue, des lettres d'amour. Une fois, j'ai trouvé un doigt. Un index ou un majeur, je ne sais pas, au fond de la poubelle de la salle de bains. Coupé au milieu. Je n'ai même pas pris la peine d'appeler la police. J'ai vidé le tout dans un de ces grands sacs-poubelles noirs et, hop, le doigt est parti avec le reste des ordures. A l'époque, j'avais un petit ami et les choses se sont mal passées, très mal passées. Un soir, on a eu une dispute terrible et il a cassé tout ce qu'il a pu dans mon appartement. Le lendemain, mon propriétaire m'a mise à la porte. Je n'avais pas d'économies ni la possibilité de louer un autre appartement. C'est à partir de là que j'ai commencé à vivre dans la rue."

Elsa alluma une nouvelle cigarette avec celle qu'elle s'apprêtait à finir.

"Oui, j'ai vécu dans la rue pendant quelque temps. Je faisais la manche dans les cafés, tout ça. J'ai même pensé à me prostituer, mais après, quand j'ai vu les filles qui tapinaient, j'ai compris que c'était inutile. Je n'avais pas de poitrine et j'étais squelettique. Pour que mon corps me rapporte, il aurait fallu que j'accepte trois fois plus de clients que les autres. C'était trop de sexe pour moi." Elle tira longuement sur sa cigarette et la fumée s'éleva en spirale. "Un jour, j'étais assise en face d'un *Starbucks*, sans vraiment savoir ce que j'allais faire de ma vie, quand j'ai remarqué un homme, un type énorme, lunettes noires et chapeau, assis à une table avec un autre homme, tout maigre celui-là, et avec une tête de nazi. C'étaient Don Metzger et Klaus Kasper.

— Le réalisateur ?

— Oui. Tu as vu ses films ?

— Un ou deux. J'ai vu celui tiré du roman de Knut Hamsun.

— *La Faim*, dit Elsa.

— Oui. Tu avais un second rôle dans ce film.

— La fille habillée en noir.

— C'est ça.

— Et qu'as-tu pensé du film ?"

Nous parvinrent du lac des éclats de voix et des bruits de clapotements. Elsa me regardait à présent avec une curiosité qui n'avait plus rien à voir avec cette énigmatique torpeur dans laquelle elle se trouvait au moment de mon arrivée dans cette maison.

"Pour être sincère, je l'ai trouvé faiblard. Le livre de Knut Hamsun se prête difficilement à des adaptations de ce genre et, si tu veux vraiment que je te dise, il m'a semblé que Kasper avait fait un travail médiocre. Le film est prétentieux, pédant et n'a ni queue ni tête."

Elsa resta sérieuse un instant, puis un sourire s'épanouit sur son visage.

"Tout à fait d'accord avec toi. Tu sais que ç'a été mon premier rôle ?

— Non, je ne savais pas.

— Quand Don m'a trouvée assise sur ce trottoir, il m'a demandé si ça m'intéresserait de travailler pour lui : il avait besoin de quelqu'un pour s'occuper de sa maison à San Jose, près de Salinas. D'abord, je me suis méfiée de ses intentions, mais après j'ai compris que Metzger était un parfait gentleman. Ce qui est curieux, c'est que je n'avais aucune idée de qui il était. Je n'ai pas imaginé une seconde que ce bison à face de pudding avec qui j'étais en train de parler était l'un des producteurs les plus réputés du cinéma européen. Il n'a fait aucune allusion à la question ; il m'a embauchée comme femme de ménage et, deux mois plus tard, il m'a proposé un petit rôle dans *La Faim*. Tu comprends maintenant ?

— Quoi ?

— Ce que je te disais sur ton ami italien. Cette voracité que tu décrivais est une chose tragique. Si je m'étais montrée vorace avec Don, il ne m'aurait jamais prise par la main, à seize ans, pour m'emmener loin de ce trottoir immonde de Salinas.

— Vincenzo a écrit un roman, expliquai-je. Il a l'espoir que Don y jette un coup d'œil ou, du moins, de pouvoir le glisser sous l'oreiller du bonhomme.

— Celui-là ?"

Elsa sourit et saisit l'oreiller.

"Exactement."

Je pris ma canne et me levai, en prenant subitement conscience d'être assis sur le lit de Don. Elsa aussi se redressa et nous nous retrouvâmes face à face : elle était pieds nus et bien plus petite que moi. Elle me dévisageait avec curiosité.

"Vincenzo est un type qui a de l'audace, poursuivis-je. Il est peut-être insensé, négligé, impulsif, mais il a de l'audace. Il serait prêt à faire n'importe quoi pour se faire entendre. C'est loin d'être mon cas.

— Ce n'est pas ce que je me suis laissé dire.

— Ah bon ? Et qu'est-ce que tu t'es laissé dire ?

— Vincenzo m'a raconté que tu avais déjà écrit trois romans et qu'il avait pour toi une grande admiration."

Incrédule, j'éclatai de rire.

"Il n'a jamais lu mes livres. C'est impossible qu'il les ait lus.

— Alors, c'est toi qu'il admire. Ce sont deux choses différentes, dit Elsa. Tu veux que je te montre un truc super ?"

Elle se retourna et s'avança vers la porte qui se trouvait derrière les fauteuils. Je l'observai pendant qu'elle marchait nu-pieds, ses hanches se mouvant sous sa robe noire qui laissait deviner des fesses fermes ; Elsa semblait indifférente à son apparence physique et c'était là une qualité étrangement sensuelle. Elle ouvrit la porte et d'un geste m'invita à la suivre.

Nous pénétrâmes dans une pièce étroite semblable à un couloir, bourrée de toutes sortes de choses. Dans une haute armoire aux portes vitrées, s'accumulaient les différentes récompenses décernées à Metzger au long de sa carrière lors des Festivals de Cannes, Venise, Berlin et d'autres moins prestigieux. Il n'y avait pas d'ordre apparent dans la vitrine, comme si la personne ayant rangé les trophées s'était contentée de les entasser avec une dose considérable de mépris ; certains étaient tombés, d'autres debout, d'autres à l'envers. Puis je vis l'Oscar. La statuette se tenait au second rang, coincée entre deux autres plus petites, mais on ne pouvait que la remarquer car sa tête dorée surpassait largement ses voisins qu'elle observait avec son air d'extraterrestre.

"Celui-là, je ne savais pas qu'il l'avait reçu.

— C'était dans les années 1980. Il l'a remporté dans la catégorie du meilleur film étranger, expliqua Elsa. Mais il n'a même pas assisté à la cérémonie."

Sur le côté droit de la pièce, il y avait un mur couvert de photos encadrées ; elles aussi semblaient avoir été accrochées là dans le désordre, au hasard. Don était présent chaque fois mais sans jamais avoir été la cible principale du photographe : sur tous les clichés, il était accompagné d'un acteur ou d'un réalisateur, souvent des deux. Certaines photos étaient en noir et blanc et dataient des années 1970 ; Metzger y apparaissait bien plus maigre, vêtu à la mode de l'époque. D'autres étaient plus récentes. Le visage du producteur, malgré tout, était toujours le même : un sourire largement fendu mais figé, la surface lacustre du regard de qui s'est absenté momentanément de la réalité, un personnage fabriqué pour les objectifs. Il avait les yeux clairs, le nez comme une patate, des cheveux grisonnants coiffés en arrière et un visage immense, gélatineux, énigmatique, quasi impossible à déchiffrer. L'expression artificielle de Metzger s'effaçait dans deux portraits seulement : le premier était une photo de petit format, un polaroïd apparemment, où on le voyait à côté d'un type très grand, très jeune et très souriant, les cheveux blonds en bataille, en tenue militaire, dans ce qui avait l'air d'être un aéroport fort animé – Don avait une expression plus grave qu'à l'accoutumée ; le second était la seule photo où on le voyait seul : le cadre avait été accroché bien plus bas que les autres, presque caché, dans le coin inférieur gauche du mur, et la photo était ancienne, les couleurs fanées par le temps. Don s'y trouvait à côté d'une montgolfière – un ballon énorme, dont le sommet n'était pas visible sur l'image. Il était accroupi près de la nacelle, dans ce qui ressemblait au terrain vague où j'avais vu Bosco quelques heures auparavant. Il avait les coudes posés sur ses genoux et portait la barbe ; sa peau bronzée laissait penser à une période de vacances. C'est la seule expression sincère qu'il me fut donné de voir sur le visage de Don Metzger : l'expression satisfaite et sereine d'un homme à côté de ce qui, comme avait dit le Catalan, lui plaisait le plus au monde.

Au fond de la pièce, se trouvait une autre armoire avec une porte coulissante. Elsa la fit glisser et révéla ainsi toute une garde-robe colorée. C'étaient des vêtements d'une autre époque – des vestes pour homme près du corps, des années 1970, des robes à paillettes, une veste en cuir, des chaussures pour homme et femme empilées de façon chaotique.

"Des affaires que les gens abandonnent derrière eux, dit Elsa. Cette armoire, c'est le petit musée des choses oubliées."

Elle commença à retirer des vêtements de l'armoire, apparemment sans raison, et à les jeter en tas derrière elle ; ensuite elle tomba sur un maillot de bain pour homme, orné de motifs fleuris et colorés, et me le tendit.

"Qu'est-ce que c'est que ça ?

— Tu vas en avoir besoin quand on plongera dans le lac."

Je me mis à rire.

"C'est ça ton idée ? Tu veux que je me noie ?"

Elsa ne répondit pas et commença à se déshabiller. Je pensai d'abord à détourner mon regard, mais le naturel avec lequel elle ôta sa robe noire en la faisant passer par-dessus sa tête – révélant un corps pâle et maigre – m'ordonnait de ne pas le faire ; elle avait un tatouage au-dessus de la fesse droite, un petit rossignol posé sur la fine branche d'un arbre. Elle enfila un vieux maillot une pièce, à rayures blanches et noires, ainsi qu'un bonnet de bain sur ses cheveux en bataille.

"Je n'ai plus sommeil. On y va ?"

Nous sortîmes de la chambre secrète, Elsa referma la porte et donna un tour de clé ; les habits à la main, elle s'avança dans le couloir obscur et je m'efforçai de la suivre, d'un pas mal assuré. Elle me regarda en souriant comme une enfant qui s'apprêterait à commettre une filouterie – son côté tout à la fois séduisant et écervelé m'apaisait, bannissait tout sentiment d'urgence – et chaque minute semblait être une minute neuve, détachée de la minute précédente et sans la moindre anticipation

130

sur la minute à venir. Lorsque nous approchâmes de l'escalier, nous entendîmes des gémissements derrière la porte la plus proche ; d'une voix aiguë, la femme poussait de petits cris stridents.

"Stella et Roger, commenta Elsa, en rigolant. Probablement en train de tourner un nouveau long métrage."

Je descendis l'escalier avec l'aide d'Elsa, ce maillot de bain ridicule posé sur l'épaule. Je n'avais aucunement l'intention de plonger dans le lac – je n'étais même pas sûr de savoir encore nager – mais il semblait impossible de la freiner dans son enthousiasme. Dans le salon, Pym, Uli et Albert n'avaient pas bougé de leur canapé. Pym avait l'air de somnoler, mais Uli et Albert discutaient à voix haute ; il y avait toujours de la musique dans la salle de l'aquarium. Je me demandai une fois de plus ce qu'était devenue Olivia, mais ensuite Elsa m'emmena jusqu'à la cuisine. Nous trouvâmes Susanna assise à table, le front posé sur ses bras croisés. Quand elle s'aperçut de notre présence, elle releva la tête à la hâte ; elle avait les yeux troubles et pleins de sommeil. Elsa lui sourit et lui fit signe de continuer à dormir, mais Susanna se leva et, avec des gestes gênés, rajusta ses vêtements. Nous sortîmes par la porte coulissante en direction du lac ; la nuit avait apporté avec elle un peu d'humidité et la pointe de ma canne semblait s'enfoncer légèrement dans le sol instable.

"La domestique dort dans la cuisine ?

— Susanna n'ira pas se coucher avant que Don soit arrivé, répondit Elsa. Ou avant que son mari revienne de la forêt.

— Son mari ?

— Alipio. Ils vivent dans un village à côté de Sabaudia, mais pendant l'été, Susanna a l'habitude de passer la nuit ici. Alipio travaille avec le Catalan sur les ballons, elle s'occupe de l'entretien de la maison. C'est comme ça depuis des années."

Nous allâmes jusqu'au ponton de bois où Nina était restée assise. La lune, toujours voilée par les nuages, donnait au lac une dimension spectrale. L'eau formait un épais manteau d'obscurité dont la sérénité n'était interrompue que par des clapotis près de la berge, provoqués, imaginai-je, par la barque qui heurtait doucement les pilotis soutenant le ponton. Elsa s'assit à côté de Nina, qui buvait le reste d'une bouteille de vin blanc ; Nina me tendit la main et, après avoir posé ma canne, je pris place entre l'une et l'autre. Je regardai droit devant moi, mais l'obscurité ne permettait plus de distinguer le lac du bois qui nous entourait, où Bosco et Alipio, jusque tard dans la nuit, travaillaient à satisfaire les désirs les plus impénétrables de Don Metzger.

Quelque chose près du ponton continuait de clapoter dans l'eau. Nina attrapa le maillot sur mon épaule, le déplia et éclata de rire.

"Ça va faire un effet bœuf quand on va le voir plonger dans le lac avec ça, plaisanta-t-elle en regardant Elsa.

— C'est hors de question, répondis-je. Je ne mettrai pas un orteil là-dedans. Je tiens à rester vivant pour voir le jour se lever sur le Lazio.

— Quand est-ce que cette nuit va finir ? demanda Nina. J'ai l'impression que ça fait une éternité qu'on est arrivés.

— Des nouvelles de McGill ?" voulus-je savoir.

Nina cherchait où se cachait la lune.

"Aucune. Je commence à croire qu'on est entrés dans la cinquième dimension et qu'on est prisonniers dans l'épisode où les heures ne passent pas, quand tout se répète et qu'il est impossible d'échapper à ce cercle vicieux."

Elsa se mit à rigoler. Dans le silence de la nuit, rompu par les chuchotis du lac, son rire était agréable à entendre.

"Une fois, j'avais lu un scénario comme ça, écrit par un cinéaste de quatre-vingt-dix ans. Il s'agissait de deux personnes, un homme et une femme, qui étaient coincés dans les décombres d'une maison bombardée pendant la guerre. Soudain, le temps cessait d'avoir la moindre signification : une minute pouvait durer une heure, une heure pouvait durer une année."

Je lui demandai si c'était un bon scénario.

"Pour reprendre ce que tu disais tout à l'heure, c'était prétentieux, pédant et n'avait ni queue ni tête.

— Moi, ça me fait plutôt penser à un film d'horreur", dit Nina.

De la maison nous parvenait un vague murmure de musique et de voix, mais le vent se leva une nouvelle fois et on n'entendit plus que le bruit des cimes des arbres s'entrechoquant. Elsa désigna le lac obscur.

"Ça, oui, c'est digne d'un film d'horreur, dit-elle. Imaginez juste qu'il y ait de la fumée en train de s'élever au-dessus du lac. Comme dans ces navets américains que Hollywood produit par centaines chaque année."

Nous balancions nos jambes au-dessus de l'eau ; les clapotis se faisaient toujours entendre, mais la barque semblait immobile.

"Et si, soudain, continua Nina, le monstre de la lagune sortait des eaux et entraînait vers le fond le premier innocent ayant osé s'asseoir sur le ponton ?"

Les flots s'ouvrirent et le monstre surgit. Ce fut si rapide que je n'eus aucune réaction : je restai assis entre Nina et Elsa, tandis que la créature dévorait ma jambe infirme, ses effrayantes mandibules sectionnant ma cuisse. L'eau gicla de tous côtés et trempa mon pantalon. Ensuite je les regardai : Elsa et Nina étaient pliées de rire. Vincenzo avait surgi du lac et s'accrochait à ma jambe, mort de rire lui aussi ; il ramena en arrière son masque de plongée et son tuba, exhibant son visage de soûlaud avec une grimace de pur plaisir.

"Ne t'assois jamais au bord d'un lac par une nuit de pleine lune, lança-t-il en crachant de l'eau.

— Va te faire foutre, lui dis-je, comme si la peur arrivait en retard. Allez tous vous faire foutre."

Nina me prit dans ses bras et m'embrassa sur la joue.

"Excuse-nous, me dit-elle. On n'a pas résisté."

Vincenzo m'adressa un clin d'œil, nagea vers la gauche et tira les jambes d'Elsa. Elsa se mit à crier, résista quelques secondes, mais finit par se laisser emporter et tomba dans le lac ; un instant plus tard, ils étaient à la lutte comme deux phoques clapotant dans l'eau. Puis ils nagèrent tous deux loin du ponton, en se lançant dans une espèce de course – Vincenzo nageait sur le ventre et Elsa sur le dos, en faisant penser avec son bonnet et son maillot à rayures à un zèbre qui serait tombé à l'eau par une nuit profonde.

"Tu veux y aller ? demanda Nina, en pointant le menton vers le lac. Elle a l'air d'être super bonne. Tu ne devrais pas rater une occasion pareille."

Je la regardai d'abord avec incrédulité, mais je vis ensuite à son expression qu'elle parlait sérieusement. Le vent agita ses cheveux roux, puis les laissa se reposer sur son front pâle. Sans savoir pourquoi, je me sentis mélancolique ; je luttai contre ce sentiment pendant quelques secondes, sans qu'il disparaisse – on eût dit qu'une série de raisons étaient entrées en collision à cet instant précis et que, chaotiquement entrelacées, elles m'empêchaient de lui répondre. Mon silence parla de lui-même. Je laissai Nina enlever ma chemise, défaire ma ceinture et, ensuite, avec autant de douceur que pour s'occuper d'un enfant, enlever mon pantalon et mes chaussures. Elle avait des mains délicates et maternelles. Elle m'aida à enfiler l'horrible maillot de bain sur mon slip, avant d'enlever ses habits à son tour, qu'elle laissa en tas sur le ponton. Elle avait un corps mûr, la peau blanche recouverte de taches de rousseur. Elle se glissa lentement dans l'eau, puis elle nagea jusqu'à moi. Nous nous regardâmes, moi encore assis au bord du ponton, elle plongée dans le lac jusqu'au cou.

"Allez, dit-elle. Je veille sur toi."

Non loin, Vincenzo et Elsa, dont on ne voyait que la tête, avaient arrêté de nager et semblaient discuter. Nina s'approcha et me tint par les jambes ; j'appuyai la paume de mes mains sur le bois et, en donnant une impulsion à mon corps, le laissai glisser et sautai dans le lac. L'expérience fut peu commune. Nina commença par me soutenir par les coudes, mais ensuite la densité de l'eau sembla éliminer la sensation de faiblesse de ma jambe. Passé quelques secondes de tension, ce fut comme si on avait supprimé tout le poids de mon corps.

Sans m'en rendre compte, je dus sourire car Nina me dit alors :

"Tu as l'air heureux."

Nous nageâmes à la rencontre des deux autres, qui avaient repris leur bataille d'eau. Les nuages avaient changé de position et de nouveau découvert la lune, transformant ainsi la surface du lac en un miroir de fantômes et révélant les contours de nos visages humides, quatre visages en cet endroit étrange et reculé, comme si le monde avait stoppé son interminable marche vers la destruction. Ce fut un dernier moment de bonheur ; après tout, chacun a droit au sien*.

XIII

Nous restâmes dans l'eau jusqu'à avoir l'impression que les bouts de nos orteils s'étaient transformés en coquilles de noix ; de retour au ponton, j'eus le sentiment que je ne m'étais pas senti aussi bien depuis des mois. Nina alla chercher des serviettes et, tandis que nous nous rhabillions, je respirai profondément l'air nocturne. Il y avait quelque chose de différent à cette heure, comme si les zones marécageuses de Sabaudia ressuscitaient pendant la nuit et libéraient leurs vapeurs dans l'atmosphère ; quelque chose de mystérieux, presque sensuel, flottait au-dessus du lac et de la maison.

---

* J'ai déjà avoué ici ne pas être un narrateur digne de confiance. Cela ne signifie pas pour autant que je vous mens délibérément ; cela signifie que, comme tous ceux qui furent présents lors du Bon Hiver, je sais que la vérité est un mirage qui pâtit tragiquement des limites de la condition humaine. Malgré tout, on fait d'innombrables tentatives pour atteindre à la vérité – en l'occurrence, à travers un témoignage dont, ironiquement, la validité dépend de votre capacité à croire un narrateur qui a reconnu dès le départ son incompétence. Je m'efforcerai néanmoins de compenser les sérieuses limitations qui sont les miennes en vous expliquant où se trouve l'angle mort de ce récit ; le fait qu'il soit authentique ne lui enlève pas son caractère de récit et l'intérêt du lecteur à son égard dépend de l'existence de cet angle mort. Tous les récits en ont un : interrogez n'importe quel écrivain de votre connaissance et il vous expliquera que l'angle mort est ce qui se dérobe au lecteur – ce qui le laisse cheminer à l'aveuglette au bénéfice de la force tellurique de l'histoire. Dans le cas présent, néanmoins, l'écrivain lui-même progresse à l'aveuglette.

Nous allâmes dans la cuisine boire du whisky et manger du pain. Il était presque minuit et Susanna avait disparu ; puisque Alipio n'était pas revenu du bois, nous en conclûmes que la domestique était allée se coucher dans sa petite chambre à l'arrière de la maison, où elle restait chaque fois que son mari prolongeait son travail tard dans la nuit. L'Italien remplit nos verres, Nina trouva du pain de mie qu'elle trancha et nous restâmes à discuter pendant un certain temps. C'est à ce moment-là que la fête reprit. Roger et Stella firent leur retour, lui torse nu et sa blonde en maillot de bain, exhibant ses chairs excessives. Albert, Uli et Pym revinrent à la vie tout en continuant à fumer de la marijuana et donnèrent finalement l'assaut à la réserve de champagne qui avait été gardé pour l'arrivée de Don. Peu avant une heure du matin, nous nous trouvions tous dans le salon, la musique à fond, tandis que les poissons, aussi agités que nous, dansaient en spirales incontrôlées et ne cessaient de tournoyer autour des lumières subaquatiques et des fleurs en plastique. Plus personne ne se souciait de Metzger et j'avais moi-même oublié qu'Olivia avait disparu depuis des heures ; je m'étais sans doute dit qu'elle avait trouvé une chambre libre et qu'elle s'y était endormie.

Ensuite, quand je sentis mon corps se refroidir complètement – sans plus aucun souvenir de la nage, de la chaleur apportée aux muscles par les mouvements effectués –, les douleurs réapparurent. Le whisky ne me fit aucun effet et, assis dans l'un des canapés, je commençai à ressentir les élancements habituels, mais avec une violence plus aiguë. Je pris deux comprimés dans la poche de ma chemise et les avalai. Le résultat fut catastrophique : je m'éteignis comme une allumette au milieu de la tempête. Je venais de parler avec Vincenzo et

Nina et, la minute d'après, j'avais perdu tout repère, les sons et les couleurs et les formes tourbillonnant dans un vertige si profond que Vincenzo me gifla avec force pour que j'ouvre les yeux. L'Italien me raconta par la suite que c'est lui qui m'avait transporté dans une chambre à l'étage et m'avait couché sur un lit.

Même si je n'étais plus vraiment conscient, je crois que quelque chose en moi était resté en alerte. Une supra-conscience ou, si l'on préfère, une infra-conscience, quelque chose que la raison ne contrôle pas sans pour autant être de l'instinct, une sorte de résistance obstinée empêchant que tout disparaisse à jamais au fond d'un gouffre. Par exemple : de cette nuit-là, même si je ne savais plus où j'étais, je conserve le souvenir des bruits – des différentes voix et de leur intensité, des moments où il n'y avait que le silence, des hululements funestes d'une chouette, du bruit du vent et du moteur d'une voiture, du crépitement des pneus sur le gravier devant la maison, du fracas d'un coup de tonnerre ou de quelque chose qui ressemblait à un coup de tonnerre ; je conserve le souvenir de portes qui claquent et de portes qui claquaient aussi dans mes rêves, qu'elles refermaient les uns après les autres, comme quelqu'un qui court à travers plusieurs chambres vides à la recherche d'une issue, ne trouvant rien d'autre qu'une autre chambre, puis encore une autre, tout en parcourant une distance infinie (dans mes rêves, je pouvais encore courir) ; même si, à vrai dire, je ne me souviens que d'un rêve, celui qui se prolongea jusqu'à ce que je sois réveillé par les cris.

Je rêvai de Don Metzger. Nous étions à bord d'une montgolfière et il ressemblait à l'acteur David Niven dans le film *Le Tour du monde en quatre-vingts jours* (dans lequel Niven jouait le rôle de Phileas Fogg). Nous survolions les terres du Lazio. Metzger se lissait la moustache pendant que nous buvions du thé et que des nuages cotonneux se croisaient à nos côtés. Ensuite, il rajusta son haut-de-forme et dit :

"Mon cher, le monde est à nous.

— Je n'en suis pas si sûr", répondis-je.

Tout en bas, la maison, le lac et la forêt devenaient des mirages.

"En tout cas, ici en haut, il est à nous, insista Metzger. Nous avons notre thé, nous avons notre lest et nous avons le ciel tout entier rien que pour nous.

— Et quand nous nous poserons ?

— Nous n'allons pas nous poser.

— Et si on nous y oblige ?

— Nul ne nous y obligera.

— Je ne veux plus jamais rentrer", affirmai-je. Nous portâmes un toast avec nos tasses. "En bas, tout n'est qu'échec et humiliation."

Don sourit et se remit à caresser sa moustache.

"Tu oublies Elsa Gorski.

— Elsa, répétai-je, soudain alarmé. Si nous ne revenons pas, plus jamais je ne la verrai.

— Tu aurais dû penser à ça avant de monter à bord du ballon.

— Serait-il encore possible de redescendre pour aller la chercher ?

— Ce ballon-ci est de ceux qui ne font que monter, dit Don. D'ici peu, nous allons sortir de la troposphère et il risque de faire un peu froid." Il se baissa et trouva au fond de la nacelle une couverture de couleur orange. "Voilà ce que nous utiliserons pour faire route vers la mésosphère.

— Mais dans la mésosphère il fera moins cent, protestai-je.

— On n'a pas idée de ce qu'on est capable de supporter, dit Metzger.

— Si au moins nous pouvions faire demi-tour pour aller chercher Elsa Gorski, répétai-je, mélancolique.

— Tu pourrais lui laisser un souvenir de toi, suggéra Don.

— Lequel ?"

Metzger se baissa une nouvelle fois et, lorsqu'il se releva, il tenait dans sa main une scie.

"Cette maudite jambe."

Je retroussai mon pantalon. La chair de ma jambe était ravagée, corrodée par une maladie qui s'en était nourrie et avait laissé à vif une partie des os et des nerfs. Don se mit au travail avec la scie et, une minute plus tard, il tenait la jambe dans sa main. Un vrai soulagement.

"Allez hop, bon débarras, s'exclama Don en lançant la jambe par-dessus bord.

— Pour Elsa, avec tout mon amour", criai-je en direction du vide.

LE BON HIVER

XIV

J'ouvris les yeux et émergeai du fond de quelque
chose de douloureux et de boursouflé, sans pouvoir dire si les cris venaient de l'intérieur ou de
l'extérieur de mes rêves ; ensuite, j'entendis le bruit
de quelque chose qui cognait à un rythme régulier. Mon premier réflexe fut de porter la main à ma
jambe – celle dont Don s'était débarrassé à bord
du ballon – puis de chercher ma canne dans l'obscurité : la jambe était là, mais pas ma canne. Je me
trouvais dans une chambre plongée dans le noir
et les jalousies de la fenêtre étaient tirées ; une lumière ténue passait à travers les minuscules interstices des lamelles de bois. Je tentai de sortir du lit,
mais n'y parvins pas du premier coup, comme si
j'étais resté immobile pendant des semaines et qu'à
présent mon corps n'arrivait plus à répondre. J'entendis à nouveau les cris rauques d'un homme ; la
situation était désespérée de l'autre côté de ce mur.
Le bruit de la chose qui cognait se faisait toujours
entendre. A tâtons, je cherchai ma canne par terre
et la trouvai au pied du lit. Je me levai, gagnai la
fenêtre et ouvris les jalousies. A l'horizon, le jour
commençait à poindre. Je me frottai rapidement
les yeux et cherchai à déterminer d'où provenait
la voix ; la forêt était encore un manteau noir et

insondable et les lumières de la maison avaient été éteintes. Un vent diabolique semblait agiter le monde et la balançoire en bois heurtait le tronc de l'arbre en cadence : voilà d'où venait le bruit. Je vis ensuite que quelque chose bougeait dans le lac. A nouveau la voix, puis les silhouettes en mouvement : quelqu'un se trouvait dans l'eau.

Je me précipitai vers la porte. La chambre était grande et pratiquement vide, à l'exception du lit, d'un petit canapé et d'un bureau tourné vers la fenêtre. La canne dégringola sur le parquet tandis que je me dirigeais vers le couloir ; de l'autre côté de la porte, l'air était imprégné d'un mélange de tabac, de marijuana, de sueur et d'alcool. Je me trouvais dans la dernière chambre du côté gauche ; la maison, plongée dans un silence sépulcral, était un cimetière dont les âmes avaient probablement sombré dans une profonde léthargie. Je parcourus le couloir jusqu'à l'escalier, que je dévalai cahin-caha, alors que les cris se faisaient entendre de plus en plus nettement. Arrivé en bas, je gagnai la cuisine, où une petite ville de bouteilles et de verres vides encombrait la table, et sortis par la porte coulissante. Tout était silencieux au-dehors, hor-mis cette voix inconnue, les clapotements dans l'eau et un très fort vent de nord-est. L'horizon était rouge vif, comme si la nuit, au moment de s'ache-ver, s'était vidée de son sang du haut du ciel.

La voix appelait au secours. Je me retournai : aucune autre lumière ne s'était allumée dans la maison. Je m'efforçai de presser le pas vers le lac, pour autant que ce fût possible pour un boiteux, ma canne s'enfonçant chaque fois dans la pelouse humide. Lorsque je parvins au ponton, je vis deux hommes. L'un d'eux, blond et pâle, tentait de tirer la petite barque en bois quasi submergée vers le ponton ; dans la barque se trouvait le corps d'un autre homme ; c'était une tâche impossible, car le corps de cet homme était une chose gigantesque dans une embarcation minuscule condamnée à sombrer, que le vent poussait vers le milieu du lac.

L'homme blond semblait à bout de forces ; il tenta de crier une fois de plus quand il me vit, mais seule une poignée de mots sortit de sa bouche que l'eau engloutit aussitôt. Il se trouvait à dix mètres à peine du ponton, mais pour chaque brassée vers l'avant, il était repoussé d'autant vers l'arrière par le vent. Je regardai à nouveau vers la maison : personne ne semblait s'être réveillé, malgré les cris, malgré la balançoire hors de contrôle qui massacrait le tronc de l'arbre, comme à grands coups de fouet. Je m'approchai et m'agenouillai pour faire la seule chose qui me traversa l'esprit : je tendis la canne dans sa direction, un geste qui s'avéra complètement inutile. L'homme blond se noyait en essayant de sauver l'autre.

"Lâche-le ! criai-je. Lâche-le !"

J'agitai ma canne tandis que l'homme blond continuait d'avaler de l'eau en essayant de ramener la barque jusqu'au ponton. C'était peine perdue et soudain la barque coula. Elle s'emplit d'eau et, au milieu des bouillonnements, disparut de la surface. L'homme blond se jeta au cou du géant et, épuisé, tenta de le maintenir hors de l'eau. Mais le corps de l'autre commença à son tour à couler lentement, au même rythme que l'embarcation.

"Lâche-le !" criai-je à nouveau.

C'est alors qu'une voiture surgit du bois à toute vitesse : c'était la Renault d'Alipio qui fit tout le chemin jusqu'au ponton en cahotant, avant de piler bruyamment. Bosco bondit du siège passager et traversa le terrain comme un athlète, une grosse corde enroulée autour de l'épaule droite ; Alipio vint à sa suite, vêtu des mêmes habits que la veille, casquette à la main, à la peine et manquant de s'étaler tellement ses jambes flageolaient sous l'effort. J'agitai les bras en l'air et criai à l'homme dans le lac de tenir bon. L'instant d'après, Bosco arriva au ponton ; il n'avait pas ses lunettes et ses yeux paraissaient avoir rapetissé dans les mêmes proportions que son corps phénoménal semblait avoir grandi ; son visage exprimait cependant une désespérance que je n'avais pas encore vue chez lui, un sentiment d'urgence angoissée qui le fit presque m'expédier par-dessus bord. Il noua une extrémité de la corde à sa taille et l'autre à l'un des pilots qui soutenaient le ponton. Quelques secondes plus tard, il se jeta à l'eau et, avec de vigoureuses brassées, nagea en direction des deux hommes. Alipio arriva peu après, écarlate ; il porta les mains à son front comme s'il assistait au plus grand malheur qui fût, puis s'enfonça la casquette sur la tête.

L'homme blond fut le premier à rejoindre le ponton. Je m'agenouillai, posai ma canne et tentai de l'aider à monter, mais les forces me manquèrent et, lorsqu'il fut hors de l'eau, je glissai et dégringolai sur le bois. Bosco s'occupait du corps qu'il tirait dans l'eau pour lentement le ramener vers nous. Alipio s'était retroussé les manches et se préparait à apporter son aide. Je regardai l'homme blond, qui était tout habillé – pantalon, chemise, tennis – et je le reconnus d'après les photos que j'avais vues dans des revues littéraires : c'était John McGill. L'Anglais recracha de l'eau pendant une minute, puis il aida Bosco et Alipio à hisser le corps obèse sur le ponton. Alipio et McGill le retournèrent sur le dos et son visage fut éclairé par les premiers rayons de soleil du matin.

Alipio laissa s'échapper une exclamation et se signa quand il vit la dernière expression de Don

Metzger, les yeux encore ouverts, la bouche tordue par un horrible rictus de souffrance. C'était le visage d'un homme tourmenté, pensai-je ; le visage de quelqu'un ayant atrocement souffert au moment de mourir. Alors que le cadavre était allongé sur les planches en bois, notre attention se tourna vers l'entrée du ponton, où quelqu'un était apparu. C'était Olivia ; j'ignore depuis combien de temps elle nous observait, mais elle se tenait là, immobile, comme en état de choc, les bras pendant le long du corps comme des choses inanimées, les yeux rivés sur le mort. Aucun de nous ne réagit à sa présence et Olivia fit un pas en arrière, puis deux, trois et pour finir courut jusqu'à la maison.

Le visage de Metzger, tuméfié et bleuté, ne rappelait que vaguement celui que j'avais vu sur les photos de la chambre secrète qu'Elsa m'avait montrées. Le reste était inimaginable ; l'homme avait été un colosse de son vivant, un cachalot d'au moins cent quarante kilos dont aucun portrait ne pouvait donner idée. Ses mains ressemblaient à des raquettes ; le ventre, à travers la chemise ouverte, se dressait sur le ponton comme une montagne ; s'il portait un pantalon, il l'avait perdu dans le lac et, au-dessus de son slip blanc, presque invisible sous la graisse et que l'eau collait à son corps, on voyait une profusion de poils clairs et mouillés qui descendaient jusqu'au bas-ventre. Autour de son cou épais, il y avait des marques rouges. Après la tentative de sauvetage, Bosco resta quelques minutes à genoux pour récupérer. Je demandai à McGill ce qui était arrivé ; l'Anglais avait l'air aussi abasourdi que quelqu'un qui, s'étant couché sur Terre, se réveillerait sur la Lune. Tout essoufflé, il m'expliqua qu'il avait atterri à Rome par le premier vol de nuit en provenance d'Angleterre et qu'il avait ensuite suivi les indications que Nina lui avait données par téléphone depuis Budapest. Quand il était arrivé en gare de Priverno, il avait essayé d'appeler Nina, mais il n'y avait pas de réseau. Il avait d'abord pensé rester dormir à la gare et attendre le lever du jour mais il avait ensuite entendu deux types ivres discuter en anglais.

"Un Asiatique, qui était directeur photo, dit McGill, encore à bout de souffle, et un autre type quelconque. Ils étaient assis au milieu d'un groupe sur un banc de la gare avec une bouteille de vodka. Apparemment, ils avaient bousillé leur voiture et allaient prendre le train jusqu'à Rome. Je les ai entendus prononcer le nom de Metzger et je les ai abordés."

Bosco, agenouillé, était hors d'haleine. Ses mains l'une sur l'autre, il pressait légèrement la poitrine de Don : de l'eau trouble sortait de sa bouche en un filet continu, mais Don ne revenait pas à la vie. Bosco jeta un regard angoissé vers le ciel où le jour s'épanouissait désormais – ses yeux avaient la couleur des nuages.

McGill poursuivit, écartant les mèches blondes qui lui tombaient dans les yeux ; c'était un garçon élégant, maigre, avec des pommettes saillantes et une forte mâchoire.

"L'Asiatique et l'autre type m'ont dit qu'il était impossible d'arriver jusqu'ici sans voiture. Mais je n'avais franchement pas envie de passer la nuit dans cette foutue gare. J'étais excité par tout ça, le livre, le contrat, ce bon sang de film. J'ai réussi à prendre un taxi qui m'a laissé via Litoranea, à l'endroit que m'avait indiqué l'Asiatique. J'ai continué à pied par le chemin de terre et par la friche ; peu après, j'ai aperçu des lumières accrochées à un arbre et je suis tombé sur lui." Il désigna Alipio, qui parlait avec le Catalan à voix basse. A cet instant, Olivia est ressortie de la maison accompagnée de

Nina et de Vincenzo ; Olivia était pâle comme un fantôme et Vincenzo avait l'air d'être passé sous un rouleau compresseur, les cernes lui descendant sur le visage comme des rideaux de plomb. Nina n'avait pas meilleure mine, mais quand elle vit John McGill, elle courut vers lui ; McGill fit de même et la serra dans ses bras à l'entrée du ponton. Mais ensuite Nina vit le mort et porta les deux mains à sa bouche. Vincenzo s'approcha, les cheveux en bataille et interloqué, torse nu, pendant que Bosco et Alipio continuaient d'examiner le corps.

"S'il te plaît, dis-moi que c'est pas vrai." Vincenzo avait l'air désespéré. "Dis-moi que c'est pas Metzger.

— C'est Metzger, répondis-je, en m'appuyant sur ma canne. Et apparemment on est ici sur les lieux d'un crime."

XV

Bosco et Alipio enveloppèrent le corps de Metzger dans la toile d'un ballon qui se trouvait dans le coffre de la Renault ; c'était la seule chose assez grande pour le recouvrir. Le Catalan avait décidé, après que Susanna eut éclaté en sanglots et perdu le contrôle d'elle-même à la vue du corps allongé sur le ponton, qu'il était inutile de laisser le cadavre ainsi exposé. C'est pourquoi ils l'avaient enroulé dans le tissu et disposé à l'ombre, sous l'arbre.

Nous étions dans la cuisine. Bosco fixa McGill et lui demanda, inquisiteur :

"Raconte-moi ce qui s'est passé.

— Alipio ne te l'a pas dit ?

— C'est toi que je veux entendre."

Susanna faisait du café tout en pleurant ; elle ne voulait pas y croire et Alipio avait dû la serrer contre lui pour calmer ses lamentations.

"J'ai trouvé Alipio à la cabane. Je lui ai demandé où était la maison de Don Metzger et il m'y a conduit avec cette vieille voiture", dit McGill, en désignant la Renault garée dehors.

Ensuite, il regarda Bosco avec un air de défi.

"Et toi ? Où étais-tu pendant que je l'empêchais de sombrer au fond du lac ?"

Bosco se leva de la chaise qu'il avait retournée pour s'asseoir les coudes sur le dossier. Nina serra le bras de McGill, d'un geste protecteur, et Olivia s'éloigna vers le fond de la cuisine. Elle avait l'air terrorisée et avait perdu toutes ses couleurs, comme si elle avait reçu pendant la nuit la visite d'une créature qui lui aurait sucé le sang.

"Il vaudrait mieux garder notre calme", dit Vincenzo, qui était toujours torse nu. Il se tourna vers McGill. "Explique-lui ce qui s'est passé. S'il te plaît."

McGill inspira profondément et se mit à parler de manière télégraphique.

"On est arrivés avec la Renault. Il faisait encore nuit. Je suis descendu de la voiture et alors qu'Alipio allait faire demi-tour j'ai vu sur le lac la barque qui flottait avec un corps dedans. Le vent soufflait très fort et la barque s'éloignait de la berge. Je lui ai demandé qui était cette personne à bord de la barque, alors Alipio est descendu de la voiture à son tour et s'est approché de l'eau. Il a crié quelque chose en italien en direction de l'embarcation, plusieurs fois, mais la silhouette ne bougeait pas. Je me suis dit que c'était quelqu'un qui s'était évanoui ou quelque chose dans le genre et j'ai plongé pour aller voir ce qui se passait. J'ai nagé jusqu'à la barque et une fois arrivé j'ai trouvé le type allongé, complètement nu. Il était sur le dos, les yeux ouverts, à regarder le ciel ; c'était effrayant. J'ai essayé de le faire réagir, mais j'ai eu peur de trop le secouer ; le niveau de l'eau n'arrêtait pas de monter dans la barque. J'ai commencé à vouloir le ramener vers le ponton, mais le type était trop lourd et l'embarcation trop fragile. J'ai vu Alipio, sur la berge, courir vers la voiture et filer dans la forêt. J'ai cru qu'il s'était enfui et j'ai paniqué ; je me suis mis à crier, à appeler au secours ; je n'arrivais pas à tirer la barque vers la terre ferme. Ensuite, juste avant qu'Alipio revienne, elle a commencé à couler et l'homme s'est enfoncé dans l'eau." Il me désigna. "Entre-temps, lui, là, avec sa canne, est arrivé." Il se tourna vers Bosco. "C'est tout ce dont je me souviens. On peut appeler la police ?"

Bosco avait les mains appuyées sur le rebord de la table. Il regardait McGill d'un air suspicieux et demanda, en fronçant les sourcils :

"La police ? Pourquoi ça ?"

Tout le monde s'observa. J'échangeai un regard avec Vincenzo, qui avait l'air épuisé ; au fond de la cuisine, Olivia se tenait les bras ramenés contre elle. Susanna déposa au milieu de la table un plateau avec des tasses de café.

McGill était interloqué.

"Pourquoi ça ?! Parce que quelqu'un est mort, par exemple, ça pourrait être une raison, non ?

— Don Metzger a été assassiné, dit Bosco.

— Raison de plus pour appeler la police.

— Il a été assassiné cette nuit par quelqu'un qui se trouve dans cette maison, ajouta Bosco, en croisant les bras. Et je tiens à découvrir qui c'est. Je tiens absolument à découvrir qui c'est."

Nina éclata de rire, incrédule, et s'approcha de Bosco.

"Dis donc, tu crois vraiment que tu peux faire tout ce que tu veux, comme ça, juste en claquant des doigts ?"

Bosco frappa du poing sur la table avec une force telle que les tasses de café sautèrent du plateau ; deux tombèrent et se brisèrent. Le café se répandit sur la pierre froide, dégageant un arôme intense. Nina recula, apeurée, et Susanna se remit à pleurer. Bosco la toisait avec mépris et, en même temps, avait les yeux baignés de larmes.

"Cet homme qui est là-bas, dit-il, en pointant le doigt vers la porte, d'une voix tonitruante qui résonna à travers la cuisine, a été assommé, étranglé, puis noyé. Il a des marques autour du cou, un traumatisme crânien et les poumons pleins d'eau. Don Metzger est arrivé dans cette maison vivant et maintenant il est mort. Le coupable, ou les coupables sont ici." Bosco regarda autour de lui et réaffirma avec une solennité qui frôlait la comédie : "Ils sont ici."

McGill secoua la tête et demanda :

"Qu'est-ce qui te fait dire ça ? Que le coupable est ici ? Et si le coupable était venu, avait fait ce qu'il avait à faire et foutu le camp ?"

Bosco laissa s'échapper un rire cynique.

"Don Metzger mesurait deux mètres et pesait cent cinquante kilos. Celui qui l'a tué était une personne en qui il avait confiance ou, tout au moins, quelqu'un de suffisamment proche pour le faire au moment opportun. J'ai examiné son corps ; il n'y a aucune marque laissant penser à une bagarre ou une résistance de sa part." Bosco respira profondément ; il semblait prêt à perdre son sang-froid. "Le meurtrier est un lâche qui a profité de l'avantage d'être ici et de passer inaperçu." Pendant que Bosco parlait, chacun se recroquevillait : la tension dans la cuisine était presque insupportable. Le Catalan serra la table de ses mains jusqu'à ce que les articulations de ses doigts en devinssent blanches ; il marqua une pause ; du fond de sa colère, il dit quelque chose d'incompréhensible, puis reprit : "… c'était un homme bon, c'était un homme honnête.

Et vous, espèces d'enfants de salauds – il secoua la tête, en tentant de retenir ses larmes –, vous l'avez tué.

— A quel moment Metzger est-il arrivé ?" demandai-je soudainement. Les regards se tournèrent vers moi, comme si j'avais proféré une obscénité ; la lourde respiration de Bosco se faisait entendre dans toute la cuisine. Je reformulai ma question : "Moi, je dormais déjà, je n'ai pas eu l'occasion de le voir en vie. Qui l'a vu arriver ?"

Nina regarda Vincenzo, qui à son tour regarda Olivia ; celle-ci, adossée à la porte, les bras serrés contre son corps, était toute tremblante et ne lui rendit pas son regard.

"Je me suis endormie très tôt dans l'une des chambres, dit Olivia. Je me suis réveillée seulement tout à l'heure, à cause des cris."

Alipio semblait suivre la conversation et dit, en italien, que sa femme s'était couchée sans avoir vu le patron ; Susanna acquiesça de la tête, en séchant ses larmes du revers de la main. Restaient Nina et Vincenzo ; je tournai mon regard vers eux.

"Tous ceux qui étaient ici en bas se sont aperçus qu'il était arrivé, avança Vincenzo. Impossible de faire autrement.

— Qu'est-ce que tu veux dire par là ?" demanda Bosco.

Vincenzo interrogea Alipio, en italien, pour savoir si la nuit passée il n'avait pas aperçu la voiture du patron. Alipio répondit par l'affirmative.

"Il a traversé la clairière comme une flèche", confirma l'homme, sa casquette toute chiffonnée entre les mains.

Vincenzo demanda : "Vous n'avez pas remarqué la baie vitrée du salon ?"

Bosco se précipita hors de la cuisine et tout le monde sortit sur ses talons. Au petit matin, à cause des cris provenant du lac, je n'avais pas prêté attention à la maison. A présent, sous la violente lumière du jour, on pouvait constater l'étendue des dégâts : les lieux semblaient avoir été balayés par une mini-tornade. Certains canapés étaient retournés, la télévision était par terre, des bouteilles vides avaient été abandonnées dans tous les coins ; derrière le bar, un rayon entier de verres était tombé et les bris s'étaient répandus chaotiquement sur le parquet. Susanna se signa et, dans un élan irrationnel, commença à essayer de ranger le salon ; Bosco lui ordonna de ne toucher à rien.

Ensuite, nous comprîmes la question de Vincenzo. Dans la salle de l'aquarium, la baie vitrée du côté gauche – celle qui faisait face au lac – avait été en partie détruite par l'avant d'une voiture. Nina expliqua que c'était la voiture de Don Metzger et que c'était comme ça que le producteur était arrivé à la fête : visiblement lancé à trop grande vitesse, il avait eu beau essayer de freiner, il avait fini par entrer dans la salle de l'aquarium. L'un des phares était encore allumé et l'autre était cassé. La voiture avait gravi le terrain devant la maison, arrachant au passage les rangées de pierres et les cactus qui ornaient le gazon et, après ce que l'on devinait comme un freinage brusque, avait défoncé la paroi de verre avant de s'immobiliser, les roues avant à l'intérieur de la maison. Je me rappelai alors le bruit de tonnerre que j'avais entendu dans mes rêves.

Il y avait des morceaux de cactus éparpillés au sol et une bouteille de whisky vide sur le toit de la voiture. Bosco s'approcha du véhicule ; les poissons, dans l'aquarium, suivirent ses pas décidés.

Puis Bosco nous regarda, comme s'il cherchait une explication.

"C'est comme ça que Don est arrivé, dit Vincenzo. Il est sorti de la voiture directement au milieu du salon."

Bosco demanda :

"Qui était là quand ça s'est produit ?

— Vincenzo et moi, dit Nina. L'acteur du film…

— Pym, indiqua Vincenzo.

— Pym, répéta Nina. Elsa, Stella et Roger."

Bosco sembla pris de l'envie de rugir lorsqu'il entendit le nom de l'Australien. Son corps se raidit ; il serrait les poings sous l'emprise de la fureur. Je jetai un coup d'œil au-dehors : la décapotable de Roger était à la même place que la veille au soir ; elle n'avait pas subi le moindre accrochage au moment de l'arrivée mouvementée de Metzger. Bosco me fixait.

"Et le reste ?"

Nina regarda Vincenzo ; celui-ci leva la main jusqu'à sa tête et secoua ses cheveux en bataille. Puis il se frotta les yeux du bout des doigts.

"Eh bien… Je crois qu'il n'y avait personne d'autre quand Don est arrivé." Ensuite, il hésita, en secouant la tête. "Attends, je sais pas. Je suis pas sûr. Les derniers à être partis, c'est Uli et Albert. Je sais qu'ils sont partis avec la voiture rouge, celle qui était garée à côté de la décapotable de Roger. Mais je ne sais pas s'ils sont partis avant ou après l'arrivée de Don.

— Comment ça, tu sais pas ? demanda Bosco, irrité. Tu étais là, oui ou non ?

— Oui, j'étais là, répéta Vincenzo. Mais je ne me rappelle pas."

Il y eut un long silence ; dehors, le vent avait faibli et un vol d'oiseaux traversa le ciel en formation rigoureusement ordonnée. Bosco se tourna vers Nina.

"Et toi. Qu'as-tu à dire ?"

Nina hésita un instant, puis regarda vers McGill ; celui-ci haussa les épaules et secoua la tête, comme s'il ne savait pas quoi lui répondre.

"Uli et Albert étaient encore là quand Don est arrivé, dit Nina.

— Toi, tu t'en souviens. Alors dis-moi ce qui s'est passé ensuite", exigea Bosco.

Nina regarda à nouveau vers McGill ; elle découvrit que lui aussi attendait une réponse. Elle lui dit alors : "Je crois que tu as raison. On devrait appeler la police."

Nous nous tournâmes tous vers Nina lorsqu'elle fit demi-tour et avança d'un pas décidé vers le téléphone mural à l'entrée de la cuisine. Le Catalan, furieux, se glissa entre Alipio et Vincenzo pour rejoindre Nina, qui avait déjà porté le combiné à son oreille. Je crus que Bosco allait lui arracher la tête, mais ce qu'il fit fut tout aussi cruel : des deux mains, il arracha le téléphone du mur et le jeta sur le sol de la cuisine. L'appareil se brisa en mille morceaux. Nina recula et s'adossa contre le mur ; pour la première fois, je vis de la peur sur son visage.

"Salaud, dit-elle, tout bas. Tu n'as pas le droit de faire ça."

Bosco était rouge de colère ; il s'approcha tout près d'elle et dit d'une voix contenue :

"Tu n'as pas répondu à ma question."

McGill tenta de s'interposer, mais le Catalan le repoussa et l'Anglais tomba à la renverse. Vincenzo l'aida à se relever ; McGill semblait tout étourdi.

"Espèce de brute infernale, cria Nina, en fusillant Bosco du regard. Je ne dirai plus un mot. Plus un seul."

Bosco afficha un sourire goguenard. "Si tu refuses de parler, je vais tout naturellement supposer que tu as quelque chose à cacher.

— J'en ai rien à foutre de ce que tu supposes ou pas", dit Nina, en poussant Bosco pour l'écarter de son chemin.

D'un mouvement agile, Bosco saisit Nina par le bras avant que celle-ci ait pu s'éloigner.

"Lâche-moi", cria-t-elle.

Il y eut un moment de silence. A mes côtés, McGill s'apprêtait à nouveau à se lancer dans la bagarre ; Nina serrait les dents.

"Elle était avec moi après l'arrivée de Don", dit une voix du haut de l'escalier. C'était Elsa : elle portait une chemise d'homme et commença à descendre les marches ; on eût dit qu'elle était nue sous sa chemise. Une fois en bas, elle ajouta : "On a discuté et on a bu du vin dans ma chambre le reste de la nuit, en comptant les étoiles."

Bosco détourna son regard d'Elsa. Après un moment de silence, il dit :

"Allez réveiller les autres. Je veux tout le monde dehors dans cinq minutes."

Au cours de l'heure qui suivit, les choses se compliquèrent encore un peu plus. Bosco monta dans la Renault, fila dans la forêt et revint avec une arme – le fusil de chasse avec lequel je l'avais vu la veille au soir, avec une lunette et une bandoulière. Lorsque ce fusil fit son apparition, je sus que ces brèves minutes pendant lesquelles Bosco s'était absenté – ces minutes fugaces durant lesquelles Vincenzo alla réveiller Roger et Stella, pendant qu'Elsa montait chercher Pym – avaient été nos dernières minutes de liberté : à compter de ce moment-là, le petit monde sale et pervers où nous nous trouvions allait devenir notre geôle.

Nous étions réunis près du lac, autour de l'arbre au pied duquel gisait le corps de Metzger. Alipio et Susanna étaient restés à la porte de la cuisine ; la femme avait dit ne pas vouloir s'approcher du cadavre et Bosco avait accepté. Aux environs de huit heures et demie, Pym émergea guidé par Elsa dans la lumière cruelle du matin, avec une mine encore plus affreuse que celle de Vincenzo à son réveil : le Néo-Zélandais ressemblait à un animal domestique effrayé par la vie sauvage, avec ses yeux bleus ingénus et baignés de larmes, une voix fluette et craintive. Roger et Stella descendirent de leur chambre peu après, tout ensommeillés, à moitié habillés, et voulurent savoir ce qui se passait pour être réveillés à une heure pareille. Bosco répondit en soulevant la toile qui recouvrait Don Metzger. Stella vomit sur la pelouse ; Roger n'eut aucune réaction – il resta à regarder le cadavre gonflé, cette baleine bleue et inerte, puis il se passa la main dans ses cheveux graisseux.

"J'y crois pas, dit-il en crachant par terre. Mais qu'est-ce qui s'est passé, bon Dieu ?"

Stella s'était arrêtée de vomir et s'essuyait la bouche du revers de la main. Olivia avait tourné la tête et fixait la surface paisible du lac : le vent était tombé pour de bon et on eût dit le paysage bucolique d'une peinture naturaliste ; dans les yeux d'Olivia, cependant, aux reflets du lac s'ajoutait une profonde mélancolie.

"A toi de me le dire, lança Bosco, provocant, en recouvrant le corps de Metzger. Explique-moi comment un imbécile de ta taille se débrouille pour étrangler un homme d'un tel gabarit, le noyer et le mettre dans une barque."

Roger, stupéfait, leva les yeux vers le Catalan.

"Et qu'est-ce que tu dirais si j'appelais mon avocat et te traînais au tribunal pour diffamation ?"

Bosco eut un sourire mauvais. Il prit son fusil et le pointa vers Roger. Nous reculâmes tous d'un pas ; Roger se jeta à terre ; Stella poussa un cri d'hystérique.

"Et si je rendais moi-même la justice en te collant une balle dans la tête ?"

Roger et Bosco se regardèrent durant un long moment. Ensuite, Roger se mit à rire, se releva, frotta ses vêtements pour en enlever les brins d'herbe et lui tourna le dos.

"Allez, on s'en va, dit-il à Stella. C'est du bluff. On se tire d'ici. Va chercher nos affaires et on se retrouve à la voiture."

Ils n'avaient pas encore fait un pas en direction de la maison quand Bosco tira une première fois, en plein dans un des pneus avant de la voiture de Roger. Le pneu se dégonfla immédiatement et la décapotable s'affaissa de quelques centimètres. Puis Bosco tira une seconde fois, atteignant une des roues arrière. La voiture se retrouva toute penchée.

"Ce type est taré, dit Nina à voix basse.

— Complètement taré", acquiesça McGill.

Roger, qui regardait sa décapotable, incrédule, se retourna lentement vers nous. Stella avait instinctivement levé les bras en l'air, dans un geste de reddition.

"La prochaine est pour toi, si tu me tournes le dos encore une fois", dit Bosco.

McGill se passa la main dans ses cheveux blonds ; la sueur coulait sur son front et ses vêtements étaient mouillés et sales. Il s'avança d'un pas et, courageusement, fixa Bosco.

"Ecoute, dis-nous ce que tu veux au juste, lui demanda-t-il. Dis-nous ce que tu veux avant que tout ça dégénère complètement. On fait tout ce que tu voudras et, après, on fiche tous le camp d'ici. Qu'est-ce que tu en dis ?"

Bosco laissa son fusil reposer sur son épaule.

"Ce que je veux ?" Il éclata de rire. "Il ne s'agit pas de faire ce que je veux. Il s'agit de faire ce qu'il faut. Il s'agit de rendre la justice.

— Si c'est la justice que tu veux, alors appelons la police, dit McGill.

— On a affaire à un producteur de cinéma, ajou-tai-je pour abonder dans son sens. Les investigations seront menées jusqu'au bout.

"— Et alors, que va-t-il se passer ?" demanda Bosco. Il se mit à faire les cent pas, absorbé. "La police procède à ses investigations. Si on trouve un suspect, les tribunaux italiens vont mettre une éternité avant de le juger. Entre-temps, l'assassin dégote un avocat qui est un ami du juge, lequel le déclare innocent ou dans le meilleur des cas lui inflige une peine avec sursis." Le Catalan secoua son énorme tête. Il avait de nouveau chaussé ses petites lunettes ; il ressemblait à un prédicateur dominical avec un fusil à l'épaule. Il conclut : "Non, ça ne se passera pas comme ça. Ça ne marche pas. Ce n'est pas suffisant."

Elsa alluma une cigarette. Pym tremblait de froid, alors même que la matinée se réchauffait.

"Et que considérerais-tu comme suffisant ?" demanda McGill.

Bosco continuait à marcher en ligne droite : trois pas dans un sens, trois pas dans l'autre.

"Les aveux. Les aveux de celui qui a commis ce crime.

— Et après les aveux ?

— Nous trouverons un châtiment adapté à l'offense", expliqua Bosco.

McGill échangea un regard préoccupé avec Nina.

"Là, je crois que c'est de la folie", dit l'Anglais.

Bosco le regarda longuement tout en marchant.

"Ce qui serait de la folie, ce serait l'impunité. Là, ce n'est que justice.

— Tu veux te faire justice toi-même, dis-je.

— Le meurtrier aussi a agi par lui-même, répondit Bosco. Je répète : la réponse doit être adaptée à la question, de la même manière que le châtiment doit l'être à l'offense.

— Mais pourquoi ? demanda Elsa, en regardant la toile qui couvrait Metzger. Il est mort. Qu'est-ce qu'il en a à faire de la justice ?

160

— Quand la justice est rendue, les morts conti-
nuent à vivre, insista Bosco. La justice les délivre
de la mort. Elle leur apporte la paix. Don Metzger
sera en paix et nous aussi, nous serons en paix
avec lui.

— Ce n'est pas de la justice, ça, lança Nina. C'est
de l'inquisition superstitieuse."

Bosco s'arrêta et inspira profondément ; sa large
poitrine s'emplit d'air.

"Appelle ça comme tu voudras, ça m'est égal.
Vous autres, vous avez sucé tout ce que vous avez
pu de Don Metzger. Le temps est venu de le dé-
dommager avec la vérité.

— Tout à coup Don Metzger est un saint, dit
Roger. Incroyable."

Bosco pointa à nouveau son fusil vers l'Australien ; Roger s'accroupit puis leva un bras comme
pour se défendre. Le demi-cercle autour de l'arbre
s'élargit encore une fois.

"Il y a des choses que tu voudrais partager avec
nous ? demanda Bosco.

— Oui, dit Roger. Si tu baisses d'abord ce truc."

Bosco marqua un temps d'arrêt, puis finit par
abaisser l'arme. A présent, les oiseaux traversaient
le lac, dont ils venaient frôler la surface en vols
rasants.

"Je suis tout ouïe", dit Bosco.

Roger s'éclaircit la voix et regarda vers la toile.

"Tu parles de respecter les morts. Très bien. Mais
si Don était là, il ne réclamerait pas justice. Il ne
voudrait pas de compassion ni d'aveux ni rien de
toutes ces conneries. Don était un homme libre.
Il ne croyait ni en Dieu ni au diable, ni au ciel ni
à l'enfer." Il se planta l'index de la main droite sur
sa poitrine. "Je le connaissais comme ma poche.
Don aimait les femmes, le whisky irlandais, le cinéma et tes maudits ballons." Bosco l'écoutait,

impassible. "Si tu veux respecter Don, si tu veux lui rendre justice, alors fais ce qu'il aurait fait lui-même et laisse-le mourir en paix. Laisse les asticots s'occuper de l'affaire. Il n'y a pas de châtiment dans ce monde qui soit adapté à nos offenses. Surtout pour un homme comme lui ; pour des hommes comme nous.

— Je ne suis pas comme toi, dit Bosco d'un ton glacial. Don n'était certainement pas comme toi."

Roger partit d'un rire moqueur.

"La seule différence, probablement, c'est qu'il aimait encore plus picoler." Il regarda la maison et désigna la voiture, dont la partie avant se trouvait enfoncée dans le salon. "Regarde-moi ça. Le voilà, ton saint. Quand il a atterri à Rome, il devait certainement avoir déjà quelques verres dans le nez. Il est monté dans sa voiture, il a bu sa bouteille de whisky en chemin et voilà dans quel état il est arrivé. Je l'ai bien vu hier, Bosco. On aurait dit un train prêt à dérailler et il continuait de boire. Après, il a dû décider d'aller faire un tour sur la barque et il s'est senti mal, parce qu'il était gros comme un éléphant et qu'il avait les artères pleines de saloperies. Il est mort tout seul, sans l'aide de personne."

Bosco secoua la tête.

"Ne fais pas l'imbécile, dit-il. Don a été tué et tu le sais très bien. Ou tu voudrais aussi suggérer qu'il se serait étranglé lui-même ?

— Aucune idée, dit Roger. Je ne suis pas médecin légiste.

— Don ne se serait jamais donné la mort", dit Elsa.

Pym, à ses côtés, avait les larmes aux yeux. McGill intervint.

"Admettons que ce soit un homicide, dit-il, et que le coupable soit ici, comme tu le penses. Comment comptes-tu t'y prendre pour obtenir tes fameux aveux ? On va jouer au Cluedo jusqu'à ce qu'on ait découvert qui est le meurtrier ? C'est peut-être le majordome, dans le salon, avec un chandelier ?" McGill ferma les yeux, chercha ses mots, puis les rouvrit. "Ce n'est pas un jeu, Bosco. Un homme est mort et il est là, allongé, en train de pourrir. Qu'est-ce qu'on va faire du corps, le temps que tu arrives à arracher tes aveux ?

— Nous lui ferons des funérailles dignes de ce nom", répondit le Catalan, en remettant son fusil à l'épaule.

XVI

Nous sommes tous coupables. Nous étions onze et Bosco était seul ; il était armé, certes, mais il était seul. Nous nous sommes tus, nous avons installé Metzger dans la nacelle du ballon et nous l'avons laissé disparaître dans le ciel pâle du Lazio. Après tout, peut-être les choses se seraient-elles passées exactement de la même manière si nous avions chacun eu une arme, car la peur nous transforme, fait de nous des proies faciles, nous plonge dans une torpeur lourde et lancinante. C'est ainsi que, dans une triste procession de condamnés, nous nous traînâmes sur le chemin sinueux de la forêt en direction de la clairière où Bosco et Alipio fabriquaient les ballons. Quatre personnes furent nécessaires pour soulever le corps de Metzger et le hisser dans la Renault – McGill, Roger, Vincenzo et Pym – et il en fut de même pour le transporter de la voiture jusqu'à la nacelle du ballon. Ensuite, Don Metzger s'en alla à travers ciel et plus jamais nous ne le revîmes.

Il m'est particulièrement pénible de me rappeler cet après-midi ; ce fut un moment de silence et de douleur. En route vers la forêt, derrière la Renault qu'Alipio conduisait lentement le long du sentier – Bosco se tenant à une certaine distance du groupe, en despote vigilant –, Vincenzo resta à l'arrière et accompagna ma marche claudicante. Devant nous, se trouvaient Nina et McGill, dans les bras l'un de l'autre ; Olivia, seule et taciturne ; Elsa et Pym, fumant des cigarettes ; Stella et Roger, elle hébétée, lui abattu ; Susanna était dans la Renault, sur le siège passager. Je regardai Vincenzo. On pouvait lire de la culpabilité sur son visage ; de la souffrance, aussi. Il était si différent à présent du visage de celui qui, dans un restaurant de Budapest, m'avait convaincu de venir passer l'été en ces lieux, avec un enthousiasme presque insolite.

"Tu avais raison, lui dis-je à voix basse, tandis que ma canne s'enfonçait dans le sol sablonneux. Séjourner à Sabaudia est effectivement une expérience unique.

— Je ne sais pas quoi te répondre", lâcha Vincenzo.

Je souris d'un air sarcastique.

"Tu pourrais dire que tout ça est une vaste blague et que je me suis laissé avoir en beauté. Ensuite, on retourne auprès du lac et on ouvre le champagne. Qu'en penses-tu ?

— Tu sais que c'est impossible. C'est aussi inattendu pour toi que pour moi.

— Pas du tout", lui dis-je. Dans un élan irrationnel, je fus porté à penser que tout était sa faute. "J'avais une vie avant de te rencontrer, tu le sais ça ? C'était peut-être pas terrible, mais au moins il n'y avait pas de barjos armés de fusils ni de pèlerinages en forêt avec des cadavres.

— Que veux-tu que je te dise ? Que je trouve tout ça génial ?

— Je veux que tu arrêtes de faire cette tête, parce que ça ne va rien arranger. Parce que si moi je n'arrive pas à marcher et si toi tu n'arrives pas à réfléchir, il vaut mieux qu'on laisse tomber tout de suite et qu'on aille rejoindre Don Metzger."

Vincenzo jeta un coup d'œil en arrière furtivement ; Bosco restait à distance et observait le groupe. Nous traversions alors une partie où la forêt était particulièrement touffue. On pouvait voir des traces de pneus au sol.

"Dis-moi, murmura Vincenzo, craintivement. A ton avis, c'est qui ?

— Quoi ?

— Qui est-ce qui l'a tué ?"

Je le regardai, interloqué.

"Comment veux-tu que je le sache ? Je n'ai même pas eu l'occasion de le rencontrer."

Vincenzo était en sueur. Il portait la même chemise que la veille, qui empestait le tabac.

"Tout ça est tellement étrange", chuchota-t-il. Il avait l'air troublé. "Qu'est-ce qui est arrivé à Olivia hier ? Elle a disparu dès notre arrivée. Et aujourd'hui elle m'a à peine adressé la parole. On dirait qu'elle est hypnotisée, bon Dieu !

— Moi, je dormais. Toi, tu étais réveillé. Tu devrais en savoir plus que moi.

— Je me souviens quasiment de rien.

— Quoi qu'il en soit, ça m'étonnerait qu'Olivia y soit pour quelque chose. Regarde-la." Olivia marchait quelques mètres devant nous ; son corps maigre avançait lentement en direction de la clairière. "Regarde un peu ses poignets.

— Ses poignets ?

— Elle a les poignets les plus fins que j'aie jamais vus. Avec des poignets pareils, il est impossible d'arriver à étrangler un homme du gabarit de Metzger."

Vincenzo l'observa.

"Tu as raison, convint-il. Je deviens parano."

Il y eut un moment de silence. Sous nos pieds, des branches d'arbres tombées au sol craquaient ; le soleil s'élevait dans le ciel, couvert de nuages blancs et gris. Ensuite Vincenzo demanda :

"Tu as une idée ?

— Pour ?

— Pour nous sortir de ce pétrin.

— J'en ai une, mais elle est loin d'être géniale : si tu ne peux pas les vaincre, passe dans leur camp."

Quelques minutes plus tard, nous arrivâmes à la clairière. Bosco et Alipio avaient apporté le ballon noir que nous avions vu sur le terrain vague et dont la nacelle se trouvait devant la cabane ; l'enveloppe de toile noire gisait au sol, reliée par des sangles au panier en osier. Alipio gara la Renault près de la cabane et, au moment où Vincenzo et moi rejoignions les autres, la casquette glissée dans la poche arrière de son pantalon, il traîna jusqu'à la nacelle le grand ventilateur servant à propulser l'air ; puis il coucha la nacelle sur le côté, l'ouverture dirigée vers la toile. Quand Bosco arriva, Alipio actionna le ventilateur : le bruit de l'air propulsé couvrit tous les autres bruits à la ronde et la toile noire commença lentement à gonfler.

Olivia s'était éloignée et se tenait immobile près des petites bouteilles de propane, les bras croisés et le regard rivé au sol ; les autres s'étaient regroupés près de la porte de la cabane, qui était fermée, et assistaient au déroulement de l'opération. Celle-ci dura un certain temps – je ne saurais préciser combien, dix ou quinze minutes – pendant lequel j'observai attentivement l'expression de chacun. Je ressentais encore une haine irraisonnée à l'égard de Vincenzo, mais d'un autre côté il était difficile de ne pas être d'accord avec lui : qu'était-il arrivé à Olivia qui, jusqu'à la veille, s'était montrée la plus affable des créatures ? D'autres questions restaient en suspens : qu'avait à cacher Nina pour se refuser à répondre simplement ? Pour quelle raison McGill avait-il mis sa propre vie en danger pour sauver un homme qu'il n'avait encore jamais rencontré, à l'aube d'une singulière journée dans le Lazio ? Que faisaient Elsa et Pym dans un endroit pareil – deux personnes jeunes et belles qui appartenaient à un autre monde, un monde moderne et lumineux où l'ombre de la mort n'errait pas avec autant d'insistance parmi les vivants ? Quelle sorte de relations Roger Dormant, le pornographe, entretenait-il avec le producteur ? De quelle sorte de folie Bosco était-il atteint et que cherchait-il à faire à travers ce défi et cette dangereuse quête de vérité ? Plus important encore que tout cela : finalement, quel genre d'homme Don Metzger avait-il été dans sa vie, qui pouvait bien avoir intérêt à le voir mort, et quel était ce temps étrange, quel était ce destin étrange qu'il nous fallait affronter ?

Bosco tenait la partie supérieure de la toile avec ses grands bras pour laisser entrer l'air froid propulsé par le ventilateur, dont la force agitait ses vêtements. Lorsque la toile forma un demi-cercle, Alipio se dirigea vers la réserve de bois pour aller chercher une bouteille de propane, qu'il vissa à un tuyau qui pendait du brûleur. Ensuite, il installa la bouteille à l'intérieur de la gondole, stoppa le ventilateur et s'éloigna. Bosco alla se poster derrière le brûleur monté sur une structure métallique qui partait des extrémités de la nacelle et orienté vers la toile à demi gonflée.

"Apportez le corps de Don", ordonna-t-il.

Il ouvrit ensuite la vanne de la bouteille de propane, alluma le brûleur et une puissante flamme transperça l'air froid. McGill, Vincenzo, Pym et Roger se dirigèrent vers la voiture et traînèrent le corps enveloppé de Metzger jusqu'à l'endroit où Bosco contrôlait le lance-flammes. Peu à peu, l'enveloppe du ballon prit la forme d'une larme et commença à s'élever dans les airs ; la nacelle abandonna sa position latérale et se releva, tirée par la force du ballon. Lorsque l'habitacle se trouva quasiment à la verticale, Bosco le vida de son contenu et s'approcha du corps recouvert ; la nacelle était retenue au sol par une grosse corde. Avec l'aide de McGill, ils firent rouler deux fois le cadavre sur lui-même et le délivrèrent de sa toile. Metzger avait toujours les yeux ouverts (ce qui en soi était effrayant), mais la *rigor mortis* commençait à gagner l'ensemble de son corps, ses membres raidis et crispés, ses mains ressemblant à deux griffes bleutées qui se seraient pétrifiées au moment d'une exécution. Vincenzo et Roger aidèrent à soulever le corps et à l'installer à bord de la nacelle ; Metzger était si grand qu'il l'occupait entièrement à lui seul. Alipio regarda le ciel et humecta son doigt de salive avant de le lever en l'air.

"Vent de sud-ouest", dit-il, en italien. Bosco acquiesça d'un signe de la tête. "En moins d'une heure, il atteindra la mer."

"Qu'il repose en paix", dit le Catalan, en détachant la corde qui retenait la nacelle. Ensuite, il retira ses lunettes un instant, essuya du revers de la main la sueur qui s'était abondamment accumulée sur son front, remit ses lunettes et recula pour observer la lente ascension du ballon. Le cercle que nous formions se disloqua dans la clairière : Roger se tenait près de Stella et lui donnait la main ; McGill, Vincenzo et Pym reculèrent vers Nina et Elsa ; Alipio – dont la loyauté viscérale à l'égard de Bosco finissait par être répugnante – se tenait à mes côtés ; même Susanna était descendue de voiture et s'était approchée pour rendre un dernier hommage à Metzger. Seule Olivia restait à l'écart, comme si ces funérailles inhabituelles ne la concernaient pas. Alipio, la peau tannée et vieillie par le soleil, avait remis sa casquette et observait attentivement, les mains à la ceinture, le premier et dernier envol de son patron, comme s'il évaluait le résultat d'une bonne journée de travail.

Le ballon continua de s'élever et, peu après, se trouva cinq mètres au-dessus de nos têtes. C'était une vision étrange et, en même temps, d'une beauté étourdissante que cette masse noire qui planait au-dessus de nous en inondant la clairière de pénombre. C'était, pensai-je alors, le ballon le plus triste qui ait jamais existé et Metzger probablement le premier homme de l'histoire qui, après sa mort, montait au ciel au lieu de gagner les entrailles de la terre, faisant ainsi des airs son tombeau et des nuages pâles du Lazio ses anges, courroucés par tant d'infortune. Bosco faisait ses adieux avec solennité, mains jointes devant lui, tête relevée, sans quitter la nacelle des yeux. J'observai la cicatrice qui lui traversait la nuque et pensai : n'importe lequel d'entre nous pourrait le mettre à terre en cet instant. N'importe qui – McGill, Roger, Vincenzo, Nina, Elsa ou même Pym – pourrait ramasser une pierre et fendre le gros crâne chauve du Catalan, le laissant inconscient suffisamment longtemps pour fuir cet endroit, retrouver la civilisation et nous présenter aux autorités. Un homme est mort, aurions-nous dit à la *polizia di Stato*, et un géant espagnol qui vit au milieu des bois a mis son corps dans un ballon noir et l'a fait s'envoler. Le policier aurait écarquillé les yeux et nous aurait déclarés fous ; il nous aurait probablement arrêtés pour outrage. Mais au moins aurions-nous fait quelque chose. Encore eût-il fallu pour cela qu'il restât de l'humanité en nous, évidemment, et que cette humanité nous maintînt unis. Je jetai un œil sur les autres ; il ne nous restait rien. Nous étions des épaves, nous étions soumis, muets, paralysés, isolés. Personne n'avança, personne ne recula, personne n'osa même dire un mot avant que Bosco décrète la fin de la cérémonie. Après quoi, comme des rats filant se cacher à fond de cale, nous fîmes demi-tour et rentrâmes à la maison en reprenant silencieusement notre lente procession à travers la forêt, tandis que la montgolfière – un point final perdu au milieu des nuages – était engloutie par la voracité de l'infini.

Bosco annonça, après nous avoir suivis jusqu'à la propriété de Metzger, qu'il allait retourner dans la cabane et y attendre des aveux. Nous étions près de la porte de la cuisine et il avait commencé à bruiner ; des gouttes tièdes tombaient du ciel sur nos visages épuisés. Alipio et Susanna étaient déjà rentrés ; McGill, les mains à la ceinture, regarda le Catalan, puis nous regarda. Sur son visage, l'incrédulité commençait lentement à se transformer en désespoir.

"Ça ne peut pas être sérieux, dit l'Anglais, en se tournant vers Bosco. Dis-moi que tu ne parles pas sérieusement. Que c'était un délire et que ce délire s'arrête ici et maintenant."

Bosco resta impassible, le canon de son fusil dépassant derrière son épaule gauche.

"Vous savez où me trouver, dit-il.

— Que comptes-tu faire si personne ne s'accuse du meurtre ? demanda Nina. Attendre en nous regardant vieillir ?

— S'il le faut. Nous avons l'éternité devant nous.

— Et si on s'en va, tout simplement ?"

Bosco esquissa un sourire cruel.

"Personne ne s'en ira."

Il nous tourna le dos et rejoignit la Renault qu'Alipio avait garée au niveau de la courbe que décrivait le lac, au bout du chemin de terre. Des oiseaux noirs survolaient les eaux en descendant d'un ciel mélancolique, dont la pénombre s'étendait à tout l'horizon. McGill appela :

"Bosco !"

Il l'appela deux, trois fois, pendant que le Catalan montait dans la voiture, démarrait et même après qu'il eut disparu dans la forêt. Pym, Roger et Stella rentrèrent. Je restai dehors avec Nina, Vincenzo et McGill, et nous regardâmes tous les quatre la lisière du bois où la pluie venait embrasser la cime des arbres.

McGill enfouit les mains dans les poches de son pantalon ; ses yeux brillaient sous la lumière pâle. Vincenzo haussa les épaules et dit :

"On n'a qu'à l'ignorer. On fait nos bagages et on part dans la matinée."

Je regardai Nina. Elle était inquiète ; elle frottait ses bras croisés avec la paume de ses mains.

"Ce sera difficile de l'ignorer, dit-elle. Avec l'obsession qui est la sienne.

— On n'a pas trente-six solutions, je crois, dit McGill, amer. On va devoir trouver un coupable, lui faire signer des aveux et ensuite le livrer à ce maniaque. Si on veut sortir d'ici vivants."

L'idée plana dans l'air un moment.

"C'est ridicule, dis-je. Mieux vaudrait exécuter nous-mêmes la sentence. On épargnerait un peu de souffrance à ce pauvre diable."

Vincenzo commença à tourner en rond. "C'est à la police de s'occuper d'une affaire comme celle-là, dit-il ; sa voix, tremblante, trahissait sa nervosité. Il est absurde qu'on envisage, même par pure ironie, la possibilité de nous faire justice nous-mêmes. Ou de rendre la justice selon son bon vouloir. De quelque façon que ce soit." Ensuite, il regarda Nina. "Tu as un téléphone. Appelons la police, c'est simple.

— Mon téléphone ne marche plus depuis deux jours, dit Nina, en regardant le ciel. Il n'y a pas de réseau, ici.

— Alors désignons l'un d'entre nous pour aller à Sabaudia, dit l'Italien. Tirons au sort. Il suffit juste de courir dans n'importe quelle direction hormis vers la clairière de Bosco." Vincenzo montra la forêt qui entourait la maison. "Par là. Ou par là. Qu'on prenne n'importe quelle direction, on finira toujours par tomber sur une route quelconque. Après, il reste à trouver un téléphone. Ou faire du stop jusqu'au commissariat.

— Et que diras-tu à la police ? demandai-je.

— Qu'il y a un groupe de personnes dans la forêt qui sont menacées. Qu'elles ont été séquestrées par un fou armé d'un fusil."

McGill éclata de rire et secoua la tête. La pluie commença à tomber plus violemment. A l'étage, on alluma les lumières dans une chambre. Nina nous avait tourné le dos et regardait les nuages gris qui se rapprochaient.

"C'est précisément ça le problème, contestai-je. Personne n'a été séquestré. Personne n'a été empêché de partir, du moins jusqu'à maintenant. Comment comptes-tu expliquer aux autorités qu'il y a onze adultes dans une maison terrorisés par un type dont le seul crime est d'avoir mis un cadavre dans un ballon, crime avec lequel nous avons tous pactisé ?

— Moi, je n'ai pactisé avec rien ni personne, corrigea Vincenzo.

— Tu as aidé à transporter le corps, affirmai-je.

— Mais le type avait un fusil", se défendit Vincenzo. Sa voix était devenue plus aiguë ; la pluie avait collé les vêtements à sa peau, ce qui rendait encore plus visibles ses os saillants. Il regarda ma canne. "Toi, si tu n'as pas participé, c'est seulement à cause de ça.

— J'ai participé. Ne rien faire est une façon de consentir.

— Il exige des aveux. Tout le monde l'a entendu. Qu'il les obtienne ou non, tôt ou tard il va commencer à la rendre, sa justice."

Nina se retourna et dit : "Les autorités n'ont pas pour habitude de se préoccuper de ce qui n'est pas encore arrivé.

— Il y a un mort, mais plus de cadavre, dit McGill. On est harcelés, mais sans moyen de le prouver. Tu parles d'une situation pourrie.

— On a aussi le décor parfait pour une bonne descente de police, dis-je. Une maison démolie, une voiture qui est passée par la fenêtre, sans parler de ce qu'ils pourraient encore trouver à l'intérieur.

— On va rester coincés ici jusqu'à ce que le taré aux ballons perde vraiment la boule et vienne nous chercher pour nous emmener en enfer ? C'est ça que vous suggérez ?" demanda l'Italien.

McGill regarda le ciel et ouvrit la bouche, pour y laisser entrer la pluie. Puis il proposa :

"Et si on discutait de tout ça à l'intérieur ?"

XVII

Mais il n'y eut pas de discussion : le reste de la matinée s'écoula en silence et l'après-midi arriva, mélancolique, oppressant. La pluie continua de tomber et, peu après trois heures, la salle de l'aquarium commença à être inondée ; l'eau coulait sur la capote de la voiture et dégoulinait lentement sur le sol en verre qui recouvrait les poissons. Personne ne sembla s'en soucier ; chacun avait l'air absorbé par ses cogitations, chacun à sa façon assimilait peu à peu la réalité de la situation dans laquelle nous

nous étions fourrés. Pym et Elsa s'assirent sur le canapé du salon sous la photo de Pasolini, fumèrent des cigarettes et burent du vin de l'une des nombreuses bouteilles qui restaient dans la cuisine. Roger et Stella traînèrent un peu, avant de se retirer dans leur chambre pour faire l'amour le reste de l'après-midi. Nina, Vincenzo et McGill prirent une douche et rejoignirent ensuite Susanna et Alipio qui préparaient un repas dans la cuisine. Quant à moi, j'allai dans ma chambre me reposer une demi-heure avant de manger.

Je fermai les jalousies, posai la canne sur le canapé et m'allongeai sur le dos. Les douleurs étaient de retour et ma jambe m'élançait comme une plaie ouverte. Je fermai les yeux un instant et maudis la terre entière. Je me fis la promesse qu'après ce bref temps de sommeil je cesserais de prêter l'oreille à Vincenzo et à McGill et que je prendrais une décision. Et je le ferais seul : il fallait manœuvrer Bosco et aucun de ces imbéciles ne savait comment s'y prendre ; c'était à cela que je pensais pendant que mes yeux se fermaient. Il me fallait quitter ces lieux, abandonner Sabaudia et emprunter le chemin du retour vers la vie qui était la mienne avant de m'être laissé stupidement attirer par cette chimère. J'avais été conduit dans une voie sans issue, où un monstre affamé attendait de pouvoir dévorer sa victime. Je m'endormis au son monotone de la pluie s'abattant sur le toit et des voix distantes de Roger et Stella qui se laissaient aller, dans la chambre d'à côté, à l'oubli des prémisses fondamentales de la survie. Je sentis mon corps se réchauffer et les douleurs s'estomper ; je tombai dans un sommeil lourd et profond.

A mon réveil, je crus que j'étais encore en train de rêver. La chambre était plongée dans la pénombre et la pluie avait cessé. Cependant, je n'étais pas seul ; quelqu'un se trouvait avec moi. Une voix tiède et douce chuchota dans le noir :

"Chut."

Je tentai de relever la tête, mais ma nuque était lourde comme du plomb. Sans savoir pourquoi, je n'éprouvai aucune crainte. Le corps au pied du lit remonta et trouva mes jambes ; une chaleur monta avec lui. Je sentis ensuite les mains grimper le long de mes cuisses et chercher la ceinture de mon pantalon. Lentement, elles la détachèrent. La boucle cliqueta dans l'obscurité ; je cherchai en vain quelque rai de lumière. Ma jambe m'élançait, mais une de ces mains emplies de tendresse se posa sur elle et l'apaisa. Je cessai de trembler. Les mouvements commencèrent : une bouche humide se colla à mon sexe et, avec des gestes expérimentés, une gymnastique accomplie bien des fois réveilla en moi des temps oubliés. Je fermai les yeux ; il était inutile de les laisser ouverts. La créature qui avait interrompu mon sommeil continua de bouger ses lèvres et sa langue ondoyante, tandis que je restai immobile, respirant lentement, à un rythme régulier, d'une respiration forte, une respiration de résistance. Je serrai les draps du lit entre mes doigts. On entendait des gargouillements dans la chambre, comme de l'eau versée d'une bouteille en verre ; un gémissement continu, évoquant l'avidité d'un animal affamé. Je jouis et les bruits cessèrent ; ce ne fut pas un orgasme maîtrisé, mais quelque chose d'inattendu, comme un hoquet ou une contraction involontaire. La bouche quitta mon sexe et j'en ressentis un énorme soulagement. D'une certaine manière, je ne voulais plus qu'elle me touche ; je voulais qu'elle me laisse avec autant de douceur qu'elle était arrivée, un léger bruit de draps froissés, une main qui descendrait, un corps qui se retirerait, puis la solitude de la chambre, vide à nouveau. J'ouvris les yeux : la créature se conformait à mes désirs. Elle se mouvait dans l'obscurité – abandonnant derrière elle un léger parfum avec un soupçon de sueur – et s'éloignait, en laissant glisser son corps sur le drap. Ensuite, j'entendis des pas et il y eut un faisceau de lumière, aussi éthéré et fugace qu'un rêve : la porte de la chambre s'ouvrit, le corps improbable s'éclipsa par l'entre-bâillement, la porte se referma, puis le silence imposa sa présence. J'enfouis ma tête dans l'oreiller ; j'eus envie de pleurer, sans savoir pourquoi.

Je fus réveillé par des voix rudes qui montaient depuis le rez-de-chaussée. Je tentai d'atteindre la lampe de chevet près du lit, mais je passai près d'une minute à tâtonner dans l'obscurité avant de trouver l'interrupteur. La lumière se fit dans la chambre : je n'avais aucune idée de l'heure qu'il pouvait être ; je sentais encore la présence du fantôme. Je me levai, à demi endormi, ramassai ma canne, ouvris la porte et sortis. Il faisait nuit noire mais la pluie semblait avoir aidé à laver le ciel et le clair de lune baignait entièrement le couloir désert. Dans la chambre d'à côté, Roger et Stella étaient silencieux ; tout semblait mort dans la maison. Ensuite, j'entendis à nouveau les voix qui se firent plus fortes : on se disputait en bas. C'étaient des voix masculines, exaspérées. La porte de la chambre qui jouxtait la mienne s'ouvrit et Olivia apparut, enveloppée dans une couverture qui lui couvrait les épaules. Nous échangeâmes un regard et il me vint à l'esprit la plus étrange des pensées.

"Tu entends ça ?

— Oui, j'entends", répondit Olivia, qui détourna aussitôt les yeux et se mit à marcher devant moi.

J'observai ses pieds nus, ses chevilles fines, la courbe de ses fesses sous son pyjama blanc. Dans le salon, Elsa et Pym étaient toujours dans le canapé, mais s'étaient endormis devant la télévision qui, le son coupé, n'émettait guère que de l'électricité statique depuis une planète éloignée. Pym dormait en position fœtale aux pieds d'Elsa ; l'écran de télévision éclairait la salle et sa lumière tremblotante projetait des ombres morbides sur les murs ; l'eau qui s'était accumulée dans l'espace de l'aquarium gouttait de la petite marche qui le séparait du salon. Je pressai le pas à la suite d'Olivia en direction de la cuisine. Les lumières étaient éteintes, mais la porte coulissante était ouverte et un vent froid agitait les casseroles et les faitouts qui tintinnabulaient doucement comme des cloches dissonantes. Il y avait plusieurs bouteilles de vin vides sur la table et des restes de repas dans des assiettes. Les voix provenaient de l'extérieur.

Dehors, Nina s'interposait entre McGill et Vincenzo. L'Anglais, écarlate et les cheveux tout ébouriffés, poings serrés, tentait de s'approcher de l'Italien, pendant que Nina essayait de le protéger. Vincenzo avait un œil gonflé et un filet de sang s'écoulait au coin de sa bouche.

"John, arrête, cria Nina. Ça suffit, maintenant."

McGill tourna son regard vers Olivia, puis vers moi. Je fis un pas en direction de Vincenzo, mais il me fit signe de la main de rester à distance ; je regardai Nina.

"Que s'est-il passé ?

— Je ne sais pas. Quand je suis arrivée, ils se sont mis à se battre."

McGill partit d'un rire cynique.

"Ah bon, tu ne sais pas ?" Il lança à Olivia : "Hé, toi. Oui, toi, plantée là comme une attardée. Tu as une idée de ce qui s'est passé ?"

Olivia l'observa, d'un air indifférent. McGill parlait d'une voix traînante ; il était ivre.

"Laisse-la en dehors de ça, dit Vincenzo.

— La ferme, fils de pute, menaça McGill. Encore un mot et je te mets en bouillie.

— John, va te coucher, dit Nina. N'aggrave pas la situation.

— Aggraver la situation ? Mais on peut pas faire pire comme situation", dit McGill, en reculant d'un pas chancelant. Il secoua la tête, une expression désespérée sur le visage. "Comment tu veux faire pire ? On est au milieu de nulle part, cernés par une forêt avec un psychopathe armé d'un fusil, et ma petite amie – ma pute de petite amie – couche avec un autre type. Tu crois vraiment qu'on peut faire pire ?"

Nina fit deux pas en avant et gifla McGill ; on entendit le bruit de la claque – sec, bref – résonner dans la nuit.

"Ne t'avise pas de m'appeler comme ça une seconde fois, dit Nina, avant de s'adresser à Olivia : N'écoute pas ce qu'ils disent. Ils sont soûls et idiots.

— Ça ne fait rien", dit Olivia. Sa voix tranquille et monotone déchira la tension qui était dans l'air, palpable. "Je t'assure, ça n'a vraiment aucune importance. Je vais me coucher."

Olivia fit demi-tour et, avant de rentrer, lança un regard indifférent à Vincenzo et lui annonça :

"Je laisserai tes affaires devant la porte de la chambre."

L'Italien resta à observer Olivia, qui disparut dans la maison ; ensuite, il essuya le sang sur ses lèvres du revers de la main, hésita une seconde puis rentra lui aussi. Nous restâmes tous les trois à nous regarder. McGill s'efforçait de tenir debout.

"Qu'il aille se faire foutre", lança-t-il.

Puis il se laissa glisser le long du mur pour s'asseoir par terre, ramena ses jambes contre sa poitrine et enfouit sa tête entre ses genoux. Nina se passa la main sur le visage et se tourna vers moi.

"Je suis désolée. Tu n'as rien à voir avec tout ça.

— Je sais bien", répondis-je.

J'allais retourner à l'intérieur quand McGill releva subitement la tête et me regarda :

"Tout est vrai, tu sais ?

— John, je t'en prie, dit Nina.

— Demande-lui", insista McGill.

Nina me fixa comme si elle me devait une explication. Elle hésita un bref instant, puis me dit : "Je suis allée me coucher après le dîner. Je les ai laissés ici, à boire et à fumer des cigarettes. Tout se passait bien. Je me suis réveillée au milieu de la nuit. Je suis descendue à la cuisine et il régnait un silence très étrange. John était assis à table, dans le noir. Vincenzo était dehors.

— Il venait de me dire qu'il était amoureux de toi", dit McGill.

Nina devint livide.

"C'est tellement stupide, dit-elle, tellement inutile.

— Je sais que tu as couché avec lui, dit McGill.

— Comment peux-tu le savoir ? demanda Nina.

— Parce que ce salopard me l'a dit." McGill essayait de se lever tout en parlant. "Parce qu'il m'a regardé en face et m'a dit texto qu'il couchait avec toi. Et tu sais ce qui a été le plus terrible ? C'est qu'il m'a dit ça comme si c'était un truc amusant. Comme si j'allais lui taper dans le dos ou même le féliciter." McGill, enfin debout, se passa la main dans les cheveux ; puis il renifla et se frotta les yeux. "Le plus marrant dans l'affaire, c'est que je le savais déjà mais je refusais de voir la réalité en face.

— Tu te fais des idées, dit Nina, en s'approchant de lui. Ce que dit Vincenzo est une chose, ce qui s'est réellement passé en est une autre."

McGill ne la regardait pas.

"Je le savais depuis qu'on était allés le voir à Rome." John leva la tête vers le ciel, dont la lune était la principale attraction au milieu de l'obscurité emplie d'étoiles ; une nuit d'été avait succédé à la pluie. "Maudit bouquin. Je préférerais ne jamais l'avoir écrit.

— Je t'en prie, ne dis pas ça.

— C'est à cause du livre qu'on en est là." Ses yeux scintillants étaient baignés de larmes. "Il nous a conduits jusqu'à cet endroit horrible pour nous séparer. Je savais pertinemment tout ça et, malgré tout, je me suis laissé attirer par l'abîme. C'est l'épilogue de l'histoire, tu comprends ? Il manquait cette partie pour que le roman soit complet. Il fallait encore que je prenne l'avion, puis le train, que je marche au milieu d'une forêt en Italie pour venir à la rencontre de la fin de notre histoire, quand tout me disait de ne pas le faire. Quand tout me disait que c'était un guet-apens tendu par le destin pour nous séparer.

— La seule chose qui se soit passée, c'est la mort de Don Metzger", dit Nina sur un ton angoissé. Elle tenta d'attraper le bras de McGill, mais celui-ci recula de deux pas en direction du lac. "Et ça, aucun de nous n'aurait pu le prévoir.

— Dis-moi que tu n'es pas amoureuse de lui."

Nina cacha son visage dans ses mains ; elle semblait désespérée. Elle me regarda furtivement, comme si je pouvais me porter à son secours.

"Tu as peut-être bu quelques verres de trop, intervins-je, sans grande conviction, en m'adressant à McGill. Si tu allais dormir un peu ? Vous reparleriez de tout ça demain."

McGill m'ignora. "Dis-moi que tu n'aimes pas ce clown, lança-t-il à Nina.

— Je n'aime pas ce clown", répondit-elle.

McGill la dévisagea un instant et éclata de rire.

"Tu mens, l'accusa-t-il. Les voyages, les mails, les coups de fil nocturnes. C'était tellement évident, et moi qui faisais tout pour ne pas voir. Mais tu sais quoi ? Ce sera un désastre, parce que tout ce qu'il veut, c'est ce que j'ai moi. Rien d'autre. C'est juste une question de jalousie et dès qu'il aura obtenu ce qu'il voulait, il te laissera tomber et il tracera sa route. Jusqu'au prochain arrêt sur la voie de son ambition démesurée."

Nina lâcha un long soupir et, soudain, renonça.

"Je vais dans la chambre et je t'attends, dit-elle, sereine tout à coup. Tu viendras me parler quand tu auras enfin cuvé."

Nina se retourna et se dirigea vers la porte de la cuisine. Je me sentis soulagé et je m'apprêtais à l'imiter quand McGill m'interpella :

"Hep. Toi. Je me tire. Tu veux venir avec moi ?"

Nina stoppa.

"Moi ? demandai-je, interloqué. Il vaut mieux que tu ne t'occupes pas de moi. Au rythme où j'avance, on ne sera pas à l'orée du bois avant septembre, à vue de nez.

— On peut partir avec ça", dit McGill en désignant la voiture de Don Metzger encastrée dans le salon.

"Tu as perdu la tête ? demanda Nina. Tu ne vas nulle part dans cet état."

McGill parut soudain dégrisé et résolu, comme si la décision l'avait transformé. Il s'approcha de Nina. Leurs deux visages se touchaient presque.

"Ecoute bien ce que je vais te dire. Je vais monter dans cette bagnole, prendre la route et ensuite je m'arrêterai dans le premier commissariat que je trouverai. Je leur raconterai exactement ce qui s'est passé ici, en anglais, en italien et même en russe s'il le faut, bon Dieu de bois. Après quoi, je rentre en Angleterre et je veux plus jamais te voir. Tu m'as bien compris ?"

Nina resta sans rien dire. McGill se retourna et se dirigea d'un pas pressé vers l'avant de la maison, en passant par la légère pente gazonnée. Nina me regarda une nouvelle fois comme pour me demander de confirmer la réalité de ce qui était en train de se passer ; comme je restai silencieux, elle partit en courant derrière McGill. Je voulus partir à leur suite, mais m'arrêtai au coin de la maison. McGill s'apprêtait à monter dans la voiture par la portière du passager. Je les observai pendant qu'ils se disputaient ; il était inutile d'essayer d'intervenir. Il était impossible de dissuader l'Anglais et, à la vérité, je n'étais pas mécontent à l'idée que quelqu'un aille dire à la police dans quelle situation nous nous trouvions. Encore un jour dans cette maison et nous allions devenir fous, aussi fous que Bosco, aussi fous que McGill, aussi fous qu'avait dû l'être Metzger, même si peu de gens l'avaient côtoyé et si je ne connaissais sa vie que par ce qu'en disaient les autres ; oui, aussi fous que Metzger l'avait été, à n'en pas douter. Les paroles de McGill et Nina se perdaient dans la nuit et, soudain, la porte du passager claqua à grand bruit et l'un des phares avant s'alluma, éclairant l'aquarium et le sol sous lequel les poissons évoluaient. Le moteur de la voiture se mit en marche et Nina s'écarta en criant le nom de l'Anglais. A l'étage, les lumières de la chambre de Stella et Roger s'allumèrent. La voiture, entraînant avec elle ce qui restait de la fenêtre défoncée, recula dans un grand fracas – le fracas du verre se brisant au sol –, descendit la butte en marche arrière et, après un demi-tour expéditif, fila par le chemin de terre qui conduisait au bois. Elsa et Pym apparurent dans la salle de l'aquarium, encore ensommeillés ; Nina poursuivit la voiture un instant, mais la poussière soulevée par les roues arrière eut tôt fait de l'obliger à renoncer. Elle resta immobile au bord du chemin, tandis que le clair de lune souriait sur sa chevelure rousse, la poussière retombant autour d'elle. Peu après, McGill disparaissait dans la forêt*.

XVIII

Olivia dormit seule jusqu'à la fin de cette nuit-là. Vincenzo resta dans le salon, dans le canapé qui

---

* Que s'était-il produit cette nuit fatidique au cours de laquelle Don Metzger avait exhalé son dernier soupir, tandis que nous – qui étions si mal préparés pour affronter les vicissitudes de l'existence – nous étions devenus des monstres d'indifférence ? Combien de crimes furent-ils commis, un ou plusieurs ? Par exemple : si un homme n'est pas le témoin d'un crime, cela l'exonère-t-il de la responsabilité, dans le cas où ce serait à sa portée, de trouver l'auteur d'un tel outrage ? Ou cette inaction constitue-t-elle, en elle-même, un second crime venant s'ajouter au premier ? Un homme, au seul motif qu'il n'a pas tué, peut-il ignorer le fait qu'un autre a tué, s'en laver les mains et se dire qu'il revient au destin d'infliger un éventuel châtiment ? Je me demande souvent comment le destin peut nous sembler un concept recevable alors que ce monde nous offre une vaste panoplie de dérèglements qui conduisent aux pires horreurs. Nous nous servons du destin comme alibi, en croyant ingénument que les choses arrivent d'une certaine manière parce qu'elles ne pourraient pas arriver autrement. Cette croyance, aussi valable que la croyance en Dieu ou à l'immortalité de l'âme, a des conséquences terribles pour l'esprit qui, tôt ou tard, se voit rongé par le doute que provoque l'impossibilité de savoir, avec un quelconque degré de certitude, si nos décisions nous apporteront la paix ou si, au contraire, elles réveilleront les bêtes de l'enfer ; si désormais il nous faudra cheminer dans le monde la tête à l'envers, comme dans un *contrapasso* de Dante.

n'était pas occupé par Pym. Elsa monta à l'étage et alla se coucher dans la chambre de Don Metzger, sous les draps du grand lit, telle une princesse ensorcelée. Nina dormit par intermittence dans l'une des chambres libres. A plusieurs reprises, avant le point du jour, j'entendis ses pas légers – elle venait fumer dans le couloir, l'odeur du tabac se propageait, on entendait sa voix, elle parlait toute seule dans un murmure. Dans le couloir, Olivia avait laissé à la porte de sa chambre le sac à dos de Vincenzo, abandonné comme une chose autrefois estimée et désormais sans valeur.

Allongé dans mon lit, je ne parvins pas à me rendormir.

Lorsque le jour se leva, je pris un bain tiède et enfilai des vêtements propres. Je vis par la fenêtre de ma chambre qu'Alipio s'était déjà levé et se dirigeait vers la forêt. Il portait les mêmes habits que la veille, ou peut-être ses vêtements étaient-ils si semblables qu'il était impossible de les distinguer. Sa casquette vissée sur le crâne, il avait à la main une tasse de café ; il semblait n'être en aucune façon concerné par ce que nous vivions et était apparemment disposé à poursuivre sa vie de tous les jours comme si de rien n'était – peut-être Alipio était-il si soumis à la volonté de Bosco ou si ignorant que, malgré la mort de son patron, il continuait à se considérer comme un employé de ce domaine. Dans ces conditions, s'il y avait des choses à faire, il s'agissait de se mettre au boulot. Alipio partait peut-être du principe qu'en l'absence de Metzger il reviendrait au Catalan d'assumer son rôle ; peut-être était-ce là la logique insondable de cet être asservi et provincial, peut-être était-ce là un impératif incontournable, l'impératif du travail. Mais de quel travail pouvait-il s'agir, maintenant que Metzger n'était plus ? Pour quelle raison le vieil

Italien s'avançait-il vers la forêt de bon matin, maintenant que Don n'avait plus besoin de ses ballons pour célébrer le Bon Hiver ? Quelle que fût la réponse, il paraissait évident qu'Alipio aussi bien que Susanna étaient exclus de la liste des suspects aux yeux de Bosco : il n'avait rien exigé d'eux et la routine semblait être de retour dans la maison. Lorsque je descendis dans la cuisine, la femme préparait le petit-déjeuner : elle faisait chauffer, à feu doux, une vieille casserole remplie d'eau et commençait à retirer du four le pain frais qu'elle avait préparé. Quand elle me vit, elle fit un signe de la tête et tenta de sourire ; cependant, quelque chose avait changé chez elle – son visage, auparavant rosé et chaleureux, était à présent pâle et terne, comme si la mort du patron avait eu un effet physique sur son existence. C'était la preuve, vague mais peut-être significative, que les choses n'étaient pas exactement comme je l'imaginais ; que c'était peut-être la peur – la même que celle qui nous tenaillait – qui poussait Susanna et Alipio à se conformer à la métrique ordonnée du quotidien.

Je m'apprêtais à m'asseoir à la table de la cuisine pour manger quand, à travers la porte ouverte, je vis Alipio immobile au début du chemin de terre qui conduisait à la forêt. Il était accroupi et était en train de remuer quelque chose qu'il avait trouvé par terre. Je sortis ; une légère brise soufflait encore, mais le temps dégagé annonçait une journée de chaleur et le bleu du ciel se reflétait sur la surface tranquille du lac. Susanna me suivit jusqu'à la porte, mais n'alla pas plus loin. A cette distance, je ne parvenais pas à voir ce qu'Alipio avait découvert, mais tandis que je m'approchais, lentement, en tenant fermement ma canne, j'entendis Susanna appeler son mari, lequel se releva légèrement, regarda derrière lui et détourna immédiatement la tête ; c'était l'attitude empressée de quelqu'un d'inquiet. Je compris alors que quelque chose gisait au sol. Je pensai, sans savoir pourquoi, que c'était un animal mort et je ralentis le pas. Mais Alipio tourna la tête une seconde fois et je compris à son regard que ce n'était pas un animal : un corps humain était allongé là et Alipio avait passé un bras sous son cou pour lui soulever légèrement le buste. C'était McGill. Je restai interdit un instant, sentant dans mon dos la chaleur du soleil qui se levait à l'horizon. L'Anglais était quasi méconnaissable et seuls ses vêtements et ses cheveux blonds confirmaient son identité. Il était en partie défiguré ; son visage était tellement tuméfié que son œil droit disparaissait sous une masse de chair brune et difforme ; son nez cassé semblait avoir été déplacé ; le sang qui avait coulé de ses narines avait séché sur sa bouche, son menton, son cou et sa chemise ; il lui manquait une dent de devant et on voyait un espace noir à travers sa bouche à demi ouverte, comme s'il était mort en tentant de dire quelque chose. Mais le plus cruel à voir n'était pas son visage ; le plus cruel, c'était de voir la position impossible du bras gauche de McGill qui, à la suite d'un coup violent, avait été déboîté si brutalement qu'il se trouvait littéralement à l'envers – la paume de la main tournée vers l'extérieur, le coude vers l'intérieur, collé au tronc, comme s'il avait été une poupée à assembler et que quelqu'un, par négligence, avait fixé un membre dans le mauvais sens.

Je m'agenouillai près d'Alipio et posai ma canne.

"Il était là, me dit-il, en italien. Il était couvert de poussière quand je l'ai trouvé."

Je sentis dans sa voix tout son chagrin. Il ôta sa casquette et, avec solennité, baissa les yeux à terre. Je pris la canne, me relevai et retournai à la maison.

186

Nina fut la dernière à savoir. Elle avait passé une grande partie de la nuit éveillée et, quand je montai à l'étage, je remarquai qu'elle s'était endormie la porte ouverte sur le lit de la première chambre du côté gauche. Je fermai la porte sans faire de bruit et la laissai dormir, puis je redescendis dans le salon. Pym dormait d'un profond sommeil, enroulé comme un escargot dans le grand canapé. Je réveillai Vincenzo et lui demandai de ne pas faire de bruit ; puis je l'emmenai jusqu'au chemin de terre et lui montrai le corps de McGill, auprès de qui se trouvait encore Alipio. L'Italien se prit la tête dans les mains et éclata en sanglots – des pleurs comme nés du désespoir, les larmes coulant librement sur un visage en proie à une angoisse telle qu'il tourna deux fois sur lui-même avant de donner un coup de pied dans la terre sèche, la poussière atteignant le visage massacré de McGill.

"Il n'y a rien à faire, dis-je.

— Deux morts. Deux morts en vingt-quatre heures. On est en plein film d'horreur."

Je regardai autour de nous ; je vis le silence de la forêt et la surface étale du lac. Rien en ces lieux n'aurait dû faire songer à la mort et, pourtant, c'était sa présence qui dominait, une espèce de rumeur venue des étendues d'eau et des montagnes de Sabaudia qui allait bientôt se transformer en une tempête. Rien de tout cela n'était plausible, rien de tout cela ne semblait réel et, pourtant, c'était aussi irréfutable que le sol sablonneux sous nos pieds.

"Cette mort-là, c'est moi qui en suis responsable, dit Vincenzo.

— Qu'est-ce que tu lui as raconté hier soir ?"

Vincenzo baissa la tête.

"Hier soir, beaucoup de choses ont été dites, en grande partie des imbécillités d'ivrogne.

— Tu lui as dit que tu avais couché avec Nina ?"

Vincenzo regardait en direction du lac.

"Non. Enfin, si. Il est possible que j'aie dit une connerie de ce genre.

— Et c'est la vérité ?"

Vincenzo hésita.

"Peut-être. Je ne sais pas. C'était peut-être partiellement vrai. Ça s'est peut-être produit, par le passé. Quelle importance à présent ? Il est mort et c'est ma faute.

— Ce n'est pas ta faute. Mais il faut qu'on l'enterre. J'ai besoin que tu m'aides pour transporter le corps.

— L'enterrer ?" s'exclama Vincenzo. A la porte de la cuisine, Susanna guettait, essayant d'interpréter les événements. "Ecoute, ce qu'il faut, c'est se tirer d'ici et prévenir immédiatement la police. Avant que ça tourne au bain de sang."

Vincenzo suait. Il chercha un paquet de cigarettes dans la poche de son pantalon et en alluma une. D'un air méfiant, il regarda Alipio qui nous observait en silence, la casquette à la main.

"Comment comptes-tu t'y prendre ?" demandai-je ; Alipio pouvait rester fidèle à Bosco, mais pour le moment nous avions d'autres problèmes en tête. "Il y a un psychopathe à l'autre bout de ce bois qui semble bien décidé à ne laisser partir personne sans autorisation expresse.

— Comment sais-tu que c'est Bosco ? demanda-t-il, tirant avidement sur le filtre, en marchant d'un pas frénétique d'un côté, puis de l'autre.

— Qui veux-tu que ce soit ? Un animal sauvage ? Il y a des prédateurs dans les forêts de Sabaudia ?

— McGill est parti avec la voiture de Don Metzger. Je l'ai bien entendu démarrer. Comment l'autre a-t-il pu l'attraper s'il était dans la voiture ?"

Je regardai à nouveau le corps de l'Anglais ; il semblait avoir été piétiné par un troupeau.

"Aucune idée. Ce que je sais, c'est que s'il arrive à stopper une voiture et à faire ça à un homme, il doit être capable de tout ou presque.

— Donc, on va l'enterrer et laisser ce carnage continuer ? demanda Vincenzo, en continuant de hausser le ton.

— On va l'enterrer et ébaucher un plan. Examiner quelles sont nos possibilités. On ne peut quand même pas laisser pourrir un cadavre comme ça, non ? Quelle que soit la façon dont votre histoire s'est terminée, McGill était ton ami. Ou l'a été. Il a droit à un minimum de respect, d'autant plus maintenant qu'il est mort.

— Et si chacun partait de son côté ? proposa-t-il, en s'immobilisant.

— Qu'est-ce que tu veux dire ?

— Si chacun de nous prenait ses affaires et partait dans une direction différente. Il ne peut tout de même pas être partout à la fois, que je sache."

Je jetai un coup d'œil alentour, puis fixai Vincenzo du regard.

"Il y a deux problèmes avec cette idée. *Primo*, on se trouve au milieu d'une forêt très dense qu'aucun d'entre nous ne connaît, *a priori*, et qui s'étend sur plusieurs kilomètres. A l'ouest et au sud-ouest, on a le lac ; à l'est et au nord, de la broussaille et des arbres à perte de vue. Au sud, on a la seule voie dégagée, qui conduit à la clairière de Bosco. On a bien compris maintenant que le Catalan ne bluffait pas. Si on tente de fuir de jour, le plus probable est qu'on tourne en rond et qu'on se fasse attraper en un clin d'œil. De nuit, je suis prêt à parier avec toi qu'aucun d'entre nous n'osera se mettre en route. Le second problème avec cette idée, c'est que c'est la loterie. Il est possible que certains survivent, mais il y aura toujours des sacrifiés : les plus faibles ou les plus lents. J'ai comme une vague idée de qui ça peut être."

Vincenzo regarda ma canne.

"Et merde, lâcha-t-il.

— Et ce n'est pas tout, continuai-je. Un homme comme Bosco n'est pas du genre à se contenter d'en attraper un et de laisser filer les autres. Il est obnubilé par une certaine idée de la justice et ne se satisfera pas de quelques sacrifices. Si chacun part de son côté, je suis certain qu'il nous poursuivra un à un. Pour tous nous attraper. Il ne s'arrêtera pas avant que justice soit faite selon ses vœux.

— A moins que quelqu'un ne l'arrête avant, dit Vincenzo.

— C'est une bonne idée, mais regarde ce que tu as à ta disposition. Un semi-invalide, un couple d'acteurs, un Australien rondouillard. Nina est celle qui aurait le plus de chances mais, elle a beau être une femme déterminée, elle peut difficilement affronter un géant comme Bosco. Qui est armé, qui connaît probablement ce bois comme sa poche et qui piaffe d'impatience en attendant l'ouverture de la chasse.

— Elle est déjà ouverte, apparemment, dit Vincenzo en regardant le corps de McGill. Tu sais ce que je me dis ? Que c'est lui aussi qui a tué Metzger."

Il y eut un moment de silence. Puis je dis :

"Pour le moment, c'est vraiment le cadet de nos soucis."

Vincenzo jeta son mégot par terre ; il semblait plus calme.

"Qu'est-ce que tu suggères ?

— Je pense que cet homme est notre meilleure solution.

— Alipio ?" demanda Vincenzo.

"Io", dit Alipio en entendant son nom.

"Il travaille avec Bosco, qui lui fait confiance, expliquai-je. Comme apparemment il n'y aura pas d'aveux, on n'a aucun moyen d'apaiser le fauve. On est donc contraints de négocier."

Vincenzo marqua un temps d'arrêt, avant de s'accroupir à côté du corps de McGill.

"Entendu. Je ne vois pas trop ce que tu veux dire par là, mais je t'accorde le bénéfice du doute. C'est la dernière chance que je laisse à cette putain d'affaire d'être résolue avec diplomatie."

Alipio se baissa à son tour et tous deux soulevèrent le corps de McGill.

"Et après, qu'est-ce qui se passera ? demandai-je.

— Après, ce sera chacun pour soi, dit l'Italien, gémissant sous l'effort. *Alea jacta est.*"

Il revint à Vincenzo d'aller réveiller Nina. Alipio creusa une tombe dans la pente qui descendait jusqu'au lac ; Susanna sanglota en silence lorsque, finalement, elle vit le cadavre. Quand Nina sortit de sa chambre, Alipio avait déjà enroulé le corps dans un drap et retiré le gazon et la terre de la fosse autour de laquelle on improviserait des obsèques. J'aidai Alipio comme je pus et pensai alors à la façon dont j'étais en train de réagir aux événements – à cette froideur inattendue avec laquelle j'abordais chacun des obstacles successifs. Moi qui jusqu'alors avais été un lâche, à l'estomac sensible, je me comportais désormais comme un professionnel de la mort. Le désespoir des autres – les pleurs, les cris, les insultes, les trahisons – n'avait rien fait d'autre que de me rendre plus vigilant et, d'une certaine manière, révéler dans leur pleine mesure cette familiarité avec le mal que je venais de me découvrir et mon étrange capacité à résister à l'appel désespéré de la survie qui, tôt ou tard, devait conduire mes compagnons à l'échafaud. Si bien que, lorsque j'entendis les cris angoissés de Nina, provenant de l'étage, je n'eus pas besoin, contrairement à Stella et à Pym, de me boucher les oreilles pour me soustraire à une douleur qui m'était étrangère.

Nous étions réunis dans la cuisine et attendions Nina et Vincenzo ; Alipio, dehors, préparait l'enterrement. Nous restâmes quelques minutes sans rien dire, puis les cris finirent par s'estomper et se transformer en un murmure éploré.

"J'y crois pas", dit Roger.

L'Australien était adossé au comptoir du bar et buvait du vin à la bouteille. Ses cheveux en bataille, longs et graisseux, étaient enroulés autour de ses oreilles ; Stella, à ses côtés, le maquillage dégoulinant et le regard perdu, ressemblait à une vieille poupée retrouvée au fond d'un coffre. Pym s'efforçait de retenir ses larmes – non pas à cause de McGill, qu'il connaissait à peine, mais parce que la peur gagnait son visage d'enfant – tandis qu'Elsa fumait une cigarette, affichant son calme. Olivia, assise dans un coin, restait sur la réserve, les bras croisés ; apparemment, même la mort de McGill n'avait pas réussi à l'arracher à son somnambulisme. Je leur expliquai le plan dont nous avions discuté avec Vincenzo.

"Je suis absolument d'accord, dit Elsa. Dans les films d'horreur, c'est comme ça. Ça finit toujours mal pour celui qui essaie de fuir l'assassin.

— Qui va aller dans sa tanière négocier avec la bête ? demanda Roger. Si je m'approche, je vais encore me faire scalper par ce sauvage.

— Moi, j'irai, proposai-je. Alipio m'accompagnera. J'ai déjà parlé avec Bosco une fois. Peut-être me laissera-t-il la possibilité de lui exposer la situation.

— Et quelle est la situation ?" demanda Pym.

J'hésitai un instant, puis saisis le pommeau de ma canne des deux mains.

"Avant de continuer, je voulais vous poser une question. L'un d'entre vous souhaite-t-il partager quelque chose avec les autres ? Faire une révélation qui, en ce moment, serait importante pour notre survie ?"

Ils se regardèrent les uns les autres ; Roger éclata de rire.

"Qu'est-ce que tu crois ? Tu t'attends vraiment à ce que quelqu'un avoue ? En sachant ce que cet animal est capable de faire ?

— Je n'attends pas des aveux. Je demande juste si l'un d'entre vous sait quelque chose qui pourrait expliquer cette situation ou qui pourrait nous aider à en sortir. Si quelqu'un a une information sur la mort de Don Metzger."

Ils se regardèrent à nouveau, mais personne ne parla ; je regardai Olivia.

"Si tu veux nous dire quelque chose, c'est le moment."

Olivia secoua la tête, indifférente.

"Non. Je n'ai rien à vous dire."

Pym se mit à rire, désespéré, et s'exclama : "Elle sait quelque chose, c'est évident.

— Pym, intervint Elsa, en l'attrapant par le bras.

— Lâche-moi", protesta Pym en la rejetant. Et en désignant Olivia : "Regardez-la. Si fragile, si distante, si improbable. Où était-elle la nuit où Don est mort ? Je l'ai vue arriver et ensuite elle a disparu comme un nuage de fumée. Est-ce que quelqu'un sait ce qu'elle a fait cette nuit-là, où elle était ?" Hors de lui, Pym s'avança vers Olivia. "Tu vas nous expliquer, ou on va tous crever ici comme des misérables, par ta faute ?"

La question resta en suspens ; Olivia regardait Pym sans la moindre trace d'émotion. Elle ne semblait pas être la même personne que celle que j'avais connue à Budapest. Elle se leva et dit d'un ton monocorde :

"Je le répéterai autant de fois que nécessaire : je suis allée me coucher tôt et ne me suis réveillée que le lendemain matin.

— Menteuse", cria Pym.

Elsa le retint. "Pym, dit Elsa, à voix basse. Ça ne sert à rien."

Pym soutint encore le regard détaché d'Olivia pendant un instant, puis recula et laissa Elsa le prendre dans ses bras ; il se blottit contre elle, la tête sur son épaule, et parut se mettre à sangloter. C'est alors que Vincenzo fit son apparition dans la cuisine, accompagné de Nina. Elle avait des cernes profonds, mais avait cessé de pleurer. On lisait sur son visage une expression involontaire de défaite, comme si la douleur émotionnelle liée à la mort de McGill s'était transformée, le temps de descendre l'escalier, en la douleur d'un pari perdu.

Dehors, Susanna s'était mise à cueillir des fleurs pour la tombe de McGill. Nous nous dirigeâmes vers la fosse – Nina marcha seule, les bras croisés sur la poitrine, Vincenzo l'accompagnant légèrement en retrait. J'aperçus dans ses yeux l'ombre d'une culpabilité terrible, dont j'ignorais la nature véritable : quelle relation entretenait-il avec Nina ? Que s'était-il passé entre eux ? Les soupçons de McGill reposaient-ils sur autre chose que sur une jalousie alcoolisée, des soupçons qui s'étaient transformés en certitudes et l'avaient conduit à une mort violente ?

Alipio et Vincenzo mirent le corps en terre. Elsa s'approcha et me prit par le bras, m'offrant la chaleur de son corps. Le cadavre de McGill, enroulé dans le drap, disparut dans la fosse, Alipio récita une prière en italien, que nous conclûmes tous par une série d'*amen* à contretemps. Je jetai un œil autour de moi : Olivia n'était pas venue prendre part à ce dernier hommage ; Pym pleurait et tremblait ; Roger était allé chercher sa caméra et filmait ce moment funèbre. Ensuite, Elsa me fixa de ses yeux pleins de tendresse et de mélancolie et me dit :

"Bonne chance."

XIX

Je partis avec Alipio en direction de la forêt immédiatement après l'enterrement. Nous n'avions plus de véhicule – Bosco avait pris la Renault, McGill la voiture de Metzger et celle de Roger était toujours devant la maison mais avec deux pneus complètement à plat – et fîmes donc le trajet à pied. Le soleil brillait dans le ciel très bleu et la chaleur oppressante nous faisait transpirer.

Alipio avait la patience d'un homme de la campagne et s'adaptait à ma lenteur sans laisser transparaître le moindre agacement, tandis que je prenais appui avec ma canne sur les parties du terrain qui me semblaient les plus fermes. Il attendait chaque fois qu'il fallait attendre, pressait le pas lorsque je trouvais un nouveau souffle ; il chantonnait tout bas une vieille ritournelle italienne pour agrémenter notre traversée. Sur le chemin du bois, à l'ombre des grands arbres qui se penchaient sur nous, menaçants, j'avais la sensation qu'on nous observait depuis les endroits les plus isolés ; j'avais la sensation insidieuse que quelque chose nous suivait sans trêve, examinant nos pas, deux yeux démoniaques cachés dans la pénombre des taillis.

Tout en marchant, je me mis à penser à toutes les possibilités. Qu'était-il arrivé à Don Metzger et qui était responsable de sa mort ? Vincenzo soupçonnait Bosco, mais le Catalan me semblait trop obsédé par cette idée de justice et d'une trop grande fidélité à Metzger pour être à la fois l'auteur du crime et le justicier. Me vinrent ensuite des pensées plus insensées, des pensées nées du croisement radical de toutes les hypothèses : et si, comme l'avait suggéré Bosco, le crime n'avait pas été perpétré par une personne, mais par plusieurs ? Et si Sabaudia avait été, en réalité, l'obscur théâtre d'une vengeance collective, et si chacun d'eux avait eu une raison secrète de désirer la mort de Don Metzger, sans avoir prévu la menace que le Catalan allait constituer ? C'était une idée tortueuse et, pourtant, tout aussi vraisemblable que celle qui me traversa l'esprit par la suite : et si c'était Vincenzo, sous l'emprise de la jalousie, ou de l'alcool – ou des deux à la fois – le coupable ? Et si Nina était en réalité et sa maîtresse et sa complice, tous deux acculés au mensonge pour occulter un homicide résultant d'une série de circonstances malheureuses, au cours d'une nuit incontrôlée ? Tous les scénarios, même les plus saugrenus, me parurent plausibles le temps que dura cette marche silencieuse avec Alipio. Nina : à la vérité, je ne savais que penser de Nina. Elsa avait dit à Bosco qu'elles étaient ensemble la nuit où Metzger était arrivé ; mais Elsa avait-elle dit la vérité ou cette affirmation devait-elle servir à protéger Nina de la vérité à l'égard de Bosco – et de McGill ? Si tel était le cas, alors Elsa aussi était complice dans cet écheveau de tromperies et de conspirations. Néanmoins, Elsa était une de ces créatures que Metzger avait ramenées des bas-fonds à la surface ; qu'elle ait pactisé avec Nina et Vincenzo n'avait aucun sens, à moins qu'elle n'ignorât qu'ils cherchaient à occulter un homicide et qu'elle ait voulu protéger Nina pour la seule raison que les femmes, parfois, se protègent les unes les autres comme elles peuvent aussi bien, en d'autres occasions, se blesser mortellement. Il y avait aussi Roger et Stella ; pour autant qu'il m'était permis d'en juger, il était impossible de soupçonner Stella : à moins d'être la meilleure actrice du monde, elle était simplement trop bête pour concevoir ou mettre en œuvre un plan aussi macabre. Quant à Roger, même si Bosco n'avait jamais caché sa haine envers lui, il ne me semblait pas être autre chose qu'un second rôle dans cette intrigue ; du reste, le Catalan n'avait même pas exigé de lui un alibi pour la nuit du crime. Auprès de qui Bosco s'était-il montré insistant ? Auprès de Nina, surtout : c'était Nina qu'il avait le plus vivement prise à partie, encore que cela ne signifiât pas forcément qu'il se méfiait d'elle plus que des autres ; c'est plutôt que Nina avait eu le courage de le défier. D'un autre côté, la personne la plus mystérieuse était Olivia ; avec son air indifférent, presque infantile, elle avait déclaré avoir dormi la nuit entière et cet alibi n'avait été contesté par Pym que dans un moment de fébrilité ; moi-même, j'avais eu la tentation d'écarter toute possibilité qu'elle fût coupable en faisant valoir auprès de Vincenzo la finesse de ses poignets et son incapacité physique à maîtriser et à étrangler un homme du gabarit de Metzger. Pourtant, dans le fond, que savais-je d'Olivia ? Quasiment rien. Qu'elle était jolie, qu'elle semblait modérément intelligente et qu'au cours de ces dernières années Vincenzo l'avait traitée comme une serpillière. Et si, en réalité, Olivia souffrait d'une pathologie encore absente des nomenclatures – une pathologie surnaturelle pouvant transformer un ange en démon ? Et si derrière Olivia – derrière le masque de sa peau – se cachait une créature néfaste capable des pires atrocités ?

Et qui avait pénétré dans ma chambre la nuit précédente ?

"Avanti", dit Alipio. Nous aperçûmes la clairière. Le soleil pénétrait entre les arbres de la forêt et à travers ses faisceaux de lumière voletaient de minuscules insectes. La clairière était déserte, mais dès que nous arrivâmes, nous entendîmes un bruit de pas dans les herbes derrière nous. Je me retournai : Bosco se trouvait là, surgi de nulle part ; il portait son fusil à l'épaule et des gouttes de sueur perlaient sur son crâne chauve. Il passa devant moi, devant Alipio et, après s'être dirigé vers le centre de la clairière, alla s'accroupir devant l'enveloppe bleue et rouge d'un ballon qui se trouvait par terre. Il releva les yeux un instant, puis commença à déplier la toile.

"Je ne vous attendais pas si tôt", dit-il.

Il regarda Alipio et lui demanda de l'aide en italien.

Alipio obtempéra. Ils commencèrent tous deux à tendre l'enveloppe. La porte de la cabane était ouverte, plusieurs bouteilles de propane se trouvaient hors de la réserve et Bosco avait près de lui une bobine de corde, qui avait été récemment utilisée.

"Tu prépares un vol ?" demandai-je.

Bosco leva les yeux ; il m'observait comme si j'étais venu prendre le thé.

"Comment ça ?

— Je vois que tu travailles sur un ballon", dis-je. Je désignai le tissu avec ma canne. "Je présume que tu vas le faire voler."

Il secoua la tête. "Dans l'immédiat, ça m'étonnerait. Mais je n'aime pas voir des choses traîner."

Il essuya la sueur de son front du revers de la main et enleva le fusil de son épaule ; il le posa au sol, se redressa et mit ses mains à la ceinture.

"Tu as du nouveau pour moi ?

— Du nouveau ?

— Tu sais bien. Des aveux." Il esquissa un sourire railleur. "J'imagine que non. Ce serait un peu rapide. Un criminel offre toujours de la résistance.

— Et tu es déterminé à vaincre cette résistance, c'est ça ?"

Bosco alla chercher un vieux torchon dans un seau à l'entrée de la cabane et commença à se laver les mains. Alipio continuait d'examiner minutieusement l'enveloppe du ballon.

"J'attends, tout simplement. Conformément à ce que je vous ai dit. Certains parasites mettent du temps à se montrer. Ils sont confortablement installés dans un coin sombre et humide ou dans les intestins de leur hôte. Lentement, ils font tout pourrir autour d'eux. Et puis il y en a d'autres qui sont plus rapides." Il leva les mains en signe d'indulgence. "Il y a un temps pour les deux. Une fois de plus, la question est de savoir attendre.

— On peut difficilement appeler «attendre» ce que tu as fait", affirmai-je, dans un élan de courage.

La présence d'Alipio, sans que je sache trop pourquoi, me faisait me sentir plus en sécurité.

"Pourquoi ça ?"

Bosco s'approcha.

"Une voiture est passée par ici la nuit dernière. Une voiture que tu devais bien connaître d'ailleurs, puisque c'était celle de Don Metzger."

Bosco croisa les bras ; il était suffisamment proche pour que je parvienne à voir le blanc de ses yeux, injecté de sang, et la profondeur de ses cernes – comme s'il n'avait pas dormi depuis de nombreuses nuits.

"Qu'es-tu en train d'insinuer ?

— Au volant de cette voiture, il y avait John McGill. L'Anglais qui, hier matin, a évité que le corps de Metzger ne finisse au fond du lac." Il y eut comme un éclair de reconnaissance dans l'expression de Bosco, mais qui se dissipa aussitôt. "McGill – ou plutôt son cadavre – a été trouvé ce matin au départ du chemin qui conduit de la maison à la forêt."

Bosco m'observait avec une grande concentration.

"Je suis navré, dit-il.

— Comment est-il arrivé là, à ton avis ?"

Bosco haussa les épaules.

"Il y a bien des choses dans ce bois qu'on ne connaît pas. Des animaux sauvages. Des assassins en liberté. On ne sait jamais ce qui peut arriver.

— Il n'y a pas un animal dans ce bois qui soit capable de stopper une voiture. Et s'il y a des assassins, il y a peut-être d'autres moyens de les découvrir que de les imiter."

Le Catalan sembla troublé ; puis il se moqua.

"J'ai quelque difficulté à te suivre.

— Ce que je veux dire, c'est que McGill a été laissé là en guise de mise en garde.

— Une mise en garde ?

— Oui. Une façon de nous prévenir qu'il est inutile de tenter de s'enfuir.

— Tu es en train d'insinuer que c'est moi qui l'ai tué ?" demanda Bosco en s'approchant à nouveau, son corps robuste et menaçant recouvrant le mien de son ombre.

Alipio s'était interrompu dans ses activités et nous regardait.

"Je dis que peu m'importe si ce qui est arrivé à McGill est un pur homicide ou de la légitime défense. Si tu me dis qu'il t'a attaqué, je veux bien te croire ; si tu me dis qu'il y a eu une lutte et que, pour sauver ta vie, tu as dû lui retirer la sienne, je te croirai aussi.

Ce que je me refuse à croire, c'est que tu sois cruel – volontairement cruel, pour être plus précis. Que tu aies laissé ce corps là-bas avec un autre objectif que celui de nous montrer jusqu'où tu serais prêt à aller pour que justice soit faite."

Bosco fronça les sourcils.

"Tu crois aller quelque part avec ta théorie ?

— Je viens te dire que ta stratégie n'a pas donné de résultat. Ou plutôt, qu'elle a eu le résultat inverse de celui escompté : les aveux que tu attendais, personne ne va te les offrir maintenant qu'ils ont vu ce qui pouvait leur arriver."

Bosco resta immobile un instant, puis me tourna le dos et se dirigea vers le fusil. Il le saisit et le remit à l'épaule.

"Dans la mesure où tu as l'air de parler en leur nom à tous, que suggères-tu ?

— Je ne parle pas en leur nom à tous. C'est une déclaration absurde.

— C'est toi qui es venu me trouver.

— Je suis venu essayer de trouver une solution à ce problème."

Bosco souffla.

"On va partir du principe, pour l'instant, que tu parles en leur nom à tous. Quelle est votre proposition ?"

Nous en étions arrivés au cœur de la question : rien ne m'était venu à l'idée en venant à la clairière. Je savais simplement qu'il était nécessaire de négocier ; mais je compris alors que je n'avais rien à lui proposer en échange. Qu'avions-nous à offrir à un homme comme Bosco ? Je dis la première chose qui me traversa l'esprit pour gagner du temps :

"Puisque tu n'auras pas d'aveux individuels, que dirais-tu d'aveux collectifs ?"

Les paumes de mes mains commençaient à suer ; il parut intrigué.

"C'est-à-dire ?

— Si chacune des personnes présentes dans la maison raconte tout ce qu'elle a vu et tout ce qu'elle sait de cette nuit-là, peut-être arriverons-nous à une conclusion. Sur celui qui s'est rendu coupable de la mort de Metzger." Bosco sembla perturbé un instant. "Des dépositions, ajoutai-je. Un ensemble de dépositions avec lesquelles on reconstituerait les événements de la nuit.

— Des dépositions ?

— Oui. Comme fait la police lorsqu'il y a un crime : ils font venir les suspects au commissariat et recueillent leurs déclarations. Ou leurs dépositions. Appelle ça comme tu voudras.

— Continue."

Je poursuivis mon improvisation :

"On va le faire par écrit. Chacun de nous ira s'asseoir et rédigera son témoignage. Ensuite, je les rassemblerai, je te les apporterai et toi, après les avoir lus, tu prendras une décision."

Bosco mit un certain temps à réagir ; ensuite, il manifesta son approbation d'un signe de la tête.

"Très bien. Faisons comme ça, alors."

Je fus stupéfait qu'il accepte ; ce plan n'avait ni queue ni tête, mais le Catalan semblait avoir été agréablement surpris. Sans trop savoir pourquoi, j'avais pensé que, le moment venu, je saurais le convaincre de renoncer à cette entreprise apocalyptique – qu'à l'heure de vérité, lorsque je le confronterais à la mort de McGill, le fou abandonnerait sa folie et chercherait l'expiation en nous libérant du Bon Hiver. A présent, je venais d'offrir à ce fou la pire des options : un nouveau jeu, machiavélique et paranoïaque, qui finirait par valider irrationnellement son ultime décision.

"De combien de temps as-tu besoin pour réunir ces dépositions ?"

Des chiffres absurdes me traversèrent l'esprit : un an ou deux, eus-je envie de dire.

"Je ne sais pas. Quelques jours. Ça dépend.

— Ça dépend de quoi ?

— D'abord, je dois les convaincre. Ensuite, il faut attendre que chacun veuille bien se poser et respecte sa promesse. Tu sais que c'est un groupe plutôt volatil.

— Très volatil, en effet", confirma Bosco.

Je serrai le pommeau de ma canne de toutes mes forces. J'étais incapable de m'arrêter ; mon esprit avait beau m'ordonner de me taire, ma raison avait beau me dire de la fermer, je continuai à débiter mes âneries.

"Précisément, acquiesçai-je. Ça va prendre du temps. L'idée doit d'abord faire son chemin, pour qu'ensuite la vérité finisse par remonter à la surface."

Bosco sourit, un brin goguenard.

"C'est ça, fais donc remonter la vérité à la surface."

Il fit demi-tour et se dirigea vers la cabane. Il remercia Alipio pour son aide et indiqua qu'il attendait mon retour pour bientôt. Le fusil, sur ses puissantes épaules, avait l'air d'un jouet.

"Attends, dis-je, dans un éclair tardif de lucidité. Il y a encore une chose."

Bosco se retourna.

"Quoi ?"

Je désignais l'Italien.

"La femme d'Alipio est malade."

Alipio me regarda avec une mine intriguée en entendant son prénom.

"Susanna ? Qu'est-ce qui lui est arrivé ?

— Susanna ? répéta Alipio.

— C'est arrivé brutalement. On ne sait pas ce que c'est, mais ça peut être grave. Elle a une forte fièvre depuis hier et elle se sent faible. C'est peut-être passager, mais ça peut aussi bien être quelque chose de sérieux. Aucun de nous n'est médecin et, à son âge, un truc comme ça peut être fatal. Elle a besoin d'aller à l'hôpital."

Bosco hésita un instant, puis demanda à Alipio : *"Tua moglie è ammalata ?"*

Alipio mit une seconde à assimiler la question ; mon estomac se contracta dans un spasme involontaire. S'il me démentait, tout était terminé et il était impossible de dire ce que Bosco allait faire par la suite – je n'allais probablement pas regagner la propriété de Metzger pour raconter l'histoire. J'essayai de capter le regard d'Alipio et de lui faire un signe, mais ce ne fut pas nécessaire : il répondit par l'affirmative d'un signe de la tête et confirma mon mensonge. Le Catalan leva la main droite et se gratta la nuque. Puis il s'approcha d'Alipio, s'agenouilla et ils discutèrent à voix basse en italien ; les paroles qu'ils échangèrent se perdirent dans les pépiements du bois. Ensuite, Bosco se releva et annonça qu'il ferait le nécessaire pour que Susanna puisse être conduite à l'hôpital le plus proche, mais seuls Alipio et elle avaient l'autorisation de quitter la forêt. Sans qu'il l'ait dit, il était évident qu'à ses yeux le commis et sa femme étaient au-dessus de tout soupçon s'agissant de la mort du patron. Je me montrai d'accord immédiatement et, les négociations étant closes, nous rebroussâmes chemin.

L'après-midi, je réunis tout le monde dans le salon et annonçai que Bosco laisserait partir Alipio et Susanna. J'expliquai la ruse de la maladie et demandai à Vincenzo de traduire mes paroles en italien pour que l'employée de Don Metzger sache ce qui avait été convenu et ce qu'on attendait d'elle. Il

ne serait pas difficile de la faire passer pour malade ; les horreurs des derniers jours avaient rendu
Susanna bien pâle. Alipio et sa femme discutèrent
avec Vincenzo et établirent un plan : lui irait chercher la Renault à la clairière, reviendrait prendre sa
femme et s'en irait avec l'assentiment de Bosco.
Dès que possible, ils se rendraient dans le commissariat le plus proche et s'efforceraient d'expliquer la situation. Il y avait à présent un corps qu'on
venait d'enterrer, une mort qu'il était possible de
prouver et qui devrait faire l'objet d'investigations
de la part des autorités locales.

Roger était assis dans un des canapés à côté de
Stella. Il tenait une bouteille de vin à la main.

"Là, vous délirez", dit-il d'une voix rauque. Il
était soûl. "A tous les coups, on les reverra plus
jamais."

Pym, à côté d'Elsa, s'agita subitement.

"Qu'est-ce que tu veux dire par là ?" demanda-
t-il.

Une onde de peur parcourait son visage.

"Ce que je veux dire, c'est que notre homme est
peut-être fou, mais il est pas idiot. Ces deux-là, il
désignait Susanna et Alipio, sont des péquenauds
et jamais ils ne lèveront le petit doigt pour nous
aider."

Vincenzo demanda à Alipio et à Susanna de se
préparer pour le voyage ; ils sortirent du salon pour
gagner la cuisine, Alipio tenant sa femme par les
épaules. Olivia s'était assise sur la marche qui conduisait à la salle de l'aquarium, le visage anguleux,
de profil, et fixait la forêt. Par l'espace laissé vide
après l'effondrement de la baie vitrée pénétraient
les rayons de soleil d'un splendide après-midi.

"Si ça se trouve, il a raison, dit Pym, en remuant
les jambes nerveusement.

— Calme-toi", lui demanda Elsa.

Elle tenta de lui prendre la main, mais Pym la rejeta et se tourna vers Roger pour lui demander : "Tu crois vraiment à ce que tu dis ?

— Bien sûr que j'y crois, princesse. Ils vont dire amen à tout ce qu'on leur demandera. Ensuite, ils auront pas fait cent mètres qu'ils nous auront déjà oubliés."

Pym était au bord des larmes et, à présent, ses jambes s'agitaient hors de tout contrôle ; sa voix était devenue aussi aiguë que celle d'un enfant.

"Et si on essayait de les convaincre ? supplia Pym. On peut leur proposer de l'argent. Moi, j'ai un peu d'argent. Elsa aussi."

Il fit le tour de la salle du regard. Nina, qui se tenait debout, les bras croisés et les yeux rivés au sol, semblait ne pas entendre la conversation ; on voyait à ses pommettes qu'elle avait abondamment pleuré au cours de la journée. Vincenzo, assis par terre, contemplait le plafond, abattu. Installé sur une chaise, la canne sur les genoux, je m'efforçais d'admettre la fragilité de mon plan.

Pym se prit la tête entre les mains et lâcha d'un ton désespéré :

"Mais qu'est-ce qui vous arrive ? On a besoin d'aide, sinon on va tous mourir. Comme le pauvre malheureux qui est mort hier et comme le pauvre malheureux qui est mort avant-hier."

Il y eut un moment de silence ; puis Roger lança :

"Au moins, on a de quoi boire et manger."

Pym, qui avait maintenant des larmes sur le visage, sombra dans le canapé.

"Justement, il se trouve que même ça, ce n'est pas tout à fait exact", dit Nina. Sa voix était faible, mais déterminée. "Pour la boisson, on est loin d'être au bout – il y a je ne sais combien de bouteilles dans cette cuisine – mais pour ce qui est de la nourriture, on est sérieusement limités.

— Le frigo et le garde-manger sont quasiment pleins, dit Stella.

— Pleins de choses périssables, insista Nina. J'ai déjà vérifié ce qu'on avait : des œufs, des légumes, des yaourts, du lait, un peu de poisson. Il y a plusieurs paquets de pâtes, c'est vrai, mais on est tout de même encore huit personnes. Et je ne compte pas Susanna et Alipio. Huit personnes. Combien de temps vous pensez qu'on va pouvoir supporter de manger des pâtes ? Des pâtes au petit-déjeuner, des pâtes au déjeuner, des pâtes au dîner ?"

Stella regarda autour d'elle comme pour chercher une réponse. Elsa continuait de consoler un Pym inconsolable. Stella demanda ensuite :

"Je ne sais pas. Combien de temps on va devoir rester ici ?"

La question resta en suspens. Vincenzo me regarda ; je regardai Nina ; Nina haussa les épaules. Roger se mit à rire.

"Jusqu'à la fin de notre vie, répondit Roger. Ce qui est bien, c'est que notre vie s'annonce plutôt courte, apparemment.

— Et si on attendait ? suggérai-je. On ne sait jamais ce qui peut se passer avec Alipio et Susanna.

— Moi, je le sais parfaitement, répondit Roger.

— Très bien, répliquai-je, en me tournant vers Roger. Si tu sais tant de choses que ça, propose-nous une meilleure solution. Propose-nous une issue. On t'écoute."

Roger grimaça, contrarié ; puis sentant les regards de tout le monde braqués sur lui, il haussa les épaules et bougonna :

"Je suis réaliste, c'est tout.

— Alors prie pour que la réalité donne tort à ton réalisme, lui dis-je, en me levant de ma chaise. Sinon, on risque de passer une longue saison en enfer et tu ferais mieux d'apprendre à pêcher. Ou à chasser, plutôt.

— C'est décidé, conclut Vincenzo. On va attendre et on verra bien ce qui se passe."

Alipio revint avec la Renault à la tombée de la nuit. De l'intérieur de la maison jusqu'à la voiture, Nina et Vincenzo accompagnèrent Susanna, comme si elle était trop faible pour se déplacer seule. Nina lui tint la main et Vincenzo fit mine de la soutenir en lui passant un bras à la taille. Susanna joua son rôle avec diligence, en émettant quelques gémissements de douleur qui, entendus de près, se seraient facilement révélés faux. Mais notre ennemi ne se trouvait pas assez près ; il était à l'intérieur du bois et, pour l'effet recherché, cette mise en scène faisait l'affaire. Car Bosco était très probablement en train de nous épier – il pouvait avoir une paire de jumelles ou utiliser la lunette de son fusil. Ensuite, Vincenzo revint à la cuisine pour prendre une valise vide, retourna à la voiture et posa la valise sur la banquette arrière. Quand Alipio et Susanna partirent, le ciel était déjà rempli d'étoiles et la lune commençait à se pencher sur la surface parfaite du lac.

XX

Les fleurs sur la tombe de McGill se fanèrent au bout de quelques jours et, après le départ de Susanna, personne ne se donna plus la peine de les changer. Le corps fut livré à la terre, aux bestioles qui s'occupent de la pourriture du monde et, rapidement, l'existence de l'Anglais sembla être oubliée. Nous étions partagés entre, d'une part, un nouvel espoir et, d'autre part, une sensation d'angoisse présente dans chaque silence, dans chaque souffle de vent, dans chaque mouvement agitant les eaux placides, une angoisse née de l'indicible : il était impossible de revenir en arrière. Qu'il y eût ou non un assassin parmi nous, la possibilité d'une rédemption avait été écartée dès le moment où nous avions permis que le corps de Don Metzger fût expédié dans les airs à bord du ballon de Bosco avant d'aller se perdre, si les vents en décidaient ainsi, dans les profondeurs de la Méditerranée – dès le moment où, en ne faisant rien, nous étions devenus les complices de ces macabres funérailles. Et, néanmoins, il y avait un espoir – l'espoir des désespérés, l'espoir sans rédemption, l'espoir que le départ d'Alipio et Susanna puisse, d'une façon ou d'une autre, rendre à la réalité ses contours habituels, qu'il nous libère de cette prison en mettant un terme au siège dont nous étions victimes et permette à chacun de nous de partir dans une direction différente afin d'essayer, dans la mesure du possible, de continuer à vivre. Il était impossible de revenir en arrière et, pourtant, nous aurions tout donné pour cela ou alors pour aller de l'avant en oubliant tout, sans aucun souvenir, tels des fantômes.

La maison se transforma, pendant ces jours-là, en un lieu d'attente habité par des ombres. Je résolus de remettre à plus tard une discussion sur les dépositions, dans le cas où Alipio et Susanna disparaîtraient sans laisser de trace, conformément à ce que prévoyait Roger ; même si c'était l'hypothèse la plus probable, il était difficile de l'accepter sans au moins accorder au régisseur de Don Metzger et à sa femme le bénéfice du doute. Qui plus est, il serait plus facile de convaincre les autres de collaborer à ce plan si les circonstances devenaient plus critiques. Ce n'était même pas un plan, juste une manière de retarder la sentence. Le reste n'est pas mon problème, finis-je par conclure. Un homme essaie de trouver une solution ; les résultats restent en deçà de ses attentes ; peut-on lui reprocher d'avoir essayé ? J'avais fait bien plus que Roger. De toutes les façons, que savait Roger ? Du reste, que savaient tous ceux qui se trouvaient là ? Bosco avait dit que je parlais en leur nom à tous ; sur le moment, cette phrase m'avait quelque peu désarçonné, mais avec le temps je commençai à la considérer comme une marque de confiance et, bien souvent, une pensée me traversait l'esprit qui allait bientôt devenir une conviction : si mon corps souffrait d'une telle déficience, c'était pour que mon attention se concentre sur la recherche d'une solution face à un problème déterminé. Le problème avait fini par se présenter et, moins enclin à réagir de façon émotionnelle ou intempestive – comme il était plus probable que ce fût le cas chez un homme en pleine possession de ses facultés motrices –, j'étais persuadé qu'en s'en tenant au plus élémentaire bon sens, sans jamais laisser libre cours aux pulsions primaires du désir de survie, il devait être possible de trouver une solution.

L'été s'installa dans toute sa grandeur, mais aussi dans toute sa misère. L'idée qu'il n'y avait alors plus grand-chose à faire emplit nos âmes d'une étrange apathie et, en même temps, accrut le besoin urgent de retrouver un rythme quotidien – ou, tout au moins, un simulacre de rythme quotidien. Vincenzo et Nina commencèrent à dormir dans la même chambre (la première du côté gauche, qui disposait d'un lit double et d'une fenêtre de toit) et, la nuit, si on écoutait depuis le couloir, on entendait les doux gémissements de Nina. Il était impossible de savoir, cependant, s'il s'agissait de gémissements de plaisir ou de profonde douleur ; il était impossible de savoir pourquoi ils dormaient ensemble, si c'était par amour ou par désenchantement. Le matin, ils se levaient et se préparaient un petit-déjeuner – des œufs sur le plat ou des œufs brouillés, l'odeur de l'huile d'olive chaude se répandant jusque dans les moindres recoins de la maison – et le partageaient avec ceux qui se trouvaient là ; parfois, ils déjeunaient seuls, sans dire un mot, comme un vieux couple qui n'aurait plus rien à échanger – et leurs silences étaient longs, mélancoliques et pesants.

Roger et Stella n'avaient pas l'air d'être concernés et semblaient curieusement insoucieux. Lui était persuadé que leur mort était imminente et elle, par osmose, s'était laissé convaincre ; il était donc impératif de profiter au maximum de ces derniers jours. Ce qui donna lieu à d'intensives séances de consommation d'alcool, de copulation stridente et de bains de soleil sur le ponton. La lumière régnait en maîtresse et Roger, caméra en main, filmait Stella en permanence, qui se montrait reconnaissante de cette attention avec des sourires, des enfantillages et des poses devant l'objectif. Ils paraissaient s'être stupidement adaptés à la situation.

Pym, au contraire, était devenu un sérieux problème. Elsa passa une grande partie de ces journées à ses côtés, pour s'assurer qu'il n'allait pas glisser dans le précipice au bord duquel il se trouvait, mais Pym se refusait à accepter les choses telles qu'elles étaient. Il ne s'agissait même pas d'être révolté moralement – ou spirituellement, de quelque façon que ce fût – contre la réclusion que nous imposait Bosco ; il ne s'agissait même pas de s'opposer au fait que nous avions déposé en Alipio et en Susanna l'espoir d'un salut ; il s'agissait de constater que Pym était, purement et simplement, trop fragile pour vivre une situation comme celle-là. Parfois, il pleurait la nuit et ses lamentations traversaient la maison comme si un animal blessé habitait la chambre qui avait été celle de Don Metzger ; d'autres fois, il s'asseyait au pied de l'arbre, à l'ombre, les jambes repliées et la tête enfouie entre ses genoux, et restait là pendant des heures, ne bougeant que pour rouler sa marijuana avant de se laisser submerger par un nuage de fumée qui le plongeait dans un profond sommeil. Lorsqu'il était à l'intérieur de la maison, Elsa lui tenait compagnie sur le grand canapé du salon. Pym posait sa tête sur ses genoux et elle caressait ses cheveux secs en épis, en lui murmurant des paroles réconfortantes qui semblaient ne produire aucun effet sur sa volonté : chez Pym, la volonté avait déjà été largement annihilée, comme s'il avait été victime d'un virus aussi destructeur que silencieux le conduisant peu à peu vers un désespoir sans rémission.

De mon point de vue – je ne vais pas mentir –, ces journées-là furent les meilleures. Il s'était installé dans la maison de Sabaudia une tranquillité qui faisait l'effet d'un baume sur nos récentes blessures. Je pensai alors que l'homme était une créature facile à contenter : donnez-lui du soleil, mettez-lui de la nourriture sur la table, assouvissez ses désirs et il oubliera qu'il a hissé un premier cadavre dans une montgolfière et que le lendemain il en a enterré un second dans le jardin. Il était évident que l'attente faisait désormais partie de notre plan ; mais il l'était tout autant que, s'il y avait eu chez nous une soif de vérité, il n'eût été permis à personne de jouir du Bon Hiver après ce qui était arrivé. Tant de choses restaient à expliquer ; il y avait encore tant d'inconnues. Certes, personne n'avait l'obligation d'entamer des investigations ; mais n'importe lequel d'entre nous aurait pu le faire ; n'importe lequel d'entre nous aurait pu exiger de Nina qu'elle exposât ce qu'elle avait refusé de révéler à Bosco sur la nuit de la mort de Don, ou la questionner sur la nature de ses relations avec Vincenzo, avec qui elle couchait désormais, comportement cruel qui revenait à cracher à la figure des morts ; n'importe lequel d'entre nous aurait pu interroger Olivia pour lui demander de s'expliquer sur son humeur taciturne et indéchiffrable. N'importe lequel d'entre nous aurait pu, mais personne n'avait l'air de s'en soucier le moins du monde.

Pendant ces jours-là, Olivia resta presque tout le temps enfermée dans sa chambre, ne descendant qu'occasionnellement pour se nourrir ou faire une brève promenade dans le jardin. La présence de Nina et Vincenzo – qui maintenant étaient toujours ensemble – ne paraissait pas la gêner ; du reste, elle ne semblait même pas les reconnaître lorsque, très rarement, ils se croisaient dans une des pièces de la maison. Pendant les heures de sommeil, on n'entendait absolument rien derrière la porte de sa chambre ; pendant les heures de veille, elle ne prononçait que les mots indispensables à un déroulement normal des activités quotidiennes. Elle nous croisait tel un spectre et, chaque fois, j'en avais des frissons dans le dos.

Les nuits étaient les bienvenues. La chaleur retombait et une brise amène traversait le bois pour tourner autour du lac, en soulevant les doux parfums de la terre. Il y avait toujours quelqu'un qui suggérait une heure pour le dîner, comme si chaque soir n'avait pas été la répétition monotone du précédent.

"On pourrait dîner", disait quelqu'un.

Vincenzo plongeait des spaghettis dans de grandes marmites d'eau bouillante et préparait une sauce tomate avec de l'ail et de l'origan. Chacun mangeait comme il l'entendait, seul ou en compagnie de la personne la plus proche. Généralement, Pym refusait de s'alimenter ; pour ma part, je dînais avec Elsa dans la cuisine où, pour passer le temps, nous discutions surtout de cinéma : nous devisions sur les mérites comparés des cinémas européen et américain et, lorsque l'ennui prenait le dessus, nous choisissions une lettre de l'alphabet et parlions de tous les films qui nous revenaient en mémoire dont le titre commençait par cette lettre ; nous en parlions jusqu'à en avoir marre, puis nous passions à la lettre suivante et recommencions le processus.

Nina et Vincenzo avaient l'habitude d'emporter leur assiette dehors et mangeaient assis sur l'herbe au bord du lac, baignés par la lumière de la lune ; ensuite, ils fumaient des cigarettes en regardant les étoiles et se faisaient dévorer par les moustiques. Roger et Stella, qui passaient leurs journées à prendre le soleil sur le ponton, résignés sur leur captivité et leur mort prochaine, restaient dans le salon à boire du vin à la bouteille et, lorsqu'ils étaient ivres, riaient bruyamment et parlaient surtout de sexe, entre chuchotis et attouchements ; ensuite, Roger s'endormait et Stella passait un moment à essayer de le réveiller pour le convaincre de monter dans leur chambre. Aux environs de onze heures du soir, Olivia descendait pour manger ce qui restait du dîner ; au même moment, Elsa prenait congé et gagnait la chambre de Pym pour lui tenir compagnie ; elle m'avait avoué récemment qu'Olivia lui mettait les nerfs en pelote et, sincèrement, on comprenait facilement pourquoi : même si elle était jolie, Olivia se promenait dans la maison habillée d'un pyjama blanc qui accentuait sa pâleur et la blondeur terne de ses cheveux ; son visage, inexpressif comme celui d'une somnambule, lui donnait l'apparence d'un cadavre. Parfois, elle me rappelait l'Eleonora d'Edgar Allan Poe et je l'imaginais malade, errant au milieu de flamants aux plumes écarlates et d'arbres en forme de serpents dans quelque vallée de la mort.

Dans ma chambre, j'avais quelquefois du mal à trouver le sommeil ; l'attente me maintenait éveillé. Mais, d'une certaine manière, je savais que si je ne m'endormais pas, rien n'aurait lieu. Bercé par le bruit du vent et le besoin de repos, je finissais par sombrer dans un sommeil tiède dont je savais que je serais tiré aux heures anonymes de la nuit. Parfois, je n'entendais même pas la porte s'ouvrir. Lorsque, encore ensommeillé, j'ouvrais les yeux et tentais de percer l'obscurité, son corps était déjà là, au pied du lit. La voix douce et tendre disait :

"Chut."

Le rituel commençait. Parfois, c'était seulement une main qui, avec désinvolture, trouvait mon sexe et le caressait, lentement, l'autre main délicatement posée sur ma jambe malade. Dans ces moments-là, seuls ma lourde respiration et le froissement des draps venaient rompre le silence. D'autres fois, la créature s'abandonnait pour exécuter, avec la dextérité d'un tireur embusqué, les mouvements de la bouche et de la langue que j'ai déjà décrits et tout se terminait beaucoup plus vite, mais aussi avec une sensation d'écroulement – d'explosion et d'écroulement. Un gémissement se faisait entendre, comme celui d'un animal affamé, et je plantais l'extrémité de mes doigts dans les draps, avec cet agréable bien-être qu'on ressent lorsqu'on connaît déjà la fin d'une histoire. Ma préférence allait à cette seconde forme de plaisir, même si elle engendrait une plus grande mélancolie ; peut-être parce qu'une bouche est différente d'une main, peut-être parce qu'elle implique un engagement plus grand et aussi une peine plus grande si, un jour, on doit la voir disparaître à jamais de notre vie. Je me disais parfois : et si c'était un homme ? Mais c'était impossible. Un homme n'exhalerait pas ce parfum légèrement mêlé à une fine pellicule de sueur qui se retire du

bout des doigts ; un homme n'aurait pas cette dextérité de tireur embusqué. La porte se rouvrait dans
l'obscurité, puis se refermait et, de nouveau seul,
je pensais : si elle venait plus tard, s'il y avait de la
lumière à l'horizon, si la nuit laissait la place au
matin, si les rideaux s'ouvraient comme dans un
tour de magie, alors je pourrais voir son visage, la
découvrir, déchiffrer cette énigme. Et, subitement,
je m'étais déjà rendormi.

XXI

Au bout d'une semaine, on se serait cru en vacances. Bosco restait caché dans son coin de forêt et
attendait les dépositions ; de notre côté, la routine
s'était installée comme s'installent toutes les rou-
tines – en catimini, sournoisement, en imposant
leur emprise sur les jours avant que les jours se
soient rendu compte de rien. Le soleil occupait sa
position bénie dans le ciel – pris dans sa routine,
lui aussi – et illuminait les journées de Sabaudia.
Il était facile de vivre ainsi : sans la menace latente
nichée au milieu des arbres, il ne m'aurait pas déplu
de rester longtemps dans cet endroit. La nuit, un
corps secret venait me rejoindre et, pendant la
journée, il n'y avait guère autre chose à faire que
d'oublier les vicissitudes du monde qui s'étendait
par-delà la forêt, les vicissitudes liées à la réalité ;
réalité qui, au bout du compte, s'était toujours ré-
vélée une bien mauvaise compagne. Dans une certaine mesure, c'était Pym (en dépit de toutes ses
faiblesses et de son ingénuité) qui lançait un appel
pleurnichard pour qu'on en revienne à cette réalité – ou qu'on sorte de ce qu'il considérait comme
un cauchemar et de ce qui, pour les autres, commençait à prendre les contours d'un rêve. Pym était

assailli par cette pulsion primaire, cet instinct de survie que j'ai déjà décrits et, dans ces circonstances, il était à mes yeux un être irrationnel à qui on ne pouvait absolument pas faire confiance ; nous ignorâmes ses lamentations jusqu'à ce qu'il fût trop tard.

Au cours d'un après-midi très chaud, cinq ou six jours après mon entrevue avec le Catalan dans la forêt, je m'endormis sur la pelouse à l'ombre de l'arbre au bord du lac et, lorsque je me réveillai, l'ombre avait bougé et laissé ma tête en plein soleil. Pym se trouvait non loin de là, les yeux fermés ; Nina et Vincenzo, assis sur des chaises de plage sur le ponton, s'amusaient à expédier d'une pichenette des cartes à jouer dans un panier ; les cartes s'éparpillaient sur les planches en bois. J'émergeai de mon sommeil en nage, récupérai ma canne et, avec des élancements dans la jambe à cause de l'effort, je montai à l'étage où je pensais m'allonger pour le reste de l'après-midi. Dans le couloir, j'entendis les gémissements de Stella ; j'entendis aussi de la musique et décidai de voir d'où elle venait. J'avançai vers la baie vitrée qui donnait sur la forêt et, après le couloir, remarquai que la porte de la chambre de Don Metzger était entrouverte. Je frappai.

"Oui ?"

C'était la voix d'Elsa. J'entrai. Le tourne-disque était en marche et la voix mélodieuse d'une chanteuse de blues divaguait sur des notes de piano. Elsa était assise sur le lit et tenait entre ses mains un objet doré ; c'était l'Oscar de Don Metzger.

"Je l'ai trouvé par terre dans la chambre, dit-elle d'un ton mélancolique, sans quitter la statuette des yeux.

— Il devait en avoir marre de l'anonymat de l'armoire.

— C'est si triste, tu ne trouves pas ?" demanda-t-elle.

Je m'assis sur le lit à côté d'elle.

"C'est un extraterrestre doré. Il n'a pas d'yeux, pas d'expression sur le visage. On ne peut même pas dire que ce soit triste.

— C'est si triste qu'il ait reçu ce truc et qu'il l'ait laissé là-dedans." Elle-même semblait triste ; ses cheveux décoiffés lui cachaient une partie du visage. "Comme si ça ne l'intéressait pas vraiment ou, même, pas du tout, continua-t-elle, en soupesant l'objet. Comme si cette chose que tout le monde rêve d'obtenir n'avait aucune valeur.

— Pourquoi ça, triste ? Je croyais que c'était justement ce que tu aimais le plus chez Don Metzger. Le détachement.

— Mais, avec la mort, le détachement se transforme en quelque chose de triste. Don est parti incognito. Comme cette statuette qui n'a ni regard ni expression, qui va prendre la poussière au fond d'une armoire et dont personne n'entendra plus parler. Il lui arrivera exactement la même chose : il ne sera rien d'autre qu'un nom dans une base de données ; il ne restera rien de sa vie. Ce sera une affaire étrange de plus, avec un excentrique disparu dans des circonstances bizarres qui, un jour, avait remporté un Oscar mais n'avait même pas daigné se déplacer pour le recevoir."

Nous restâmes silencieux un moment. La musique s'arrêta et la tête de lecture, arrivée au bout de son parcours, se releva toute seule et revint en arrière jusqu'à sa position initiale. Elsa appuya sa tête contre ma poitrine ; ses cheveux frôlèrent ma barbe hirsute. Je fermai les yeux et sentis son parfum. Etait-ce le même ? La sensation était différente ; mais qui pourrait être sûr de quoi que ce soit dans le silence étourdissant de la nuit ?

"Ce qui compte, c'est que, toi, tu t'en souviennes, lui dis-je. C'est nous qui maintenons les morts en vie.

— C'est sûr que je me souviendrai de lui. Une fois, tu sais, Don m'a sauvée d'un viol."

Pris au dépourvu, je restai sans réponse.

Elsa poursuivit. "Juste pour que tu voies à quel point il était différent de tous ces imbéciles qu'il peut y avoir sur terre. Je n'ai jamais raconté ça à personne. Mais maintenant, vu où on en est arrivés, il me semble que je dois te le raconter, puisque aucun de nous ne sait s'il parviendra à sortir d'ici."

La fenêtre était ouverte et un petit oiseau marron se posa sur le rebord pour en inspecter la surface avec de rapides mouvements du bec. Elsa se redressa et, du bout des doigts, écarta les cheveux de son visage. Ensuite, elle posa la statuette sur le lit et alluma une cigarette.

"Ça s'est passé pendant le tournage de mon premier film, celui que Klaus Kasper a réalisé à partir du roman de Knut Hamsun. Nous étions en train de tourner en République tchèque et il y avait une scène d'intérieur qui se passait la nuit, dans laquelle le personnage principal dormait dans la cellule d'un commissariat. Je ne jouais même pas dans cette partie, mais Kasper tenait à ce que tous les acteurs soient présents pour toutes les scènes. Ce qui engendrait des surcoûts et une logistique infernale, comme tu peux l'imaginer. Kasper était maniaque et Don le savait, c'est pourquoi lui aussi tenait à être présent chaque fois qu'il le pouvait. Je mentirais en disant que je ne savais pas dans quoi je m'embarquais ; j'avais déjà entendu parler de ce que Kasper faisait à ses acteurs. Il les virait en plein milieu des tournages, il les mettait à la torture en les faisant attendre des heures, il en est même venu aux mains avec certains. Bref. Malgré tout, jamais je ne m'étais imaginé que c'était aussi un pervers."

Elsa fit une pause pour fumer.

"Tout du moins, je n'avais pas imaginé qu'il puisse se montrer pervers avec moi. Ce que je veux dire, c'est que Kasper est né en RDA, il sait comme moi ce que ça signifie de grandir dans la pauvreté, dans un endroit où on est oppressé et condamné au silence. Dans ce genre d'endroits, on ne peut pas faire de véritables choix. Tu choisis ton pain, mais tu ne choisis pas ta vie. Mon père, lui, est mort à cause de ses choix. Il était contre le régime et n'avait pas peur de le dire. Il a passé beaucoup de temps en prison, puis la désillusion a fini par le tuer. Passons. Au cours de cette nuit-là à Prague, je m'étais endormie et j'étais restée à l'hôtel. J'avais raté le tournage. En pleine nuit, quelqu'un s'est mis à taper à ma porte. C'était Kasper. Il est entré dans ma chambre, hors de lui, et a essayé de m'obliger à coucher avec lui. Et moi, je n'arrivais à penser qu'à mon père : à mon vieux père, rongé par la mélancolie. Tu ne trouves pas que c'est la même chose ? Jeter en prison un homme avec qui on est en désaccord et violer une fille ? Ce sont deux façons de condamner quelqu'un au silence. Certains violeurs aiment les cris, d'autres bâillonnent leurs victimes. Dans tous les cas, c'est de l'oppression. C'est le silence." Elsa éteignit sa cigarette. "Aujourd'hui encore, j'ignore pourquoi cela est arrivé. Peut-être la nuit de tournage s'était-elle mal passée ; peut-être était-il furieux que je ne sois pas venue. Je ne sais pas. On cherche toujours à expliquer le mal, pas vrai ?" Elle marqua un temps d'arrêt. "Au début, j'ai essayé de lutter, mais Kasper est un homme, il est grand et, moi, je suis une femme et je suis petite. Au bout d'un moment, j'ai sans doute capitulé parce que tout ce dont je me souviens ensuite, c'est de voir Don Metzger dans la chambre, saisissant Kasper par le colback. J'étais à moitié nue, allongée sur le lit, et Don avait soulevé Kasper d'une seule main et le tenait collé au mur. L'Allemand avait l'air d'un insecte ; il luttait pour se libérer, mais c'était inutile. C'est moi qui ai fini par demander à Don de le lâcher. Si je ne l'avais pas fait, je crois qu'il l'aurait tué sur place. Je le lui ai demandé gentiment et Don l'a laissé tomber à terre, reprendre haleine comme un cheval abattu. Ensuite Don lui a dit de foutre le camp. Il lui a dit que c'était la dernière fois de sa vie qu'il tournait un film.

— Et c'est ce qui s'est passé ?

— Non. Kasper a de nouveau tourné avec un autre producteur, mais il n'a plus jamais rien fait qui ait réellement été montré.

— Ce qui finalement revient au même, c'est comme s'il n'avait plus jamais filmé.

— Exactement.

— Je suis navré de ce qui t'est arrivé.

— En fin de compte, ce n'est pas arrivé." Elsa sourit. "Enfin je veux dire, pas avec Kasper, du moins.

— Comment ça ?

— Cette nuit-là, j'ai couché avec Don. Pour la première et la dernière fois."

Je dus probablement faire une drôle de tête parce que Elsa demanda : "Difficile à imaginer, hein ?

— Je dois avouer que oui.

— Laisse-moi te dire que ç'a été aussi difficile à concrétiser. Un homme de ce gabarit et moi si minuscule. Quand il s'est mis sur moi, j'ai cru m'évanouir. Je n'arrivais plus à bouger ni à respirer, je ne sentais plus rien. Je lui ai demandé de me laisser dessus et il a accepté. Mais après il y avait encore autre chose.

— Quoi ?

— Il aimait être étouffé.

— Etouffé ?

— Il m'a demandé de lui passer une corde autour du cou et de serrer de toutes mes forces.

— Et tu l'as fait ?"

Elsa regarda l'oiseau qui continuait de donner des coups de bec sur le rebord de la fenêtre.

"Ça lui donnait du plaisir.

— Et à toi ?"

Elle fit non de la tête.

"Pourquoi as-tu couché avec lui, alors ?" demandai-je.

Elsa haussa les épaules ; c'était morbide de parler de la vie intime d'un mort.

"Parce que je lui devais quelque chose. Parce que si quelqu'un te sauve d'une situation désespérée, tu lui en es redevable, tu ne crois pas ?

— Si, sans doute. Mais il existe plusieurs façons de s'acquitter d'une dette."

L'oiseau marron prit subitement son envol et disparut.

"Sur le moment, il m'a semblé que cette façon-là était la bonne. De toutes les manières, ça ne s'est jamais reproduit. Pour Don et moi, l'affaire a été close après cette nuit-là. Ensuite, tout est redevenu comme avant, nous avons repris nos relations de toujours. C'est-à-dire presque des relations père-fille. De même que nous n'avons jamais reparlé de tout ça. Certaines personnes parlaient de moi comme de la fille adoptive de Don et c'est comme ça que j'ai continué de me sentir.

— Vous étiez vraiment très proches, alors."

Elle soupira de tristesse.

"Oui, on l'était. Mais Don... Dès que je l'ai vu pour la première fois, tu sais ce que j'ai pensé ? J'ai pensé que cet homme n'allait pas faire de vieux os. Non pas parce que c'était un géant plein de graisse ni même parce que le médecin lui avait déjà dit une douzaine de fois qu'il risquait un infarctus.

J'ai pensé ça parce qu'il y avait dans son regard comme une tragédie inachevée. Parce qu'il y avait quelque chose dans son expression qui annonçait un malheur. Je ne sais pas si tu as déjà remarqué ça ? Qu'il y a des gens dont le visage est hanté par le malheur ?"

Sans savoir pourquoi, je songeai au visage de Vincenzo.

"Dans le fond, peut-être que tout le monde porte son malheur sur son visage, répondis-je. Sauf que certains le savent et d'autres non. Bosco m'a dit à peu près la même chose l'autre jour, du moins c'est comme ça que je l'ai compris : tandis que chez certains d'entre nous, les marques de notre finitude sont visibles par tous, d'autres en semblent dépourvus ; mais ça n'empêche pas qu'ils soient condamnés au même titre que les autres.

— Bosco, répéta Elsa en hochant la tête. Bosco et Don. Don et Bosco. Ces satanés ballons. Ça m'a toujours paru absurde.

— C'est une obsession comme une autre.

— J'imagine que ça renvoie à l'enfance de Don en Afrique du Sud. Il n'a jamais trop rien dit sur la question, il n'a jamais voulu expliquer ce côté plus obscur de sa personnalité. Mais il m'avait raconté que, lorsqu'il avait huit ou neuf ans, ses parents l'avaient emmené faire un tour en montgolfière. Tu sais ce qu'on dit au sujet d'un vol en ballon en Afrique ?

— Qu'est-ce qu'on dit ?

— Que c'est une expérience tellement bouleversante que ça peut transformer quelqu'un. Que les paysages africains vus du ciel sont trop beaux pour l'œil humain et donc que certains en deviennent fous. Littéralement fous, parce que incapables d'oublier cette expérience.

— Don était fou, tu crois ?

— En un sens, il l'était. Seul un fou peut payer un autre fou pour se faire confectionner des ballons et ensuite les envoyer sombrer au fond de la Méditerranée. Mais Don était un fou gentil ou quelque chose de ce genre ; si tant est qu'on puisse parler de fous gentils et de fous méchants, la folie allant bien au-delà de ces questions. Peut-être Don a-t-il cherché toute sa vie à retrouver ce sentiment éprouvé dans l'enfance, ce moment de perfection vécu à bord d'une montgolfière. Peut-être le fait de savoir que jamais il ne revolerait dans un ballon – à cause de son poids, lui qui manquait toujours de place, qui devait adapter toutes les choses de sa vie à son gabarit… Lui qui devait réserver deux sièges dans les avions et des compartiments entiers dans les trains. Il n'allait plus jamais oser monter à bord d'un ballon, mais il avait en permanence besoin d'en voir partir.

— D'où la nécessité de la présence de Bosco."

Elsa me sourit, mais son sourire s'effaça aussitôt.

"L'histoire avec Andrés Bosco commence bien avant Sabaudia, expliqua-t-elle. Je ne l'ai jamais très bien comprise parce que tout ce que je sais provient de rumeurs propagées par les amis de Don – ou ses ennemis, peut-être qu'il vaudrait mieux les appeler comme ça – qui ont raconté toutes sortes de méchancetés sur les liens entre les deux hommes.

— Quelle sorte de méchancetés ?

— Tout et n'importe quoi. Ça va d'une supposée relation homosexuelle à des intrigues sur ce que serait la véritable activité de Bosco, dont j'ai entendu dire par certains qu'il était un mercenaire aux ordres de Don dans des pays du Moyen-Orient.

— Mercenaire ? Mais pourquoi ça ?

— Je ne sais pas. Pure spéculation : certaines personnes sont convaincues que Don utilisait le cinéma comme façade pour couvrir d'autres activités plus lucratives : trafic d'armes, transport de drogue, renversement de gouvernements de petits pays… Enfin, j'ai vraiment entendu de tout, même des histoires de pédophilie. Dans tout ça, la seule chose qui soit fondée, ce sont les liens de Bosco avec le Moyen-Orient.

— Il a vécu là-bas ?

— Pendant des années", répondit Elsa.

Et soudain surgit devant mes yeux cette photo qui était dans l'armoire, sur laquelle on voyait Don à côté d'un type très grand, très jeune et très souriant, aux cheveux blonds en bataille, en tenue militaire, dans ce qui avait l'air d'être un aéroport fort animé. Ce type, c'était Bosco, il y avait très longtemps, dans une ville éloignée et dans un monde encore plus éloigné et, pendant qu'Elsa m'expliquait ce qu'elle savait, je ne pus m'empêcher d'essayer de superposer, dans ma tête, les deux images – celle d'un Bosco des débuts et celle d'un Bosco de la fin, celle d'un garçon blond au sourire innocent et celle d'un homme chauve au regard assassin – et, d'une certaine manière, il semblait impossible de les superposer sans éprouver le désagréable sentiment d'une perte tragique entre l'une et l'autre.

"C'était autour de 1980, continua Elsa. Don et Bosco étaient étudiants à Barcelone, aux Beaux-Arts. Eh oui, Don n'a pas toujours été le requin qu'on a connu dans le cinéma : à vingt ans, il voulait devenir artiste et, avec un père qui lui payait ses études en Europe et lui versait un généreux pécule chaque mois, il a tout naturellement attiré les types comme Bosco qui n'avaient pas un radis. En revanche, j'ignore ce que Don aura trouvé chez Bosco à cette époque ; je ne lui ai jamais posé la question. Ce que je sais, c'est qu'à un moment donné, Bosco a été atteint d'une maladie.

— Une tumeur cérébrale", dis-je.

Elsa me regarda en fronçant les sourcils ; puis elle alluma une nouvelle cigarette. L'après-midi suivait son cours de l'autre côté de la fenêtre, les gazouillis intermittents des oiseaux étant entrecoupés par le bruit des corps qui plongeaient dans le lac.

"Une tumeur cérébrale, répéta-t-elle, en tirant longuement sur sa cigarette. Et c'est Don qui a pris en charge la totalité des frais. Pour l'opération dans un excellent hôpital, pour la période de convalescence, pour les temps difficiles qui ont suivi. C'est lui qui a tout payé. Ne me demande pas quelle est l'histoire de Bosco avant sa rencontre avec Don ; j'imagine que personne n'en a la moindre idée. Ce qui est sûr, c'est que, lorsque Don croyait en quelqu'un, lorsqu'il pensait qu'une personne était promise d'une manière ou d'une autre à une certaine grandeur, alors il faisait tout pour elle sans jamais regarder en arrière. Le problème, c'est ce qui est arrivé après. Don m'a expliqué qu'après sa maladie Bosco n'a plus jamais été le même ; ou, si tu veux, après l'opération qui lui a sauvé la vie. Il m'a raconté que, subitement, s'était développée chez lui une seconde personnalité qui, pendant un certain temps, a coexisté parallèlement à la première en se révélant lors d'épisodes sporadiques, mais que par la suite elle s'est complètement imposée à lui.

— Une espèce de schizophrénie.

— Peut-être, répondit Elsa. Toujours est-il que cette seconde personnalité était celle d'un conspirateur, d'un paranoïaque et d'un mythomane. Ce sont les mots que Don lui-même a employés, si je me souviens bien." Elle marqua une pause pour fumer ; elle sembla un instant oublier ce qu'elle disait, avant de reprendre : "Si bien que, lorsque Bosco a décidé d'abandonner ses études pour s'engager dans un parti catalan radical, Don n'est pas intervenu ; de même qu'il n'est pas intervenu lorsqu'il a décidé de partir en Afghanistan au moment de l'invasion soviétique – sans jamais avoir montré avant cela un quelconque intérêt ni pour cette guerre ni pour une autre. Il a quitté la Catalogne et, apparemment, a vécu là-bas un certain temps. Qu'y a-t-il fabriqué ? Aucune idée. Je sais en revanche qu'à cette époque il était un communiste convaincu, mais qu'il s'était aussi introduit dans les groupes rebelles qui luttaient contre le gouvernement.

— Les moudjahidines ?

— Oui. Il a dû vivre dans la clandestinité et a fini par fuir au Pakistan. Plus tard, il est allé vivre au Liban, où il a assisté à l'invasion israélienne et aux bombardements de Beyrouth. Il a dû fuir une nouvelle fois et s'est installé en Turquie, avant de repartir à l'aventure en Iran, en Irak, en Israël... partout où il y avait des conflits. Apparemment, Don était la seule personne avec qui il était en contact régulièrement, le plus souvent pour lui demander de l'argent, jamais trop et toujours avec une justification plausible, lorsque la situation était réellement désespérée.

— Et Don acceptait ?

— Pour autant que je sache, oui." Elsa éteignit sa cigarette. "A la fin des années 1980, Don avait déjà commencé à produire des films et avait rapidement fait fortune ; il avait de l'argent plus qu'il ne lui en fallait et un statut enviable dans son milieu. Il est parti s'installer en Californie et a soudainement cessé d'avoir des nouvelles de Bosco, pendant plusieurs années, alors qu'il lui avait indiqué sa nouvelle adresse. Il a sans doute fini par considérer qu'il était mort ou disparu ; après tout, on ne peut pas passer impunément son temps à chercher les ennuis. Ensuite, vers 1992 ou 1993, je ne sais plus trop, à l'occasion d'un voyage d'affaires à Barcelone, il est de nouveau tombé sur lui, complètement par hasard." Elsa sourit, avec une certaine nostalgie dans le regard. "Je me rappelle souvent cette histoire parce qu'elle ressemble beaucoup à la mienne. Don était en train de descendre les Ramblas un après-midi, quelque part du côté du Barrio Gótico, où il vivait étudiant, quand il voit un homme gigantesque et chauve, mal habillé, assis sur un banc avec une pancarte en carton sur les genoux. On pouvait lire sur la pancarte : *Jo visc aquí*. Je vis ici, en catalan. Dans un premier temps, Don ne l'a pas reconnu, mais la phrase l'a intrigué : depuis qu'il avait atterri à Barcelone, ces mots lui apparaissaient sous le nez un peu partout, sur le mur d'un immeuble, dans les toilettes d'un bar, sur une affichette collée sur un pylône électrique. Il s'est approché et a engagé la conversation avec l'homme chauve ; au bout d'un moment, il a compris qu'il parlait avec Andrés Bosco et celui-ci a compris qu'il était face à Don Metzger ; le premier avait perdu ses cheveux blonds et son innocence, le second avait pris trente kilos et portait un costume italien. Ils étaient tous les deux méconnaissables.

— Ç'a dû être des retrouvailles mémorables."

Elsa haussa les épaules. "Ç'a été les retrouvailles que ç'a été : deux amis qui ne s'étaient pas vus depuis une éternité et qui ne se reconnaissent plus. Alors que tout était différent, dans le fond tout était pareil : l'un était riche, l'autre était pauvre.

— Que s'est-il passé, alors ?

— Ce que je n'ai jamais compris : Don l'a sorti de la rue et l'a emmené en Italie. D'après ce qu'on dit, Bosco était revenu du Moyen-Orient au début des années 1990 et avait commencé à vivre d'abord dans des squats, puis partout où on voulait bien le laisser dormir. Il vivait dans les jardins publics, sur les bancs des Ramblas et avait lancé son propre mouvement d'appropriation des espaces : *Jo visc aquí*, un truc qui apparemment a vraiment fait parler de lui pendant un certain temps, à tel point que même la police ne l'embêtait plus. Une fois de plus, Don a sans doute vu quelque chose en lui que personne d'autre n'avait été capable de voir – ou alors il a eu pitié de ce pauvre diable, va savoir – et l'a convaincu de venir à Sabaudia. Il a probablement promis au Catalan qu'il pourrait s'y approprier autant d'espace qu'il voudrait, ou quelque chose dans le genre."

Elsa se tut ; dehors, le soleil de l'après-midi commençait à décliner.

"Et depuis il vit ici.

— Oui, depuis il vit ici et fabrique des ballons pour Don."

Nous restâmes silencieux durant une longue minute à écouter les bruits de l'été, de l'après-midi qui touchait à sa fin. Puis je demandai :

"Pourquoi as-tu menti pour Nina ?

— Comment ça, menti ?

— Quand Bosco l'a interrogée au sujet de la nuit de l'homicide, tu as dit que Nina avait passé la nuit avec toi."

Elsa me regarda avec curiosité.

"Comment sais-tu que c'est un mensonge ?"

Je haussai les épaules.

"Je le sais, c'est tout. J'ai vu dans son regard qu'elle était en train de cacher quelque chose. Quoi, je l'ignore. Mais je sais aussi qu'elle a préféré garder le silence plutôt que de mentir. C'est ce qu'elle a fait avec Bosco : elle a refusé de répondre pour ne pas avoir à mentir.

— Le contraire de moi, dit Elsa en souriant.

— Toi, tu es actrice. On te paie pour que tu mentes.

— Et toi, on te paie pour que tu poses des questions ?

— Il faut bien que tout ça ait un peu de sens. Comme tu disais tout à l'heure : il faut trouver des explications au mal.

— Je n'ai pas dit qu'il fallait trouver des explications au mal, seulement que nous cherchions à l'expliquer. Et s'il n'y avait pas d'explications, et si le mal était arbitraire ?

— Alors il vaut mieux qu'on laisse tomber et qu'on se tue avant que Bosco le fasse."

Elsa marqua une pause.

"Je comprends, dit-elle.

— Tu ne m'as pas encore répondu.

— Pour ?

— Pourquoi as-tu menti ?"

Elsa détourna son regard vers le bleu qui pénétrait par la fenêtre.

"Parce que cette nuit-là Nina a fait des choses dont elle n'est certainement pas très fière. McGill était là et j'ai senti qu'il fallait que je lui offre une issue.

— Quel genre de choses ?"

Elsa fixa ses pieds nus qui se balançaient au bord du lit.

"Ecoute, demanda-t-elle avec douceur. Tu dois comprendre qu'il n'est pas possible de tout savoir. Il existe des moments qu'il faut vivre à tout prix, sinon ils resteront des moments à jamais perdus." Elle s'arrêta un instant et regarda la statuette dorée posée sur le lit. "C'est compliqué de parler de cette nuit-là, surtout après l'arrivée de Don. Elle a pris les contours d'un rêve trop pesant, voire d'un cauchemar. Il y a eu beaucoup d'alcool et les choses sont devenues très confuses. Vincenzo avait des cachets et m'a convaincue d'en prendre un. J'ai perdu la notion du temps et de l'espace. Il y a de longues séquences que j'ai oubliées. Je préfère penser à cette nuit comme à une création de mon imagination et non comme à une chose réelle.

— C'était quoi ces cachets ?

— Je ne sais pas. J'étais soûle et, à cette heure-là, j'aurais pu prendre n'importe quoi."

Soudain, je me souvins.

"Les comprimés de Susanna.

— Quoi ?

— Susanna m'a donné des comprimés contre la douleur ce soir-là. Elle a dit que c'était à son patron et ils étaient dans un flacon sans étiquette. Le flacon a dû traîner dans la cuisine.

— Ah." Elsa se mit à rire. "C'était la codéine de Don. Des doses de cheval.

— Moi aussi, j'en ai pris et ça m'a complètement anéanti.

— Si tu ne bois pas beaucoup d'alcool, ça te fait dormir. Si tu bois, c'est comme si tu te retrouvais à marcher sur la Lune. Tu es toujours éveillé, mais c'est comme si tu n'étais plus là : tu commences à léviter, tu pars ailleurs. Tu disparais, tout en restant sur place.

— Vincenzo est complètement idiot, dis-je en secouant la tête.

— Peut-être pas aussi idiot que tu le crois.

— Pourquoi ?

— On cherche des explications, tu te rappelles ? Des explications au mal. Un idiot agit sans explications, donc on le considère généralement comme innocent.

— Je ne comprends pas."

Du dehors nous parvint le bruit d'un corps plongeant dans le lac et de bras clapotant dans l'eau ; quelqu'un était à nouveau en train de nager.

"Peut-être ne veux-tu pas comprendre, dit Elsa, en se levant du lit.

— Tu es en train d'accuser Vincenzo ?"

Elsa sourit et me tendit la main pour m'aider à me lever.

"Qui faudrait-il que je sois pour me permettre une chose pareille ? Moi, on ne me paie que pour jouer la comédie."

Je donnai la main à Elsa, pris appui sur ma canne et nous sortîmes de la chambre.

XXII

La journée s'achevait doucement, mais la longue conversation que nous avions eue avec Elsa continuait de résonner dans ma tête. Lorsque la nuit tomba, brusquement, le temps changea à nouveau : les nuages envahirent le ciel, une chaleur infernale monta de terre et des hordes de moustiques arrivèrent, attirées par les lumières à l'intérieur de la maison. Des anciens marais de Sabaudia s'élevèrent des brumes qui vinrent remplir un vide fait de questions sans réponses et, à chaque heure qui passait, il devenait de plus en plus évident que Susanna et Alipio ne reviendraient pas ; à chaque heure qui passait, il devenait de plus en plus urgent d'apaiser la colère de Bosco qui, dans la forêt, attendait les témoignages que je lui avais promis ; le temps de l'attente touchait à sa fin.

Vincenzo prépara une nouvelle marmite de spaghettis à la sauce tomate. Nous dînâmes tous près du lac, à la lumière d'une petite lampe à pétrole ; même Olivia fut obligée de quitter sa chambre à l'étage, expulsée de son repaire par la chaleur et l'humidité ; les insectes, voraces, énervants, attaquaient tous azimuts sans pitié.

Nous mangions assis sur la pelouse.

"C'est le moment de prendre une décision", dis-je, brisant le silence.

Vincenzo et Nina s'arrêtèrent de manger et me regardèrent.

"Quel genre de décision ? demanda Nina.

— Si de l'aide avait dû venir, à l'heure qu'il est, elle serait déjà là."

Je regardai Pym et tentai d'évaluer sa réaction ; il avait l'air concentré sur son assiette de pâtes. Un énorme moustique voletait devant mes yeux.

"Ça ne fait que quelques jours qu'ils sont partis, dit Vincenzo.

— Ça fait presque une semaine, répondis-je. Il serait insensé de continuer à croire qu'Alipio et Susanna vont faire quelque chose pour nous tirer d'ici. Il serait naïf de penser, désormais, qu'ils vont parler de notre situation à quiconque."

Roger éclata de rire pendant qu'il ingurgitait une fourchetée de spaghettis ; la sauce tomate lui coula le long du menton.

"Ils ne reviendront pas et on va mourir, dit-il.

— Et si tu la fermais ? menaça Nina.

— Et si tu la fermais toi-même ?" rétorqua Stella.

Pym commença à parler tout bas. Tout le monde regarda dans sa direction.

"Ils ne reviendront pas, disait-il entre ses dents, en tenant son assiette de spaghettis. Ils ne reviendront pas et on va mourir."

Elsa alla s'asseoir à côté de Pym. Elle tenta de le calmer, mais il se trouvait déjà trop loin pour qu'il fût possible de le réconforter ; on voyait à ses yeux qu'il avait fumé de la marijuana. Il se leva, l'assiette à la main, et, tout en poursuivant sa litanie, se mit à courir à tort et à travers sur le gazon en décrivant des cercles. Des spaghettis tombaient de son assiette.

"Ils ne reviendront pas et on va mourir. Ils ne reviendront pas et on va mourir."

Vincenzo et Nina échangèrent un regard ; Roger riait, amusé par la situation. Elsa allait se lever

quand Pym passa près de Roger ; celui-ci l'attrapa
à la jambe et lui dit d'une voix ténébreuse :

"Bosco va venir te chercher, princesse."

L'assiette tomba sur la pelouse en même temps
que Pym sur Roger : il lui asséna deux coups de
poing sur le nez, qui se mit aussitôt à saigner. Aucun de nous ne réagit à temps : lorsque Vincenzo
se leva, Roger (qui s'était tenu le nez un moment,
comme prêt à s'écrouler) s'était déjà jeté sur Pym,
l'avait projeté au sol et commençait à le frapper.
Stella se mit à hurler ; l'Italien tenta de séparer
les deux hommes qui roulaient sur l'herbe et finit par se faire entraîner dans la bagarre. Entre-
temps, Pym, avec la dextérité propre à un type
plus jeune et plus maigre, parvint à se soustraire
à la furie de Roger, lequel, les cheveux en bataille
et le visage inondé de rage et de sang, fut empêché par Vincenzo de se relever et de courir après
l'autre.

C'est Elsa qui lui courut après.

"Pym", s'écria-t-elle.

Pym semblait devenu fou ; il traversa la pelouse
en direction de la courbe du lac sans se retourner, en appelant au secours de toutes ses forces ;
sa voix aiguë résonnait dans le silence de la nuit
et sur les eaux mornes du lac ; il était impossible
de dire jusqu'à qui, dans la tête de Pym, pouvaient
bien parvenir ses appels à l'aide désespérés. Nina
se mit à courir après Elsa ; quand je me mis moi
aussi à boiter à la suite de Pym – tandis qu'Olivia
restait tranquillement assise sur la pelouse et que
Stella s'occupait du nez en sang de Roger –, il était
déjà arrivé au chemin de terre qui conduisait à la
forêt. Il courait à une vitesse étourdissante, en agitant les bras comme un pingouin en train de glisser sur les étendues glacées de l'Antarctique. Avec
son allure ridicule, il sembla se métamorphoser

en une créature invertébrée partie s'enfoncer dans une nuit encore plus profonde.

Le tir se fit entendre au moment où Nina avait déjà rattrapé Elsa, qui continuait d'appeler Pym. Un seul tir – précis, sec, imposant le silence à toutes les voix – et, ensuite, comme venu de très loin, le bruit mat d'un corps s'écroulant sur le chemin. Nous nous tournâmes tous ensemble vers la forêt à la recherche de l'origine du tir. Durant trente secondes, nous restâmes immobiles, sans dire un mot ; le bois n'était qu'obscurité. J'échangeai un regard avec Vincenzo qui, subitement, se mit à courir vers Elsa, tandis qu'elle criait à nouveau :

"Pym !"

Mais cette fois de façon véritablement désespérée.

Le corps de Pym passa la nuit entière à la belle étoile, gisant sur le chemin de terre. La balle était entrée par la tempe droite et était ressortie sous l'oreille gauche ; une petite trace de sang qui avait coulé à l'entrée du projectile marquait le moment de sa mort.

Vincenzo dut aller chercher Elsa près du cadavre et la ramener de force vers la maison. Elsa cria, pleura et insulta Vincenzo, mais l'Italien avait raison : il était trop dangereux de s'approcher de la lisière du bois pendant la nuit, même pour récupérer le corps d'un mort. Bosco était certainement caché au milieu des arbres, furtif, sournois, bien plus aux aguets que nous ne le pensions, scrutant tous nos mouvements. S'il y avait encore des doutes sur le fait qu'il nous tenait dans sa main, ils venaient de se dissiper complètement. Pym avait tenté de fuir et avait payé le prix de son audace ; il était impossible de savoir ce qu'il adviendrait si, au milieu de la nuit, l'un de nous venait pour récupérer le corps.

Dans la maison, personne ne dormit. D'abord, Elsa s'emporta violemment contre Roger, qu'elle tenait pour responsable de la mort de Pym ; les accusations fusèrent de part et d'autre comme des flèches. Roger se défendit en accusant Elsa d'avoir protégé Pym à outrance, avec les conséquences dont nous venions tous d'être témoins. A partir d'un moment, Stella commença à sangloter sans plus pouvoir s'arrêter : son corps s'agita comme une machine à laver en plein essorage tandis que les larmes coulaient, incontrôlables, le long de son visage. Elsa et Roger interrompirent leur dispute pour que celui-ci puisse tranquilliser sa femme. Quelques heures plus tard, alors qu'un profond silence s'était installé entre nous, ponctué de verres de vin pour atténuer la peur – avec le cadavre de Pym dehors, si seul face à la brutalité de la nuit –, Olivia, qui assistait avec impassibilité à une nouvelle crise, annonça qu'elle allait se coucher. Nina, qui avait déjà beaucoup bu, l'empêcha de quitter la salle et exigea qu'elle s'explique sur un tel comportement. Olivia se rassit dans le canapé, croisa tranquillement les jambes et fixa Nina sans afficher la moindre contrariété.

"Quel genre de monstre es-tu ? demanda Nina.

— Je te pose exactement la même question", rétorqua Olivia.

J'étais assis sur la marche qui menait à la salle de l'aquarium, la canne entre les genoux. Elsa était assise à mes côtés ; Roger et Stella occupaient le grand canapé et Vincenzo était adossé au mur, en face de la photo de Pasolini.

Nina hésita.

"Quoi ?

236

— C'est toi qui as oublié John McGill dès le moment où on l'a retrouvé mort", expliqua Olivia.

Nina lança son verre de vin contre le mur ; il se
brisa et le vin commença à se répandre sur le sol.
Vincenzo s'était écarté pour ne pas être atteint par
les bris de verre qui avaient volé dans tous les sens.

"Jamais je ne l'ai oublié, hurla Nina. Tu n'as aucune idée de ce que tu dis.

— Je dis ce que je vois. Et ce que je vois, c'est que
tu es dans les bras d'un autre sans même avoir fait
le deuil du précédent, continua Olivia sur le même
ton monocorde. Je sais aussi que tu avais déjà couché avec Vincenzo avant la mort de McGill."

Vincenzo regardait par terre.

"Cette discussion est complètement inutile, dit
l'Italien.

— Inutile ? railla Olivia. Aussi inutile que l'est
ton expérience à Sabaudia ?

— Quelle expérience ? demanda Nina.

— Celle dont Vincenzo m'a parlé tant et tant de
fois quand on était à Budapest. Il arrivait à peine
à dormir tellement il était excité. Il n'arrêtait pas
de répéter qu'il voulait agiter ces eaux trop calmes ;
agiter ces eaux trop calmes et plonger dans ce
fleuve pour voir ce qui allait se passer." Olivia regarda Vincenzo, d'un air mauvais cette fois. "Eh
bien tu l'as ton fleuve. Tu les as tes eaux agitées.

— Mais bon sang qu'est-ce qu'elle raconte, celle-
là ?" demanda Roger.

Il avait l'air perdu, avec sa bouteille de vin qu'il
tenait par le goulot.

Vincenzo se leva, inquiet.

"Là, tu débloques, dit Vincenzo. Faut que tu te
fasses soigner, Olivia. Faut vraiment que tu te fasses
soigner.

— Laisse-la terminer, dit Elsa. Je veux entendre
ça."

Olivia esquissa un léger sourire – où se lisait à la fois du mépris et une envie d'humilier. Elle semblait tout à coup être une femme adulte, beaucoup plus âgée qu'elle ne l'était, comme si elle avait vieilli de plusieurs années en l'espace de deux semaines.

"Tout ça, c'est de la matière première pour le travail de Vincenzo, dit Olivia. Vous tous. Toutes les agonies, toutes les morts. Il a prévu d'écrire un livre sur tout ce qui se passerait à Sabaudia ; sur tout ce qui est en train de se passer à cet instant précis."

Elsa regarda Vincenzo.

"Dis-nous que c'est faux.

— Elle a perdu la tête, dit Vincenzo, le visage subitement tout rouge.

— Il n'y a rien de plus vrai, poursuivit Olivia. Ce qui est pour vous un cauchemar est pour lui l'objet de la plus grande curiosité. C'est comme s'il était en train de vivre le roman qu'il ne serait jamais capable d'imaginer. Dans le fond, tout s'est produit conformément aux plans de Vincenzo à partir de notre arrivée à Sabaudia. C'était un pari risqué, c'est vrai, mais la mort de Don Metzger a été un excellent point de départ pour le livre et, maintenant, je suis certaine qu'il est impatient de voir où tout ça va s'arrêter."

Roger posa la bouteille sur la table à grand bruit et se leva. Il regarda Vincenzo.

"De quoi elle parle ? Un livre ?"

Olivia reprit :

"En tout cas, il prend des notes. Si vous voulez, vous pouvez aller voir dans sa chambre, c'est dans un petit cahier noir."

Roger s'avança vers l'escalier. Vincenzo tenta de le retenir, mais Roger se retourna et lui lança :

"Si tu me cherches, je te jure que je te mets la tête au carré."

Malgré la petite taille de l'autre, Vincenzo recula. Nous entendîmes, sans rien dire, les pas de Roger dans l'escalier, puis la porte de la chambre où dormaient Vincenzo et Nina qui s'ouvrit, ensuite des bruits de choses tombant par terre, le frottement d'une valise traînée sur le plancher, d'autres bruits impossibles à identifier. Après quelques minutes de silence, Roger redescendit un bloc-notes noir à la main ; sur son visage, on pouvait lire une rage contenue. Il s'approcha, jeta le bloc-notes sur la table, cracha par terre – alors qu'on était dans la maison – et alla se rasseoir à côté de Stella.

"C'est vrai. Il est en train d'écrire sur toute cette merde."

Elsa s'avança jusqu'à la table et prit le carnet ; elle jeta rapidement un coup d'œil sur les pages et me le passa. Dans la salle, régnait toujours un silence plein d'expectative. Le bloc-notes contenait plusieurs pages griffonnées à l'encre noire et quelques croquis. L'un d'eux était un plan grossier de la maison, indiquant toutes les pièces, avec une ébauche représentant le lac et la forêt. Sur d'autres pages, on trouvait par exemple des entrées descriptives pour chacune des personnes qui étaient présentes ou l'avaient été ; des notes, difficiles à déchiffrer, qui semblaient définir les points principaux d'une intrigue ; les mots "Budapest" et "Sabaudia" revenaient souvent ; sur une autre page, on pouvait lire une série d'essais pour des titres entre guillemets : l'un d'eux était, tout simplement, *Le Bon Hiver*. Je regardai Vincenzo, qui s'était radossé contre le mur, les bras croisés, dans une attitude défensive.

"Très bien, dit-il. J'admets que j'avais prévu d'écrire un livre. Et alors ? Un écrivain va chercher sa matière première là où il peut. Je ne vois pas où est le problème.

— Le problème est le suivant, dit Roger, furieux, en montant d'un ton. Si tu prévois d'écrire un livre, alors tout ce qui est en train de se passer m'a l'air absolument génial. Une putain d'intrigue, je dirais même. Ou tu nous prends pour des cons ?

— C'est quand même pas parce que j'écris un livre que je suis responsable des événements qui se produisent", se défendit Vincenzo.

Roger l'ignora et désigna Olivia : "Elle a dit elle-même que tu avais prévu d'écrire un livre sur tout ce qui se passerait à Sabaudia. Comment savais-tu que ce qui arriverait ici te donnerait de quoi écrire une histoire ? On n'a jamais vu personne prévoir d'écrire un livre sur quoi que ce soit sans avoir la certitude qu'il y aura, au minimum, une ou deux embrouilles pour distraire le lecteur.

— Ne sois pas ridicule, accusa Vincenzo.

— Je me trompe ? demanda Roger, exalté. Alors explique-moi un peu, putain. Explique-moi pourquoi tout s'est passé, comme elle a dit, conformément à tes plans. Explique-moi quels étaient ces plans. Explique-moi quelles seront les prochaines embrouilles qui vont nous tomber dessus et qui d'autre va devoir crever pour que ton livre se termine comme tu voudrais. Ou si ça se trouve c'est encore pire, railla-t-il. Si ça se trouve, tu connais déjà la fin et tu l'as peut-être même déjà écrite. Si ça se trouve, tu en sais plus que nous tous, tu sais tout ou presque, alors dans ce cas j'aimerais bien que tu partages avec nous ce savoir-là.

— Il n'y a rien à partager", dit Vincenzo.

Roger but une longue gorgée de vin au goulot et montra le carnet que je tenais.

"Après avoir vu ça, comment être sûr que ce n'est pas toi qui as tué Don Metzger ? Comment être sûr que tu n'as pas tout planifié juste pour écrire ton putain de bouquin ?

— Comment être sûr que ce n'est pas toi qui l'as tué ? répondit Vincenzo.

— Donne-moi une seule raison pour laquelle j'aurais voulu tuer Don.

— Tout le monde sait qu'il te traitait comme un domestique.

— T'es vraiment un fils de pute", vociféra Roger.

Ils se fixèrent du regard un instant. Roger semblait prêt à se jeter sur Vincenzo, mais Stella serra son mari dans ses bras et, les larmes aux yeux, lui murmura à l'oreille :

"Il n'en vaut pas la peine."

Roger résista quelques secondes, mais finit par laisser Stella poser sa tête sur son épaule. Nina avait les yeux rivés au sol et les bras croisés. Un vent violent s'était levé et hurlait en s'immisçant sous les portes et les fenêtres. Je regardai Olivia, qui était restée assise, les jambes croisées, avec sur son visage l'ébauche d'un sourire. Un silence désolé s'abattit dans le salon.

"Je ne voudrais pas que vous vous disputiez par ma faute, finit par dire Olivia, avec une horrible ironie. Il me semble juste que le moment est venu de commencer à se demander en qui on peut avoir confiance."

Elsa dit d'une voix meurtrie :

"On n'a pas d'autre choix que de se serrer les coudes. Il y a un assassin dans ce bois.

— Il y en a probablement un autre dans cette maison, dit Roger.

— Jusqu'à preuve du contraire, la seule menace pour l'instant vient de là-bas, rétorqua Elsa. Il y a un cadavre qui gît au milieu du chemin. Ce qu'on veut, c'est sortir d'ici le plus vite possible. C'est tout. On s'occupera du reste plus tard.

— Encore faudrait-il que ce soit vrai, contesta Olivia. Encore faudrait-il qu'on veuille vraiment sortir d'ici.

— Ça me paraît évident, dit Elsa.

— Moi, ça me paraît tout sauf évident, corrigea Olivia. Si vous réfléchissez bien à la question, vous découvrirez peut-être que chacun d'entre vous a de bonnes raisons de ne pas vouloir revenir à sa vie d'avant Sabaudia."

On pouvait lire sur le visage d'Olivia un mélange de provocation et d'assurance. Le défi qu'elle venait de lancer resta en suspens un long moment, planant comme le fantôme de Pym. La nuit avait laissé place à l'aube ; le vent provenant de la forêt s'engouffrait à travers la brèche ouverte dans la baie vitrée et tournoyait dans la maison, chargé de l'odeur du lac et des cyprès. Les paroles d'Olivia résonnèrent en nous, puis la cruelle réponse à ces paroles. La perversité de Vincenzo avait déjà été mise au jour. Mais Roger pensa certainement, lui aussi, à ce que serait sa vie après Sabaudia, sa vie de réalisateur raté à qui Metzger avait permis, par pitié, de vivre à ses côtés ; et Nina, qui avait assisté à la mort d'un amant et s'était aussitôt jetée dans les bras d'un autre, trahissant un passé qui n'aurait de cesse de venir assombrir son existence jusqu'au dernier jour ; et moi, invalide par entêtement, qui m'étais montré prêt à me retirer prématurément du monde et avais pointé les batteries du scepticisme sur la réalité, moi qui découvrais – à présent que j'étais confronté à l'horreur – que ce scepticisme était l'armure des froussards et qu'il était encore possible de désirer, craindre, aimer, souffrir et vouloir vivre ; et Elsa, et même Stella, elles aussi devaient se demander, à cet instant, dans quel état nous nous retrouverions face au monde si notre siège prenait fin et si nous survivions. Etait-il préférable de mourir ? Etait-il préférable d'attendre le moment où, dans l'obscurité, la balle bien ajustée de Bosco nous renverrait au destin ultime de tous ceux qui sont en vie ?

Je brisai le silence : "Il reste une chose dont on n'a pas encore parlé." Les regards se tournèrent vers moi. "Les raisons que chacun peut avoir de vouloir survivre sont privées. Mais il serait injuste que vous ne connaissiez pas toutes les voies possibles."

Vincenzo s'assit par terre, le dos contre le mur. Nina avait allumé une cigarette et observait les premières lueurs du jour à l'horizon, par-delà le lac, par-delà la forêt, par-delà le corps de Pym qui se trouvait toujours sur le chemin poussiéreux. Je leur expliquai alors l'accord que j'avais conclu avec Bosco quand je m'étais rendu jusqu'à la clairière en compagnie d'Alipio. Je m'exprimai avec prudence, en veillant à évaluer chacun des mots que j'allais utiliser, en les soupesant un à un, comme des cailloux que j'aurais lancés à l'eau tout en veillant à ce que les ondes nées de l'impact se propagent en cercles aussi petits que possible. Lorsque j'eus fini, le silence se fit et tout le monde se regarda.

"Qu'est-ce que c'est que cet accord à la mords-moi l'œil ? demanda Roger.

— C'est ce qui m'est venu à l'idée sur le moment. C'est ce que j'ai trouvé de mieux pour gagner du temps. Maintenant, du temps, on n'en a plus, c'est fini. Bosco surveille l'orée du bois et si je ne lui apporte pas les dépositions que je lui ai promises, je crains qu'il ne commence à jouer de la gâchette à tort et à travers.

— Peut-être pas seulement à tort et à travers, dit Roger.

— Pourquoi ne pas nous avoir informés plus tôt ?" demanda Stella.

Sur son visage, son maquillage n'était plus qu'un méli-mélo de couleurs délavées par les pleurs.

"Parce que c'était inutile avant d'avoir la certitude qu'Alipio et Susanna ne reviendraient pas.

— Et parce que ton accord implique un sacrifice", conclut Nina.

Stella la regarda. "Un sacrifice ?

— L'un de nous va devoir payer pour la mort de
Don Metzger, même si aucun de nous n'est coupable. C'est ce qui est implicite dans l'accord. Il va
lire les dépositions et choisir celui qu'il va sacrifier.
C'est évident depuis le début, tu n'as pas encore
compris ? Ce type ne lâchera rien avant d'avoir
trouvé un bouc émissaire."

Vincenzo toisait Stella avec dépit.

"Ouvre les yeux, dit-il. Ne sois pas aussi stupide."

Stella avait l'air terrorisée.

"Surveille ton langage, menaça Roger. Qui sait
si ce ne sera pas toi notre monnaie d'échange ?

— Ou toi, répondit Vincenzo.

— Nous n'avons pas à choisir qui que ce soit,
coupai-je. Chacun écrit sa déposition sur la nuit
de la mort de Metzger et, ensuite, je remets le tout
à Bosco. Si on est honnêtes, je suis convaincu qu'il
n'y aura pas de sacrifice. Il est peut-être fou, mais
même les fous fonctionnent selon une certaine
logique. Si on arrive à le convaincre qu'aucun de
nous n'est coupable de la mort de Don, il nous
laissera peut-être partir.

— A ce stade, ça me semble un peu naïf, dit Vincenzo.

— De l'utopie complète, ajouta Nina.

— Peut-être. Mais, à moins que vous ne puissiez
sortir de votre manche un plan fabuleux, ça reste
notre meilleure solution, rétorquai-je. Ou, si vous
voulez que je vous dise, c'est même notre seule
solution. Si ça ne nous offre pas la liberté, ça nous
donne au moins un peu de temps pour décider ce
qu'on va faire ensuite. Bosco va devoir lire les dépositions et, de cette façon, on l'oblige à réfléchir
à la situation.

— Tout ça, c'est du baratin, rien que des mots, dit Roger.

— Les mots ne sont pas sans pouvoir sur les gens, insistai-je. Si ce sont les mots justes, ils peuvent déplacer des montagnes.

— Ou transformer de l'eau en vin, ironisa Vincenzo.

— C'est toi qui vas lui apporter ces dépositions ? demanda Nina.

— C'est moi qui les lui ai promises.

— Très bien. Moi, je vois un avantage évident à tout ça, dit Roger.

— Lequel ? demanda Elsa.

— Lorsqu'il ira à la clairière remettre les dépositions, pendant qu'il sera là-bas, Bosco y sera aussi : ça ouvre une fenêtre de tir pour les autres. Il peut quand même pas se trouver à deux endroits en même temps."

Le silence se fit à nouveau dans le salon. Le jour venait de se lever et de la forêt nous parvenait le gazouillis des oiseaux. Personne ne se regardait dans les yeux ; une profonde fatigue me submergeait telle une vague lourde et lente. Je sentais ma jambe m'élancer.

"C'est profondément injuste et cruel, dit Elsa.

— La vie est injuste et cruelle, argumenta Roger.

— Si c'est vraiment ce que tu penses, alors sacrifie-toi toi-même, répondit Elsa. Apporte les dépositions à Bosco et distrais-le pendant qu'on s'enfuit et qu'on t'abandonne dans la forêt.

— Tu ne comprends pas le problème, dit Roger en me désignant. Il est le seul à ne pas avoir les moyens de prendre la fuite. Avec cette maudite jambe folle. Avec cette canne. Même si quelqu'un d'autre apportait les dépositions à Bosco, lui serait toujours à la traîne dans l'éventualité d'une fuite.

— Ce qui voudrait dire deux sacrifices, dit Vincenzo. Le sien, puisqu'il ne peut pas courir, et celui du pauvre malheureux chargé de l'opération de distraction."

Je regardai Vincenzo, mais il ne me rendit pas mon regard. Nina se mit de nouveau à observer la forêt et alluma une autre cigarette. Olivia était toujours assise, la tête reposant sur un poing fermé, avec sur le visage un air indifférent ou narquois. Elsa se frotta les yeux du revers de la main.

"Ça doit être un délire provoqué par le manque de sommeil. Ça ne peut être que ça, dit Elsa. Personne ne va être sacrifié, Roger. Personne ne sera abandonné. On n'est pas des bêtes.

— Va dire ça à notre ami de la forêt, répondit Roger. Va dire ça au garçon qui est couché par terre là-bas et qui a été abattu comme du bétail.

— Tu es vraiment le dernier des salopards, murmura Elsa.

— Il est hors de question que je crève ici, dit Roger. Si vous voulez jouer les héros, très bien. Votre enterrement vous regarde. Mais, moi, il est hors de question que je crève ici."

J'attrapai ma canne et, en prenant appui avec mon bras tremblant de fatigue, parvins à me relever. Je rejoignis Vincenzo en claudiquant et lui tendis son cahier noir ; il le prit, la mine honteuse.

"Chacun fera comme il l'entendra, suggérai-je. En attendant, il faut qu'on aille chercher le corps de Pym. Ensuite, il faut écrire les dépositions.

— Et si on allait d'abord dormir ? proposa Roger.

— Et Pym ? demanda Elsa. On ne peut pas le laisser comme ça.

— Quelques heures de plus ou de moins, il va pas en mourir", répondit Roger.

XXIII

Les révélations de la nuit ne furent pas sans effet sur le groupe. Si, d'un côté, c'était un soulagement d'avoir évoqué mon accord avec Bosco, d'un autre côté les paroles de Roger avaient accru l'inquiétude. Il était désormais évident que mes tentatives rationnelles pour trouver une issue allaient avoir des conséquences désastreuses et je commençais à regretter mon entêtement à vouloir résister à l'appel naturel de la survie. Cet accord était le résultat d'une crise où la présomption le disputait au désespoir ; j'avais fait preuve d'une confiance démesurée en mes capacités de persuasion et voulu repousser ce qui semblait maintenant inévitable. Je sentis ainsi l'épée de Damoclès au-dessus de ma tête, prête à sacrifier l'agneau le plus arrogant du troupeau. Le fait que Bosco m'eût accordé sa confiance avait fait de moi, paradoxalement, le meilleur candidat pour me retrouver en rade, même si, à ce stade, il était impossible de deviner jusqu'à quel point la suggestion de Roger pouvait recueillir l'adhésion des cinq autres. Mais si c'était le cas, mes jours étaient comptés, car Bosco me désignerait comme le responsable de la fuite collective ; si, au contraire, la décision de tenter de fuir en profitant de la distraction du Catalan lors de la remise des dépositions était abandonnée, cela revenait à laisser entre les mains de l'assassin de la forêt le choix d'un sacrifié. Même si les témoignages étaient sincères, même s'ils nous innocentaient tous et chacun, même dans ces conditions, il était impossible de prouver leur authenticité ou, ce qui était plus important, de convaincre Bosco de leur authenticité. Si, par hypothèse, aucun de nous n'était coupable de l'assassinat de Don Metzger, cela ne servirait qu'à faire naître de nouvelles interrogations : qui, alors, avait pu faire cela ?

Naturellement, je ne croyais pas moi-même à la clémence de Bosco ; après tout ce qui s'était passé, il aurait été ridicule d'espérer qu'il se laisse amadouer par le seul "pouvoir des mots" au point de nous autoriser à partir. Le "pouvoir des mots" était une chose qui ne marchait que dans les romans – ou dans certains romans – et, Vincenzo avait beau être en train de préparer un roman, la situation dans laquelle nous nous trouvions excédait très largement ce que pouvaient contenir les pages d'un livre.

Ce fut la dernière fois que nous dormîmes dans la maison de Don Metzger, dans la mesure où la nuit suivante fut une nuit de veille collective. Ce fut la dernière fois, même s'il faisait jour, que nous nous abandonnâmes à la solitude de nos chambres, errant entre sommeil et rêve dans une sorte de période de réflexion nous permettant de repousser temporairement l'instant où s'abattrait le lourd marteau du jugement. Au cours de ces quelques heures, alors que je l'attendais, le corps qui m'avait donné du plaisir ne fit pas son apparition. Peut-être parce que nous dormions pendant qu'il faisait jour ; peut-être parce que le temps de sommeil était trop court et privé du silence et de la profondeur de la nuit ; peut-être parce que quelque chose avait pris fin avec la mort de Pym et nous avait arrachés à notre torpeur ; impossible à dire. Je me réveillai après plusieurs heures en ayant la terrible angoisse de savoir que ce corps qui me rendait visite ne reviendrait plus ; il avait été un fidèle amant et avait disparu sans laisser de trace. Enfin, ce n'est pas exact : il avait laissé une trace en moi, comme le murmure de la terre après une avalanche, comme les fantômes de toutes les choses que nous aimons et qui nous sont retirées, une à une, jusqu'à ce qu'il ne reste plus rien sinon cette douleur qui nous réveille au milieu de la nuit et nous fait nous demander où elles se cachent.

Je venais de rêver de Bosco et de Don Metzger. Ç'avait été un rêve étrange – aussi étrange que celui que j'avais fait la nuit de l'homicide, lorsque, dans une montgolfière, Don me sciait la jambe avant de la jeter par-dessus bord. Dans ce rêve-là, je me trouvais à la fenêtre de la chambre et regardais en direction du lac. Il faisait nuit. En bas, Bosco se trouvait près du ponton, son crâne chauve luisant sous l'éclat de la lune dégagée. Il tenait une rame dans la main droite. Il tourna la tête et me regarda, en souriant ; ensuite, il porta de nouveau son attention sur le lac. Quelque chose glissait suavement sur l'eau. C'était une chose massive et arrondie, émergeant à la surface comme un sous-marin remonté des profondeurs. Je le reconnus : c'était Don Metzger qui, sur le dos, sillonnait les eaux tièdes de Sabaudia. Lui aussi souriait, son visage, pâle et grand comme le ballon d'un enfant, tourné vers le ciel. Ensuite Metzger s'amarra au ponton et Bosco, d'un geste athlétique, s'assit sur le ventre de l'homme comme s'il montait sur la selle d'un cheval. Il se mit alors à pagayer, plongeant alternativement sa rame des deux côtés du corps. Ils glissèrent joyeusement vers le centre du lac ; Bosco ramait sans peine et sifflotait une vieille ritournelle italienne. Peu après, ils furent subitement engloutis par une épaisse brume et disparurent. La ritournelle se faisait toujours entendre lorsque je me réveillai.

Ainsi, après un sommeil de quelques heures en plein jour, nous nous levâmes au milieu de l'après-midi et l'application du plan débuta. Pour commencer, Vincenzo et Roger allèrent chercher le cadavre de Pym sur le chemin. Après une nuit à la belle étoile et une demi-journée sous le soleil estival, Pym ressemblait à un mort vivant : les yeux ouverts, le point d'impact de la balle caché sous le sang séché, la peau d'un gris morbide et les membres paralysés par la *rigor mortis*. Vincenzo, torse nu, essaya de creuser une tombe à côté de l'endroit où McGill avait été enterré, mais buta bientôt contre une partie rocheuse. Il se laissa tomber sur l'herbe, épuisé, couvert de sueur, en éructant des obscénités ; Roger attendait à l'ombre, au pied de l'arbre et, entre-temps, le cadavre de Pym, exposé au grand soleil, voyait de nouveau reporté son repos final. Nous finîmes par décider de le jeter à l'eau et, après qu'Elsa eut prononcé quelques paroles au bord du ponton – paroles murmurées et entrecoupées de sanglots, que j'ai fini par oublier –, le corps fut poussé par Vincenzo et sombra comme une pierre dans les profondeurs du lac. Pym disparut de nos vies aussi vite qu'il avait surgi et, quelques minutes plus tard, seule Elsa se souvenait qu'il ait jamais été présent parmi nous. Ce que personne n'oubliait, c'était la cruauté avec laquelle l'assassin de la forêt avait mis un point final à son existence – un tir invisible, imprévu et mortellement bien ajusté –, la certitude, quelle que soit la direction dans laquelle nous essaierions de bouger, que Bosco nous suivrait comme une ombre sans remords.

Ensuite, arriva le moment d'écrire les dépositions ; les avis divergèrent à nouveau. Dans la maison, il n'y avait qu'une vieille machine à écrire, une Olivetti Lexikon, rangée dans le garage. Elsa était la seule à en connaître l'existence.

"Une vraie relique", dis-je, en pressant l'une des touches rouillées.

Elsa tenait le carton dans lequel la machine avait été rangée ; au fond, une rame de papier blanc recouverte d'un plastique transparent.

"C'est tout ce qu'on a, répondit-elle. A moins que tu ne préfères écrire à la main."

Dans la cuisine, le groupe se rassembla autour de la machine à écrire qu'Elsa avait posée sur la table. Olivia nous observait depuis la porte qui conduisait vers le salon ; elle était restée dans sa chambre plus tard que les autres et n'avait même pas pris part aux funérailles de Pym.

"Et maintenant ? demanda Vincenzo. On n'a qu'une machine et on est sept."

Je regardai autour de moi : sept. Le chiffre porte-bonheur, si on ne comptait pas Bosco.

"J'ai une suggestion à faire, dis-je, en appuyant le côté droit de mon corps sur la canne. Chacun d'entre vous dicte, et moi j'écris. On fait ça en privé, dans l'une des chambres, chacun son tour. J'ai l'habitude de la saisie, comme ça on ira plus vite. Je ne sais pas combien de temps il nous reste avant que Bosco débarque et commence à réclamer des têtes."

Cette suggestion engendra un vif débat. Elsa se montra immédiatement d'accord avec moi, mais, pour les autres, la déposition s'apparentait trop à une forme d'aveu pour pouvoir me confier la tâche de la dactylographier. Roger fut le premier à avancer l'argument selon lequel, si chacun avait le droit d'avoir sa version des événements de la nuit de la mort de Metzger, on devait également avoir le droit de la coucher par écrit sans pression, sans être observé ni écouté par un tiers. "Je veux dire, c'est quand même pas une rédaction comme si on était à l'école, avança-t-il. L'idée c'est de sauver sa peau, alors chacun doit avoir sa chance.

— Ça n'a pas de sens, lui opposa Elsa. Il vaudrait mieux qu'on arrive à se mettre d'accord sur une version des événements et que toutes les dépositions collent avec cette version.

— C'est impossible, intervint Vincenzo. Une déposition, c'est un point de vue et les points de vue sont naturellement divergents.

— Je suis d'accord. Mais à mon avis les faits relatés dans les dépositions ne peuvent pas diverger, eux, expliqua Elsa. Ce que je veux dire, c'est que les faits sont une chose, l'interprétation que chacun en fait en est une autre. Tout au moins pour les faits qu'on va présenter à Bosco. Evidemment, peu importe si toi, Roger ou Nina êtes d'accord ou non sur tel ou tel détail. Mais ce qui est important, c'est que les histoires ne soient pas contradictoires de façon trop criante, au point de lui laisser penser que l'un d'entre nous est en train de mentir. Ou certains d'entre nous, ou même nous tous."

Le silence se fit dans la cuisine pendant que les paroles d'Elsa faisaient leur chemin.

"Ce que tu suggères, ce serait une déposition commune ? demanda Nina.

— Ce que je suggère, c'est une version commune dans des dépositions séparées. Si on est tous sur la même longueur d'onde par rapport à certains éléments, l'histoire apparaîtra beaucoup plus crédible aux yeux de Bosco. Et plus l'histoire sera crédible, plus nous aurons de chances de le convaincre de notre innocence.

— Sauf si c'est précisément ce à quoi il s'attend, dit Vincenzo. C'est un plan tellement prévisible que même le psychopathe le plus idiot de la terre verrait le coup venir."

Roger souffla et rajusta ses cheveux ébouriffés.

"Malheureusement, je dois dire que je suis d'accord, concédai-je, contrarié. Mettre au point une histoire qui soit la même pour tout le monde va nous attirer des ennuis. Le type n'est pas stupide.

— Quelle serait l'alternative ? demanda Nina. Dire la vérité ?

— Pourquoi pas ?" demanda Olivia. Sa voix, depuis le fond de la cuisine, traversa l'espace comme un courant d'air glacé. "Si vous êtes aussi innocents que vous l'affirmez, vous n'avez rien à craindre."

Nina lança vers Olivia un regard plein de mépris.

"John McGill était innocent. Pym aussi, probablement. L'un est enterré devant la maison et l'autre est au fond du lac.

— Tu ne peux pas affirmer avec certitude qu'ils étaient innocents, dit Olivia en croisant les bras. Aucun de nous ne le peut. Ils ont tous deux enfreint les règles.

— Les règles ? Quelles règles ? demanda Nina.

— Ils ont tous les deux tenté de fuir, alors qu'il était bien clair depuis le début que personne ne pourrait partir avant que l'affaire soit éclaircie.

— C'est drôle, ta façon de poser le problème et d'évoquer les règles. «Si vous êtes aussi innocents que ça», etc. Comme si tu n'étais pas concernée ; comme si tu étais déjà sauvée du seul fait que tu as renoncé à jouer."

Tout le monde regarda Olivia.

"Je n'ai jamais commencé à jouer, répondit-elle.

— Moi, je serais prête à parier le contraire, dit Nina.

— Faites les paris que vous voulez, moi je fais les miens, répliqua Olivia.

— Je pense qu'on devrait voter, coupa Roger.

— Voter pour quoi ? demanda Elsa.

— Pour les dépositions : pour ta suggestion ou pour la mienne.

— C'est un exercice plutôt dangereux", dit Elsa.

Roger semblait être arrivé à bout de patience. Inquiet, il dit :

"Ecoutez. A moins que quelqu'un ne s'accuse pour qu'on en finisse avec ce cirque, je vois mal comment on pourrait arriver à un consensus. Parce qu'il n'y a que trois possibilités. Ou on est innocents, ou quelqu'un ici est coupable, ou c'est Bosco lui-même qui est coupable. Dans les trois cas, on n'est pas vraiment avancés. Si on est innocents, il est stupide de chercher à échafauder tous ensemble une histoire cohérente. S'il y a un assassin parmi nous, il ne va pas se dénoncer à ce stade du championnat. Et si Bosco est coupable, alors autant laisser tomber l'affaire, puisqu'il décidera de manière aléatoire qui doit vivre et qui doit mourir.

— Qu'est-ce qu'on doit penser, alors ? demandai-je.

— Qu'on est tous innocents, jusqu'à preuve du contraire, répondit Vincenzo.

— Dans ce cas, votons", proposai-je.

Le vote fut rapide et la méthode de Roger fut approuvée à la majorité ; Elsa et moi fûmes les seuls à voter en faveur d'une histoire convenue au préalable pour les dépositions à présenter à Bosco. Chacun de nous allait donc écrire la sienne de son côté, avant de la glisser dans une enveloppe qui serait fermée. On installa la machine à écrire dans l'une des chambres vides à l'étage ; ceux qui le souhaitaient pourraient l'utiliser et ceux qui ne se sentaient pas très à l'aise pour taper pourraient écrire à la main. Je pensai que, après la mort de Pym, tous sentiraient la même urgence et que nous aurions réuni les dépositions secrètes avant le lever du jour, moment où je les aurais apportées à Bosco dans la clairière sans avoir aucune possibilité de les modifier – c'est-à-dire sans un stylo sur moi – ni la moindre idée de ce qui s'y trouvait consigné.

Les heures passèrent et nous étions comme un groupe de contaminés patientant dans la salle d'attente d'un hôpital, avant d'entrer à tour de rôle dans un cabinet de consultation pour connaître le degré de gravité de l'infection. En début de soirée, Vincenzo et Nina allèrent dans la cuisine pour préparer ce qui restait de spaghettis ; quant aux autres, nous restâmes tous dans le salon, à observer les couleurs sanguines de l'été se dissiper comme un feu de l'enfer à l'horizon ; chacun choisissait secrètement l'heure de sa confession, abandonnait la compagnie des autres et montait dans la chambre où la machine à écrire l'attendait. La seule chose que l'on entendait dans la maison était le bruit des touches de la machine et, dans un cas, le troublant silence de Roger et Stella qui montèrent dans la chambre pour écrire une déposition commune, à la main. Pour le reste, la quiétude était si profonde qu'on parvenait à entendre, à distance, les clapotements de l'eau agitée par la brise nocturne, cette eau dans laquelle pourrissait le corps de Pym : son cadavre avait été jeté dans les profondeurs sablonneuses du lac, les yeux ouverts, tel un pirate balancé par-dessus bord, afin qu'il paie pour les péchés commis au long de sa vie.

Cette quiétude, cependant, trahissait un malaise. Au fil des heures, je pus voir sur le visage des autres que la décision prise commençait à peser sur leur esprit. Parler de tout cela était une chose ; passer à la pratique en était une autre. La dimension secrète de l'entreprise faisait apparaître le spectre du doute et de la suspicion : puisque rien de ce qui s'écrivait à l'étage ne serait révélé, chacun pouvait se sentir menacé par tous les autres. Assis dans un fauteuil, avec une tasse de thé et ma canne pour compagnie, je commençai à imaginer les situations absurdes que le désespoir pourrait engendrer, conduisant par exemple à une rocambolesque succession de trahisons : Vincenzo accuserait Roger, Roger accuserait Elsa, Elsa accuserait Olivia, Olivia accuserait Nina, Nina accuserait Stella, Stella m'accuserait et j'accuserais Vincenzo uniquement pour boucler la boucle. Ou alors peut-être les cartes seraient-elles mélangées de manière différente : les dénonciations finiraient ainsi par être complètement inattendues, les amants s'accusant mutuellement et les mensonges s'érigeant tels des châteaux de sable sur une plage battue par les vents, avec une soif d'expiation grandissante. Ou peut-être me trompais-je une fois de plus – comme nous tous –, peut-être chacun finirait-il par raconter la vérité, laquelle serait, comme nous le savons, nécessairement confuse et subjective. Malgré tout, peut-être les mots brilleraient-ils de cet éclat volubile que gagnent toutes les choses honnêtes ; Bosco se résoudrait alors à renoncer à cette entreprise apocalyptique et, avec la contrition des hommes justes, à admettre notre innocence.

Finalement, l'ordre fut le suivant : Vincenzo, Roger et Stella, Olivia, Nina, Elsa et, en dernier, moi. Elsa trouva un paquet d'enveloppes dans un tiroir de la chambre de Don et, une à une, les dépositions furent mises sous pli cacheté, leur vérité ou leur mensonge (ou leur illusion de vérité) se trouvant désormais occultés. Certains s'attardèrent plus que d'autres à l'étage ; certains provoquèrent une plus grande nervosité parmi ceux qui, en bas, n'avaient pas encore choisi leur moment ou au contraire avaient déjà scellé leur destin à l'intérieur d'un rectangle de papier. Lorsque ce fut le tour d'Olivia, par exemple – quelques minutes avant qu'il fût vingt-deux heures – un silence s'installa, accompagné d'une lourde appréhension. Même Roger, qui mangeait une assiette de pâtes, la laissa de côté et, assis seul sur la marche qui conduisait à la salle de l'aquarium, fuma cinq ou six cigarettes pendant l'heure qu'Olivia passa à l'étage. Stella voulut se joindre à lui, mais Roger préféra la solitude.

Vincenzo et Nina aussi gardèrent leurs distances ce soir-là. L'Italien était incapable de tenir en place, n'arrêtait pas de s'asseoir puis de se relever, marchait d'un côté puis de l'autre, gagnait la salle de l'aquarium où il restait à regarder la lune dans son premier quartier qui, suspendue au-dessus de la forêt, était le phare du petit monde que nous connaissions. Nina, assise dans un canapé, semblait étrangement ailleurs et jouait avec un collier de perles qu'elle portait sous un chemisier blanc ; son chemisier rehaussait la couleur de feu de ses cheveux décoiffés, mais les gestes minutieux de ses mains me plongèrent dans une tristesse inhabituelle. C'étaient des gestes d'enfant ; c'étaient les gestes d'une créature infantile qui scrute un objet dans le moindre de ses détails et s'émerveille du simple fait qu'il existe. La femme assise là, absorbée dans une activité inutile, distraite, était quelqu'un que je voyais pour la première fois, une Nina dépouillée des protections qui jusque-là en faisaient une femme sûre d'elle, confiante, désirable même, parfois ; comme si les jours passés à Sabaudia l'avaient vaincue ; comme si, après la mort de McGill, quelque chose en elle s'était mis à marcher à l'envers, telle une montre qui se serait subitement arrêtée et dont les aiguilles seraient reparties en arrière, ou un coquillage oublié sur la plage par la marée. Tandis que je l'observais, je compris, submergé par une profonde mélancolie, que nous allions bientôt nous dire adieu. Cette femme, que dès le premier instant j'avais eu l'impression de connaître depuis toujours – comme si nous avions été des compagnons en d'autres temps, comme si j'avais écrit sur elle dans un roman avant de la connaître en chair et en os –, s'apprêtait à disparaître d'une des innombrables manières que le destin nous réserve pour dérober à notre existence celle de nos proches. Je ne sais pas comment je le compris, mais je le compris. Et peut-être Elsa sentit-elle l'angoisse qui m'étreignit, car elle vint me rejoindre et s'assit à mes côtés. C'était une angoisse qui correspondait au retour d'un sentiment perdu – le sentiment que la vie ne s'achève pas dans un roman macabre, ou à cause d'une jambe malade, ou chez un homme cloîtré dans son appartement d'où il a renoncé à sortir parce qu'il pense que le monde n'a plus rien à lui offrir. Elle correspondait à ce sentiment que la vie continue d'aller de l'avant malgré nous, encore et toujours de l'avant, et que, tout aussi facilement qu'elle nous a placés là, elle peut nous faucher de la surface de la terre et ce que nous laissons alors derrière nous n'est que regret, douleur, solitude – surtout solitude – et un geste de reddition volontaire souillant toutes les choses que nous avons touchées ; un geste qui pourrait facilement passer pour de la présomption, mais qui n'est rien d'autre que de la lâcheté. Non, je ne voulais pas mourir ; non, je ne voulais pas que Nina disparaisse pour toujours de ma vie, pas plus qu'Elsa, Vincenzo, ni même Roger, Stella ou Olivia. Au cours de ces heures d'attente, serrant la maudite canne que je m'étais inventée pour mes douleurs, buvant à petites gorgées le thé qu'Elsa réchauffait de temps en temps, je compris finalement que l'absence, la solitude et l'oubli étaient des choses terribles, aussi terribles que la mutilation ou la mort d'un fils, aussi terribles que de savoir que nous n'entendrons plus jamais la voix d'un vieil ami, que nous ne sentirons plus jamais son odeur, que nous ne saurons plus dire la couleur de ses yeux, si terribles que, même dans les livres, même dans les romans les plus pessimistes, nous ne devons pas faire appel à elles, nous ne devons pas les exalter ni tenter de les transformer en beauté.

Ensuite, Elsa monta, resta une demi-heure dans la chambre, puis ce fut finalement mon tour. Il n'y avait plus que trois personnes dans la salle à ce moment-là – Roger, Stella et moi –, les autres s'étant dispersés dans la maison silencieuse. Je me levai, en gémissant sous l'effort, et me dirigeai vers l'escalier.

XXIV

La rédaction de la déposition me procura un plaisir inattendu. Seul, dans la seconde chambre du côté droit du couloir – la seule restée inoccupée, plus petite que les autres, avec un lit à une place recouvert de draps bleus et une petite fenêtre donnant sur la forêt –, je posai la canne contre le mur, m'installai au bureau et restai à fixer la machine à écrire durant de longues minutes. La rame de papier était désalignée et quelques feuilles avaient été souillées d'encre, manipulées par des doigts malhabiles ; à côté de la machine, il y avait une bouteille de whisky presque vide que Roger avait probablement apportée et qui avait dû aider les suivants à trouver l'inspiration.

Je pris la bouteille et bus une gorgée ; le liquide, amer et tiède, me descendit dans la gorge en me laissant un arrière-goût inattendu d'eau salée. La fenêtre était ouverte et me parvenaient le parfum des arbres et l'odeur puissante de la terre. Il y avait longtemps que je ne m'étais pas assis pour écrire et je m'aperçus alors que ça m'avait manqué. Ça m'avait manqué, la page blanche, la légère angoisse, l'éternelle angoisse avant de commencer, les mots qui se forment sous mes yeux, guidés par mes doigts. Je calculai rapidement dans ma tête et compris qu'il y avait bien longtemps que je n'avais rien écrit qui fût authentique ou qui, d'une certaine manière, s'apparentât à la vérité. La publication de mon dernier roman remontait à près de deux ans – et je l'avais écrit bien avant – et, après l'incident de décembre qui m'avait vu chuter dans l'escalier, j'avais passé de longs mois à m'isoler du monde, à procrastiner et à me croire victime d'une conspiration biologique. L'alcool finit par me monter au cerveau et, quelques secondes après, je me mis à écrire. Mais ce que j'écrivis n'avait aucun sens ; ce n'était rien d'autre qu'une accumulation de faits et, au bout de quelques minutes, je tapais à la machine à toute vitesse, en cherchant surtout à expédier l'affaire. Il ne vaut pas la peine de vous ennuyer avec la teneur de mon témoignage ; tout ce que je consignai se trouve également rapporté dans ces pages et avec plus de précision, il est donc inutile de le reproduire ici. Il suffira de dire que, dans le paragraphe final, je cherchai à assurer Bosco de la véracité de mon histoire, en lui garantissant que je n'avais même pas eu l'occasion de faire la connaissance de Don Metzger et que j'avais passé les tragiques dernières heures de cette nuit à Sabaudia dans un état d'inconscience, allongé dans un lit où il avait fallu me transporter. Je ne mentionnai aucun détail sur les autres et me contentai de décrire l'enchaînement des événements depuis notre arrivée à la gare de Priverno. C'était un récit ennuyeux, sans conflit ni tension, destiné à apaiser la voracité d'un animal blessé ; ça n'avait rien à voir avec de la littérature, ça n'avait rien à voir avec l'office d'un véritable écrivain.

Aux environs de vingt-trois heures, j'abandonnai la chambre, la déposition pliée dans une enveloppe cachetée. Les lumières du couloir étaient allumées, je descendis l'escalier, le bout de ma canne frappant le bois et résonnant dans la solitude de la maison. Il n'y avait personne dans le salon, rien que les vestiges des cigarettes fumées dans les cendriers et plusieurs verres de vin sur la table et par terre. Je mis l'enveloppe dans la poche arrière de mon pantalon, gagnai la cuisine et sortis. La nuit était chaude et un essaim de moustiques voletait autour de la lampe au-dessus de la porte coulissante, qui se trouvait ouverte. Je regardai vers le lac : quelqu'un était assis sur la balançoire en bois suspendue à l'arbre, qui s'agitait lentement. Le premier quartier de lune éclairait l'extrémité ouest du lac.

Je m'avançai vers l'arbre et reconnus la silhouette de Nina. Quand elle m'entendit approcher, elle se retourna, en tenant les cordes de la balançoire de ses deux mains, et me sourit.

"Le dernier des condamnés vient faire une ultime promenade dans la cour avant l'exécution", dit-elle.

L'enveloppe était posée sur ses genoux, sous un paquet de cigarettes. Le sourire de Nina était triste et sans inspiration. Elle continua à se balancer légèrement, regardant de nouveau la surface de l'eau. Je m'assis sur l'herbe humide ; Nina alluma une Mayfair et m'en offrit une. J'acceptai et nous restâmes à fumer pendant quelques minutes en silence. Ensuite, elle me regarda, les contours de son élégant visage se découpant sur le ciel nocturne.

"A ton avis, qui est-ce que Bosco va choisir ? demanda-t-elle incidemment, comme si elle parlait du gagnant d'un concours télévisé.

— Personne, si on est tous innocents. Ce n'est pas ça la théorie en vigueur ?"

Nina éclata de rire et expulsa la fumée par les narines. Perdue au loin, une chouette hululait.

"Même si c'était vrai, quelle importance ça aurait ? Le monstre qui se trouve dans la forêt va choisir l'un d'entre nous et aura sa vengeance. Ou sa justice. Ou n'importe quel autre truc pervers par lesquels les fous règlent leurs comptes avec le monde." Nina tira une bouffée de sa cigarette. "Alors, qui est-ce qu'il va choisir ?"

Je tirai à mon tour sur ma cigarette, ce qui me fit tourner la tête.

"Je ne sais pas."

Nina soupira et stoppa la balançoire.

"Je crois que c'est moi qu'il va choisir.

— Pourquoi ?

— J'ai été la première à lui tenir tête. Le matin après la mort de Don Metzger, tu te souviens ? Quand Bosco est arrivé et que je l'ai traité de fou, de salaud et tout ça. Tout juste s'il ne me tuait pas sur place, sans l'intervention d'Elsa."

Nina aspira une nouvelle bouffée : les volutes de fumée s'élevèrent dans les airs et décorèrent la lune. Elle semblait résignée, comme si la fin approchait et qu'elle ne pouvait rien faire pour l'éviter. Dans un sens universel, c'était exact ; mais la vie faisait en sorte que ce soit le contraire : on ignorait l'absolu et on vivait dans une absolue relativité.

"Elsa m'a avoué qu'elle avait menti. Ou presque avoué. L'autre jour, on a parlé et elle me l'a dit. Ou plutôt, c'est moi qui l'ai dit et elle n'a pas contesté."

Nina haussa les épaules.

"Evidemment qu'elle a menti. Mais je ne lui avais pas demandé de le faire, donc je ne me sens pas réellement coupable. Bosco savait parfaitement qu'elle était en train de mentir et c'est pour cette raison qu'il a fait ça à John. Cette monstruosité. Pour me châtier et pour punir le mensonge.

— Bosco l'a tué parce qu'il a essayé de s'enfuir. Je ne pense pas que ce soit par vengeance.

— Il n'avait pas besoin de le tuer. Il aurait très bien pu lui imposer de faire demi-tour.

— McGill est parti d'ici en voiture, tu te souviens ? dis-je, en expédiant le mégot dans l'eau. Bosco a réussi à trouver un moyen pour l'arrêter et, ensuite, il y a probablement eu une altercation."

Nina jeta sa cigarette dans l'herbe. Elle avait les yeux baignés de larmes. "John était quelqu'un de bien, tu sais ? Un type droit. Il détestait les conflits de toutes sortes. Et moi, stupide et égoïste comme je suis, j'ai réussi à faire qu'il se jette dans un précipice. Sans moi, il serait encore en vie.

— D'après ce que j'ai compris, ce soir-là, c'est Vincenzo qui l'a provoqué.

— Vincenzo ne l'a provoqué que parce qu'il pouvait le provoquer. Parce que j'ai laissé les choses en arriver là. Il est vrai qu'ils ont toujours eu des relations difficiles, avec de la part de Vincenzo beaucoup d'amertume et de jalousie. Mais aussi, même s'il ne voulait pas l'admettre, de l'admiration. Trois choses terribles quand elles fondent les sentiments qu'on a pour quelqu'un. La vérité, c'est que John était, des deux, le meilleur écrivain. La vérité, c'est que John était la meilleure personne.

— Et il t'avait toi, ajoutai-je.

— Et il m'avait moi", répéta-t-elle.

Nous restâmes silencieux un long moment ; la chouette continuait de hululer, indifférente à notre présence.

"Que s'est-il passé entre Vincenzo et toi ? insistai-je.

— Jusqu'à notre arrivée à Sabaudia, rien. Je veux dire, rien d'important. Rien qui ne puisse être effacé par cette gomme de la mémoire qu'on utilise pour les choses futiles.

— Tu es en train de me dire que vous n'aviez jamais couché ensemble ?

— Oui.

— Et que la nuit de la mort de Don Metzger, vous avez couché ensemble."

Nina marqua une longue pause, en essayant de stopper les larmes qui coulaient le long de son visage. Alors même qu'elle semblait vouloir dire quelque chose, elle resta muette.

"Elsa m'a dit que tu avais fait des choses dont tu n'étais sans doute pas fière, lui dis-je, à voix basse, tranquillement. Peu importe ce qui s'est passé à présent, il n'y a aucune raison d'avoir honte. Pas après ce qui est arrivé ici.

— Mais si, justement, dit-elle, avec une fermeté soudaine. Ce qui arrive à un moment donné n'a pas d'importance : les actions durent le temps qu'elles durent et ensuite c'est fini. Ce qui compte, c'est ce qui advient par la suite." Elle tourna son visage pour me regarder. "Tu te souviens, à Budapest, de notre conversation sur les rayons X ? De la main de la femme du médecin ?

— La femme de Wilhelm Röntgen. Oui, je m'en souviens.

— On parlait de ça parce que tu me disais que tu n'avais pas la foi. Que tu avais perdu confiance dans le monde. Maintenant, je te regarde et, parmi tous les pauvres malheureux qui se trouvent encore ici, tu es le seul qui ne se soit pas laissé aller au désespoir.

— C'est peut-être une conséquence de ce manque de foi. Quand on n'est pas trop préoccupés par l'existence, on a tendance à être plus rationnels. Ou moins sujets à nos impulsions. La vie devient moins douloureuse. Dans le fond, c'est une forme de lâcheté, je trouve. Probablement la forme la mieux dissimulée, mais également la plus puissante. Maintenant, curieusement, le monde m'intéresse suffisamment pour avoir envie de survivre. C'est pour ça que tu as peut-être raison ; j'ai peut-être un peu retrouvé la foi.

— Eh bien moi, je l'ai complètement perdue après la mort de John, dit Nina. Evidemment, il me sera difficile d'accepter le destin le sourire aux lèvres, mais s'il doit m'arriver ce que je pense, je ne vais pas non plus faire des pieds et des mains pour m'y opposer. Maintenant, je préfère me laisser emporter.

— Tu es trop jeune pour penser de cette façon.

— Tu veux dire que je suis trop jeune pour mourir ?"

Ses paroles semblèrent agiter les eaux du lac, sur lesquelles un oiseau solitaire se posa un instant, pour boire à la surface avant de reprendre son envol.

"Oui.

— Mon grand-père avait pour habitude d'affirmer que personne n'est trop jeune pour mourir, dit Nina. Je crois bien qu'il avait raison. Il y a certaines choses que nous avons à faire dans cette vie, certaines choses que le destin nous a réservées. Pour autant que ce soit le mot approprié. Une fois qu'elles ont été faites, nous n'avons plus de raisons de nous trouver là. Peut-être que j'ai déjà fini tout ce que j'avais à faire et que mon heure est venue." Nina éclata de rire, mais c'était un rire triste. "Je veux dire, comment est-ce que je peux continuer ? Dans quelle direction, avec quel cap ? Avec qui pour m'accompagner ?

— Et Vincenzo ?"

Nina détourna le regard et fixa le lac.

"Vincenzo est la preuve de mon désespoir. A lui seul, il me rappelle que je suis arrivée dans une impasse à un moment où, par hasard, lui se trouvait là. Aucun de nous ne se fait d'illusions. S'il y a un monde par-delà cette forêt, ce sera un monde cruel pour moi et pire encore pour lui, un monde franchement pourri. Don Metzger n'est pas le seul à être mort."

Je restai silencieux un instant. Je songeai à évoquer la conversation que j'avais eue avec Elsa et les soupçons de celle-ci à l'égard de Vincenzo ; je songeai à lui demander ce qu'elle se rappelait, elle, des heures dramatiques de la nuit du crime ; je voulus savoir ce dont elle n'était pas fière, si c'était d'avoir couché avec Vincenzo ou de lui avoir permis de provoquer McGill ou, pire encore, d'avoir pris part à la mort de Don Metzger. Je voulus lui demander tout cela et n'eus finalement le courage de rien dire. Je pris l'enveloppe dans la poche arrière de mon pantalon et la lui tendis.

"Tu veux lire ?" demandai-je.

J'eus le bref espoir qu'on puisse échanger nos dépositions. Mais Nina sourit, refusa et alluma une nouvelle cigarette. Je tins l'enveloppe en l'air pendant un moment, puis finis par la ranger ; la nuit avançait inexorablement.

Pour ces dernières heures d'obscurité, on peut presque parler d'une veillée collective ; aucun de nous n'était capable de dormir pour de bon. Roger et Stella s'enfermèrent dans leur chambre, mais Stella n'arrêtait pas de pleurer et les paroles de Roger – d'abord de consolation, puis de désespoir – traversaient le silence de la maison. Vincenzo et Elsa avaient regagné le salon et s'étaient mis à boire et à fumer, sans échanger un mot ; l'Italien fermait les yeux de temps en temps pour émerger aussitôt de son sommeil agité. Nina resta au bord du lac, sur la balançoire, allant et venant au même rythme tranquille que l'eau. Peut-être Olivia était-elle allée dormir – mais qui aurait pu dire ce qu'Olivia faisait réellement ?

Etrangement, je finis par m'assoupir. Ce ne fut pas un sommeil très long, peut-être une heure de somnolence dans ma chambre, en entendant par intermittence les bruits du matin qui arrivait – le gazouillis des oiseaux cachés dans les arbres de la forêt toute proche, le vrombissement des moustiques fatigués de leurs aventures nocturnes. Je tenais contre ma poitrine l'enveloppe qui devait m'offrir une improbable rédemption. Ce fut un sommeil bref, certes, mais profond, si bien que je fis un nouveau rêve aux contours troublants et prémonitoires.

Dans ce rêve, je me réveillai dans le lit où je m'étais endormi ; il faisait encore nuit. J'entendis les pas légers de quelqu'un qui traversait le couloir. Je me levai – sans avoir besoin de la canne, car dans les rêves tout peut être irrémédiablement lourd comme fantastiquement léger – et sortis de la chambre. Je me mis à poursuivre une ombre, une matière mouvante, un nuage blafard reposant sur des pieds diaphanes qui parcouraient le sol nu de la maison. C'était Olivia : je vis sa chevelure blonde, presque blanche, s'agiter suavement au gré des mouvements sinueux de son corps recouvert d'un fin pyjama blanc. Dans la salle de l'aquarium, les phosphorescences subaquatiques bourdonnaient comme une enseigne au néon et éclairaient la caverne obscure qu'était devenu le reste de l'espace. Olivia le traversa sur la pointe des pieds et sortit de la maison par la brèche dans le mur défoncé. Marchant à sa suite, je passai à mon tour sur le verre de l'aquarium et regardai sous mes pas : les phosphorescences étaient d'étranges filaments entrelacés qui circulaient dans l'eau comme des serpents lumineux, avec des mouvements ondulants et sinistres ; c'étaient des créatures mauvaises qui avaient assassiné les poissons : ces derniers, agités de spasmes et moribonds, gisaient sur le fond sablonneux.

Olivia courait vers la forêt. Il faisait nuit noire et froid, la lune était cachée derrière des nuages opaques.

Sa silhouette était celle d'un petit animal qui avançait, apeuré, sur un chemin traître, pieds nus, son pyjama blanc flottant et s'accrochant çà et là aux épines des arbres ; les arbres eux-mêmes étaient des créatures qui tentaient de la sauver, comme s'ils avaient voulu l'empêcher de traverser cette frontière imaginaire, puisqu'une fois de l'autre côté il n'y aurait plus de retour possible. Mais Olivia continuait et je la suivais jusqu'au moment où, parvenus sur le territoire de Bosco, je perdis sa trace. Les branches des arbres, tortueuses et couvertes d'épines, grandirent, s'allongèrent, entravèrent ma progression et, lorsque je pénétrai dans la clairière, Olivia avait déjà disparu. Dans le rêve, une chouette hulula.

Les ballons de Bosco projetaient sur la clairière leurs ombres extravagantes : certains avaient la forme d'une larme, d'autres celle d'un œuf et d'autres encore ressemblaient à des visages humains se découpant sur l'immensité effrayante du ciel. La clairière était éclairée par la lune : les nuages s'étaient éloignés vers le sud et les ballons étaient semblables à des statues planant au-dessus du monde, observant tout, enregistrant tout dans leur silence ancestral, tels les visages de l'île de Pâques flottant au-dessus de l'humanité avec leurs yeux aveugles. Je m'approchai lentement, tandis que la terre se pulvérisait sous mes pieds, comme si je marchais sur des mottes de sucre, et me dirigeai vers la cabane. Il y avait une fenêtre à l'arrière, d'où émanait une lumière chaude et accueillante. Je me hissai sur la pointe des pieds pour regarder à l'intérieur. Dans la cabane, je vis ma chambre plongée dans la pénombre, pareille à celle dans laquelle je faisais ce rêve : le même lit, le même canapé, le même bureau tourné vers la fenêtre. Allongé sur le lit, recouvert d'un drap, un homme semblait dormir. J'aperçus son visage furtivement éclairé par la lune au moment où il fit un mouvement brusque – il rêvait, très certainement – et je vis alors que ce visage était le mien, que cet homme, c'était moi. En rêve, je me voyais moi-même en train de rêver le rêve que je voyais. C'était étrange et magique en même temps, comme des miroirs se reflétant dans des miroirs qui ouvrent sur l'infini ; il ne m'était jamais arrivé jusqu'alors de me rencontrer moi-même en rêve.

La porte de la chambre s'ouvrit et Olivia entra. Elle était pieds nus, les cheveux lui tombaient sur le visage, même si son visage n'était plus le sien – c'était un visage déformé, avec deux yeux noirs comme du charbon et une bouche liquide, une bouche qui n'était pas humaine et qui ne pouvait avoir été inventée que par un démon dessinant des visages dans l'obscurité. Elle s'approcha et, lentement, comme un animal grimpant à quatre pattes sur une surface au-dessus du sol, monta sur le lit. Sous les draps, l'homme avec mon visage dormait toujours ; Olivia chercha avec son bras laiteux le sexe de celui qui dormait et se mit à le caresser. En les regardant à travers la fenêtre, je ressentis l'excitation de l'homme endormi. La chambre était tantôt éclairée, tantôt sombre en raison du mouvement des montgolfières qui cachaient et découvraient la lune. Le plaisir réveilla l'homme tandis que la main d'Olivia se déplaçait lentement sous les draps. Je partageais le même plaisir. Ensuite, la porte de la cabane s'ouvrit à nouveau et surgit alors le visage sinistre du Catalan, blême. La porte se referma. Bosco tenait le fusil dans sa main droite et le pointait en direction du lit. Pris de panique, je voulus crier, mais ma voix n'émit aucun son ; je frappai au carreau afin d'alerter mon autre moi qui, allongé, semblait s'être abandonné au plaisir que lui procurait la main d'Olivia. Son visage se dissolvait dans le néant, disparaissait dans un trou noir, un vortex qui, à la fin des temps, allait tout engloutir. Bosco appuya sur la détente du fusil et, me voyant mourir en rêve, je me réveillai en sursaut, inondé de sueur et le souffle court, dans le lit de la chambre où je m'étais couché.

Le soleil s'était levé. J'étais excité et, en même temps, dévoré par la peur.

L'une après l'autre, les enveloppes me furent remises ; l'un après l'autre, les survivants du Bon Hiver entrèrent dans la cuisine et déposèrent leurs derniers mots sur la table, les lettres s'entassant et recouvrant la surface de formica. J'étais assis sur l'un des hauts tabourets et buvais un fond de café tiède. J'étais descendu aux premières lueurs du jour et j'avais découvert qu'il ne restait rien à manger, hormis quelques boîtes d'anchois. Le garde-manger vide était l'image même de la faim ; les étagères étaient recouvertes de miettes et de minuscules morceaux de spaghettis ; dans le réfrigérateur il restait une brique de lait périmé et des plaquettes de beurre. Je posai mon enveloppe sur la table et attendis.

Nous étions nous aussi l'image même du malheur. Vincenzo fut le premier à se lever du canapé du salon et à venir jusqu'à la cuisine. Sa barbe avait poussé de manière désordonnée, la moustache quasi inexistante contrastant avec l'énorme touffe de poils au menton. Il portait des vêtements crasseux et se promenait pieds nus comme un naufragé sur une île déserte ; on voyait à ses yeux gonflés qu'il avait dû passer la nuit à pleurer. Sans espoir, il déposa l'enveloppe sur la table et revint dans le salon. Puis ce fut au tour d'Elsa. Après avoir posé son enveloppe sur les deux autres avec douceur, elle m'embrassa sur la joue et me souhaita bonne chance. Vinrent ensuite Roger et Stella, qui laissèrent sur les autres une enveloppe plus épaisse. Ils se tenaient par la main ; l'Australien rondouillard était en slip et pantoufles, avec un bide de buveur de bière pendouillant par-dessus l'élastique du sous-vêtement, tandis que Stella portait un peignoir orné d'initiales brodées : DM. Enfin, Nina parcourut la distance du lac jusqu'à la maison et, après avoir franchi la porte coulissante, déposa une cinquième enveloppe sur la pile. Elle esquissa un sourire qui s'évanouit aussitôt – comme un piano dont une touche rouillée est incapable de faire entendre la note voulue – et, sans qu'on eût échangé un seul mot, elle disparut dans la maison. Les cinq enveloppes sur la table me regardèrent avec la cruelle indifférence des choses mortes. Je leur rendis leur regard et pressentis la mélancolie d'un dénouement : quel qu'il fût, le futur était hypothéqué.

J'attendis Olivia pendant une demi-heure et, comme elle ne venait pas, je montai à l'étage et trouvai sa chambre vide. Son lit était fait, les oreillers placés dans cette position artificielle dans laquelle on les trouve si souvent dans les chambres d'hôtel ; il ne restait pas la moindre trace d'un objet lui ayant appartenu. La brise matinale entrait par la fenêtre grande ouverte. C'était comme si Olivia ne s'était jamais trouvée là.

Je redescendis au rez-de-chaussée. Il était inutile d'épiloguer sur la question, inutile également d'imaginer que mon rêve pouvait avoir quelque ressemblance que ce fût avec la réalité. Olivia avait tout bonnement disparu et personne ne remarquerait son absence, personne ne s'en soucierait. Elle pouvait avoir décidé de prendre la fuite, elle pouvait s'être perdue dans le bois ou simplement s'être transformée en chauve-souris et s'être envolée par la fenêtre vers la lueur écarlate de l'aurore, peu importait. Je ramassai les enveloppes sur la table et les serrai dans ma main gauche ; de la droite, je pris appui sur ma canne et je franchis la porte coulissante. C'était une belle matinée ensoleillée et la lumière se reflétait comme de l'or sur la surface du lac. Le ciel bleu annonçait une journée de grosse chaleur. Quand je tournai le coin de la maison, je me retournai et les vis tous les cinq en petit groupe, debout dans le salon, en train de me regarder partir vers le bois. J'aimerais pouvoir dire qu'il y avait de la candeur dans leurs yeux et de l'espoir dans leur cœur, mais je mentirais. A l'exception d'Elsa, c'était comme si une bande de vautours avaient aperçu de la nourriture à distance et comme si, en nécrophages patients, ils attendaient que la bête se fasse attaquer pour ensuite se régaler de ses restes.

Je parcourus le chemin de terre sereinement. Il y avait quelque chose de noble dans ce geste et, comme je n'avais guère fait preuve de noblesse ces derniers temps, je me sentis d'une certaine manière dans la peau du héros insoupçonné de cette histoire. J'en vins à penser que je pourrais abandonner ma canne ici même et marcher avec autant d'assurance que n'importe qui ; la vérité, cependant, c'était que la douleur revenait chaque fois que je me mettais à penser à elle. Je m'enfonçai dans le bois. La lumière intense traversait la cime des arbres de ses lames et découpait l'ombre dans toutes les directions ; ces lames poreuses, agitées par de minuscules insectes, créaient un étrange spectacle de pyrotechnie naturelle qui semblait m'ouvrir la voie à mesure que j'avançais. Ma canne butait contre la terre, la mousse, les feuilles mortes, les pierres ; les enveloppes commençaient à se tacher de la sueur de ma main. Je me rappelai la suggestion de Roger : mon entrevue avec Bosco était le moment idéal pour prendre la fuite. Maintenant que le moment approchait, je me demandai sérieusement ce qui arriverait si tous s'enfuyaient en m'abandonnant. Et Bosco, que ferait-il de moi quand il s'apercevrait que ma venue était en fait une stratégie pour leur départ ? Cependant, la fuite me semblait le moins probable des scénarios à cet instant, tellement la présence malveillante du Catalan s'était propagée à travers cet endroit sinistre et ensorcelé ; tellement l'odeur de la forêt était son odeur, l'odeur de Bosco ; tellement l'ombre des arbres de la forêt était également son ombre, l'ombre de Bosco ; comme s'il avait réussi une fusion inhabituelle avec la nature, à la portée seulement de qui comprend les mouvements les plus secrets du soussol, de qui comprend les mouvements les plus secrets de toutes les créatures vivant à la surface de la terre, des feuilles aux pierres en passant par les lacs ; de qui comprend tous les mouvements des créatures des airs, des aigles aux chouettes en passant par les ballons à air chaud. Le bois avait été tout entier envahi par Bosco et Bosco avait été tout entier envahi par le bois. Bosco, bois. Peut-être, dans le fond, ces deux mots avaient-ils la même signification ; peut-être s'agissait-il de deux mots différents désignant le même phénomène d'occlusion du monde.

En moins de dix minutes, je parvins à la clairière.

LE DIEU DE LA FORÊT

XXV

J'attendis Bosco devant la porte de la cabane. Une vieille chaise aux pieds branlants avait été abandonnée là. Je m'y installai, les enveloppes sur les genoux. Le soleil illuminait la toile bleue et rouge de la montgolfière que le Catalan avait raccommodée et qui était à présent complètement étendue au milieu de la clairière, prête à être gonflée, reliée par de longues suspentes noires à une nacelle couchée dans l'herbe. Un petit oiseau s'était posé dessus et donnait des coups de bec aux brins d'osier qui dépassaient de sa surface rugueuse ; d'autres oiseaux identiques formaient une file sur le toit de la cabane et sur le dépôt vertical de bouteilles de gaz. On entendait le bruit que faisaient les petits animaux de la forêt se déplaçant sur le sol et dans les airs à la recherche de nourriture et de lumière ; il n'y avait pas un souffle d'air.

Bosco surgit de nulle part. J'avais fermé les yeux et, quand je les rouvris, il se trouvait devant moi, bras croisés, muscles bandés, des gouttes de sueur descendant du front vers la monture de ses lunettes. Il avait son fusil sur l'épaule et m'observait avec l'attention et la curiosité de quelqu'un qui retrouve un ami perdu depuis longtemps dans des contrées lointaines. Je pris appui sur ma canne et me relevai.

"Voici les dépositions", lui dis-je.

Bosco s'approcha et prit les enveloppes ; il sentait la sueur.

"Elles sont cachetées.

— Pour une question de confidentialité. On a voté et c'est ce qui a été décidé."

Bosco se moqua : "Je croyais que tu parlais en leur nom à tous.

— Tu sais bien que ce n'est pas le cas, répondis-je. J'ai fait du mieux que j'ai pu.

— Il en manque une, dit Bosco, en comptant les enveloppes.

— En réalité, il en manque trois, me risquai-je à répondre. Olivia a disparu ce matin. Et Pym a été assassiné."

Bosco leva les yeux au ciel, où quelques nuages inattendus commençaient à s'accumuler. Il sembla s'attarder un instant sur ce que j'avais eu l'audace d'évoquer, mais ensuite le ciel se refléta dans ses yeux très clairs, lui donnant l'air d'un aveugle. Je l'imaginai assis sur un banc dans une avenue de Barcelone, avec une pancarte en carton sur les genoux.

"La déposition d'Olivia n'est pas manquante, puisque je l'ai déjà", répondit-il, énigmatique. Avant de répéter : "Il en manque toujours une.

— Roger et Stella ont écrit une déposition commune", expliquai-je.

Bosco m'observa pendant un moment, comme s'il était capable de cette façon de s'assurer de la véracité de mes propos, puis il acquiesça d'un hochement de tête.

"Entre", dit-il.

Il se dirigea vers la cabane et ouvrit la porte.

L'intérieur était sombre et très humide. Il y avait au centre une longue table de travail, couverte de toiles attendant d'être raccommodées ; il y avait des nacelles inachevées de différentes tailles, empilées les unes sur les autres, et de longues tiges d'osier rassemblées en fagots ; il y avait un fer à souder sur la table, une pelle de fossoyeur et une vieille enclume dans un coin ; au bout de la table le plus éloigné de la porte, il y avait quatre brûleurs munis d'armatures métalliques, destinés à être fixés à des nacelles. A côté de l'enclume, il y avait aussi un grand ventilateur et deux chaises déglinguées ; sur l'une des chaises se trouvait une cravache. Deux plafonniers métalliques rudimentaires projetaient une lumière faiblarde et tremblotante.

Bosco désigna une vieille chaise rafistolée dans un coin et me demanda de m'asseoir. Les enveloppes à la main, il gagna le fond de la cabane, où la pénombre était plus dense. Un vieux matelas était posé sur le sol en terre battue et, à côté, une cage était suspendue à un portemanteau, dans laquelle se trouvaient deux oiseaux morts.

Je m'assis et l'observai durant un certain temps. Bosco ouvrit les enveloppes une à une et lut avec avidité, en faisant les cent pas. Je tentai de distinguer sur son visage les signes d'une rage ou d'une appréhension ou même d'un apaisement, mais l'obscurité dans le fond de la cabane ne permettait de voir que sa silhouette qui se déplaçait avec la régularité d'un pendule d'horloge. La façon dont il effleurait les pages de ses doigts montrait à quel point il était concentré. Je m'aperçus avec surprise que je ne paniquais pas le moins du monde. A cause de l'aspect inévitable de la chose, j'imagine ; à cause de l'impossibilité de prendre la fuite pour échapper à la situation. De l'impuissance qui était la nôtre : nous étions arrivés à un point où tout nous glissait entre les doigts et la décision qu'allait prendre Bosco – violente, arbitraire – n'appartenait qu'à lui. Peut-être mes compagnons tentaient-ils de fuir en ce moment, chacun courant dans une direction différente à travers les bois – mais même cette idée ne parvint pas à m'inquiéter. Je me rappelai Budapest et le dîner avec Vincenzo au *Borbíróság*, où pour la première fois j'avais entendu parler de Sabaudia et de Don Metzger. Je me rappelai mes sentiments d'alors : mon opposition d'abord, mon assentiment ensuite ; et je reconnus en eux des sentiments anodins qui appartenaient à un temps où il n'y avait véritablement ni opposition ni assentiment, seulement des caprices qui nous maintenaient à la surface des choses. Je me rappelai ce qui s'était passé à une époque encore plus ancienne, une époque qui m'apparaissait désormais comme une simple esquisse de la vie dessinée par un imbécile qui n'avait pas la moindre œuvre d'art en vue, une esquisse qui n'était rien d'autre que cela : une ébauche inutile qui ne visait pas à devenir un véritable tableau de l'existence. Je pensai que cet hypothétique tableau était, en vérité, impossible à compléter du simple fait que nous existons une fois, et une fois seulement, et que le temps nous manque pour lui appliquer les derniers coups de pinceau. Je me rappelai également mes livres, et mon appartement, et Magda, et mon écran de télévision avec le médecin de la série américaine qui se traînait à droite et à gauche pour soigner des maladies dont l'existence était improbable – et leur guérison plus encore. Je me rappelai l'autre médecin, le vrai, celui qui m'avait dit que le diable en personne n'imaginerait pas qu'à mon âge je puisse me traîner comme un vieillard, et comment cette vieillesse prématurée – ou cette indisponibilité, ou cette arrogance – m'avait conduit jusqu'à cet endroit obscur où, finalement, me revenait une phrase d'un roman de Kundera que Magda avait l'habitude de lire et relire obsessionnellement et qui disait (non sans raison, non sans une certaine stupidité, non sans une dose de cruauté) que la vie ne valait rien car elle était la répétition d'une pièce qui se jouait au moment même où on la répétait pour la première fois.

Puis Bosco émergea du fond de la cabane, prit une chaise et s'assit face à moi.

"Parlons un peu, dit-il.

— Je t'écoute", répondis-je.

Bosco tenait les feuilles dans sa main droite. Il avait retourné la chaise et se penchait au-dessus du dossier. Son crâne chauve luisait dans la semi-obscurité de la cabane. Il avait pris son fusil et l'avait posé crosse au sol. Il avait un fusil ; j'avais une canne.

"Nous avons là un problème grave qui pourrait ne pas jouer en ta faveur", dit-il. Il fit une pause et regarda les feuilles. "La plupart des dépositions désignent un coupable pour la mort de Don Metz-ger.

— Qui ?

— Toi", répondit Bosco.

Le sang reflua de mon visage l'espace d'un ins-tant. Puis il remonta et je sentis la tête me tourner. Le visage de Bosco devint flou, distant ; puis tout se remit en place.

"Toutes les dépositions ?"

Bosco agita la liasse de feuilles. Il n'avait pas l'air en colère ; il avait plutôt l'air intrigué.

"Trois dépositions sur les cinq te désignent comme le coupable. La tienne ne compte pas, bien sûr, et une cinquième te blanchit en indiquant une autre personne.

— De qui est cette cinquième déposition ?"

Bosco eut un sourire énigmatique. Trahi par l'angoisse, je me penchai vers l'avant comme si j'avais pu dérober les feuilles qu'il tenait dans ses énormes mains calleuses ; comme si ç'avait été moi l'inquisiteur. Bosco attrapa son fusil et, d'un mouvement soudain, plaqua l'extrémité du canon contre ma poitrine. Je restai paralysé en sentant le métal froid sur ma chemise.

"C'est étrange d'envisager les choses de cette façon, dit Bosco. De vouloir savoir qui t'innocente. N'importe qui aurait plutôt voulu connaître ses accusateurs.

— Si je sais qui m'innocente, je connaîtrai aussi tous ceux qui m'accusent. C'est une question de logique.

— Je ne parlais pas de logique, mais de l'approche des choses qu'on adopte. Ton approche à toi est singulière. Elle n'est pas motivée par le désir de survie, qui est source de conflits entre les représentants d'une espèce et, naturellement, de déchirements et de haine. Elle n'est pas motivée non plus par l'amour.

— Par l'amour ? Je ne te suis pas."

Bosco scruta mon visage de ses yeux profonds.

"Tu sais pour quelle raison Don parlait de cette période à Sabaudia comme du Bon Hiver ?

— Non, je ne sais pas.

— Quand il était adolescent, il a vécu un certain temps au Lesotho. Sa mère était morte et son père était médecin en Afrique du Sud quand ils ont été envoyés là-bas. Le Lesotho avait obtenu son indépendance peu de temps auparavant et c'était un pays en pleine convulsion, une enclave livrée à elle-même, au milieu de nulle part. Ce n'était pas seulement le pays le plus pauvre du continent africain, c'était aussi celui où les hivers étaient les plus froids. C'est là que Don a connu, pour la première fois, le poids des choses : la pauvreté, la privation, la solitude interminable des plaines gelées. Ensuite, pendant un hiver, son père l'a envoyé en Europe pour ses études ; Don n'avait jamais quitté l'Afrique. Quand il est arrivé sur ce continent, il a compris pour la première fois qu'au terrible hiver du Lesotho correspondait l'été de ce côté-ci du monde. A partir de ce moment-là, il a toujours appelé cette période de l'année, en Europe, le Bon Hiver.

— Je ne vois pas le rapport avec notre affaire.

— Si tu sais te montrer patient, répondit-il d'un ton sévère, tu finiras par comprendre. Toutes les choses ont leur contraire et à toute chose nous en associons une autre. La tristesse à l'hiver, le bonheur à l'été. Mais, comme tu peux le voir, l'hiver peut donner lieu à une grande allégresse et l'été à un événement funeste." Il fit une pause et ramena le chien du fusil en arrière ; puis, il le libéra lentement. "Il y avait un philosophe au Moyen Age qui disait que tout amour est un poids. La haine, curieusement, semble bien moins lourde à porter, parce qu'elle ne nous consume pas entièrement, elle s'éteint facilement à la première défaite, à la première humiliation. Au premier échec. On pourrait penser que l'amour constitue notre ultime et éternelle délivrance, mais on se trompe, parce que lui ne s'éteint jamais, il continue de faire de nous ses esclaves. C'est une erreur fréquente, du reste ; comment est-ce qu'on dit d'habitude déjà ? Que l'amour rend libre ? Que la vérité rend libre ? Et le travail, il libère l'homme lui aussi ? Ces salopards de nazis avaient voulu en convaincre tout le monde, ils l'avaient même écrit à l'entrée d'Auschwitz, *Arbeit macht frei*, et la vérité c'est que les juifs ont travaillé, puis sont restés prisonniers, à jamais prisonniers. Et après ça, ils ont été assassinés." Bosco inspira profondément, puis souffla. "Détrompe-toi : l'amour n'est rien d'autre qu'un fardeau. C'est la chose qui nous attache à ce monde avec le plus de force. Il montre qu'on fait tout pour s'accrocher aux choses, qu'on refuse de les abandonner, dans une angoisse pathétique. A ton avis, pourquoi enterre-t-on les morts ? Parce qu'ils portent avec eux le poids de la vie : même sur son lit de mort, l'homme veut emporter avec lui les choses qu'il aime. C'est une pathologie qui semble sans fin : on veut entraîner les vivants avec soi jusque dans la mort. On veut emporter le monde dans la tombe, tout entraîner vers l'enfer. Nous sommes des morts qui ne veulent pas mourir, tu comprends ? Des morts qui se refusent à accepter le destin.

— Et quel est ce destin ?"

Le Catalan regarda en direction de la porte qu'un vent soudain agitait.

"Etre légèreté plutôt que d'être un poids, dit-il. Comme les ballons chinois. Gonfler, grandir, monter dans les airs et, puis, disparaître à jamais. Il n'y a pas deux ballons identiques. Chacun ne s'élève dans le ciel qu'une seule fois, ne fait qu'un seul voyage, ce qui rend chaque ballon unique. Notre but a toujours été celui-là : être légèreté. Etre uniques. Envahir glorieusement le ciel avec notre flamme. Ne pas craindre la mort.

— Tout le monde craint la mort.

— Justement. C'est parce qu'on craint la mort qu'on ne sait pas vivre ; c'est parce qu'on craint la mort qu'on est si lourds." Bosco leva une de ses bottes et la laissa retomber au sol. Un nuage de poussière s'éleva autour de sa semelle. "Quelle lourdeur, poursuivit-il. Même quand on n'aime rien, on continue d'aimer l'idée de l'amour. L'idée ridicule de l'amour. On a beau nier, on lui reste fidèles comme une circonférence reste fidèle à son centre. On gravite autour.

— Peut-être parce que l'amour est une chose importante."

Bosco éclata de rire.

"Il y a bien longtemps, j'ai été étudiant en art à Barcelone. Je ne me souviens plus en quelle année c'était exactement. En 78, 79, par là. La fac se trouvait carrer de Pau Gargalló. Un nom amusant, tu ne trouves pas ? Mes collègues se laissaient griser par l'esprit de l'époque et s'adonnaient à un art qui exaltait le désir. Le désir du corps, le désir des choses : les femmes, la fortune, le succès. Tout était facile, tout avait l'air d'être à portée de main. Et pourtant ils ont tous fini par échouer. Tu sais pourquoi ? Parce que le désir, qui n'est rien d'autre que la forme mondaine de l'amour, parvient à nous convaincre qu'il existe en dehors de nous quelque chose qui comblera le vide qu'on ressent en nous. Quand ça ne se passe pas comme ça, on dit qu'on est finis." Bosco prit un ton pleurnichard : "Ma femme m'a plaqué, j'ai tout perdu au jeu, tout le monde se contrefiche de moi." Puis se mit à vociférer : "Tu peux m'expliquer quel sens ça a ? Si celui qui a fait l'univers nous avait voulus unis aux autres choses, il nous aurait conçus sous forme d'agrégats et non pas d'êtres solitaires. Il y a bien une raison si l'univers est fait d'unités, de choses uniques. L'invention de l'amour ne sert qu'à maquiller le fait que cette vie, qui ne se répétera pas, est brutale et solitaire et qu'au bout du compte il n'y aura de la place dans l'univers que pour la survie d'un seul homme.

— Une sorte d'Adam de la fin des temps ?"

Bosco changea légèrement la position du canon contre ma poitrine.

"Imagine un ensemble de cellules, toutes interconnectées, qui s'engagent dans un processus d'autodestruction. Un lymphome atteignant l'humanité qui se propage jusqu'à ce qu'il ne reste plus qu'une seule cellule. Ce sera le contraire du désir, l'inverse de l'amour. Le code de l'espèce impose une guerre permanente pour la survie du plus fort ; en toute logique, il restera une ultime cellule, un dernier homme. Mais même ce dernier homme, s'il venait à exister après avoir survécu à tous les autres, même lui serait dans l'impossibilité de résister à l'emprise du temps. L'évolution de l'espèce est une autre ânerie qu'on accepte parce qu'on ne sait pas quel sens donner à tout ça. L'évolution de l'espèce n'est pas du tout une évolution parce qu'il n'y a nulle part où aller.

— J'ai du mal à te suivre, Bosco. Où veux-tu en venir au juste ?"

Bosco laissa lentement glisser son arme le long de ma poitrine, puis la posa sur ma cuisse, qu'il frappa légèrement à deux reprises avec le canon.

"Ce que je veux dire, c'est que toi, contrairement aux autres, tu n'as pas oublié cette condition. Tu n'as pas oublié la mort. Tu n'as pas oublié qu'à chaque instant qui passe, c'est un miracle que notre cœur batte, que nos poumons se gonflent et se contractent à un rythme régulier, nous permettant ainsi de faire l'expérience de cette chose absurde qu'est la vie. Il y a quelque chose qui te rend différent. Si, d'un côté, tu aimes ce monde malade comme tous ceux qui se trouvent ici, il me semble que, d'un autre côté, tu méprises cet amour. Si tu le pouvais, tu cracherais sur une telle tyrannie. Cela fait de toi une créature avec un but. Tu peux ne pas le savoir, tu peux même le nier, mais au bout du compte tu atteindras la légèreté. Malgré ton infirmité, lorsque la fin viendra, tu seras légèreté."

Bosco observa une pause et respira profondément ; avec l'humidité qui régnait à l'intérieur de la cabane, ma chemise était trempée. Le canon de l'arme glissait contre mon pantalon.

"Je ne suis pas différent d'eux", dis-je. Mes mains se mirent à trembler. "A la rigueur, je suis même pire qu'eux car j'ai choisi de ne pas vivre. Ou j'ai choisi de vivre comme ça, d'une façon qui ressemble plus à un lent naufrage qu'à autre chose. Tu dis que mon approche est singulière, mais quel genre d'homme décide de se passer d'amour ? Quel genre d'homme ignore ce qu'impose la survie ? Quel genre d'homme choisit de vivre par défaut ?

— Un homme vidé.

— Oui. Un homme vidé.

— Qui est prêt à affronter son destin.

— Et quel est mon destin, Bosco ?"

Le canon du fusil remonta et se plaqua à nouveau contre ma poitrine. Mon pouls s'accéléra. Les yeux de Bosco étaient deux globes malveillants, dans lesquels apparaissait mon reflet déformé dans la pénombre de la cabane. La porte grinça à deux reprises, agitée par le vent.

"Tu m'as dit que tu étais écrivain, dit-il. Et que les écrivains écrivent parce qu'ils cherchent la réponse à une question.

— C'était faux. Je ne suis pas du tout écrivain."

Bosco sembla m'ignorer. "Les écrivains mettent de l'ordre dans le monde avec des mots, insista-t-il.

— Ou du désordre, s'il s'agit de mauvais écrivains."

Bosco leva les feuilles qu'il tenait dans sa main gauche, puis les laissa tomber. Elles s'éparpillèrent au sol. La sueur commençait à couler de mon front.

"Je ne crois pas un mot de ce qui est écrit dans ces pages, dit Bosco. Tu as ta part de responsabilité là-dedans. Tu m'avais promis des dépositions et, tout ce que tu m'apportes, c'est un ramassis de mensonges." Il appuya un peu plus le canon du fusil contre ma chemise et secoua la tête en signe de désapprobation. Entre-temps, l'index de sa main droite s'était déplacé vers la détente. "A présent, ils t'accusent à tort parce qu'ils s'imaginent que c'est l'issue la plus simple. Ils pensent que tu es l'agneau de Dieu."

Je restai interdit. Le Catalan semblait prêt à tirer. Une goutte de sueur coula de mon sourcil et me rentra dans l'œil.

"Que veux-tu que je te dise ? Qu'est-ce que je peux faire ?

— Donne-moi une réponse à ma question, dit-il. C'est ça que font les écrivains."

Je me mis à trembler de tout mon corps. L'index de Bosco était replié sur la détente ; il ramena le chien vers l'arrière avec le pouce. La porte continuait de grincer, tandis que la brise tiède balayait les feuilles de papier. J'avais fermé les yeux et me préparais à vivre mes derniers instants. Je ne voyais que de l'obscurité et dans cette obscurité le fantôme de Bosco.

"Quelle est ta question ? demandai-je, la voix étranglée.

— Tu sais très bien quelle est ma question, dit Bosco. Donne-moi une réponse ou je rendrai la justice telle que les dépositions l'exigent. D'une manière ou d'une autre, justice sera rendue."

La sueur, salée et tiède, m'inondait le visage, à présent. Je conservai les yeux fermés et l'implorai.

"Mais, Bosco, même un écrivain, ce que je ne suis pas, n'est le dieu que de ses personnages. Son seul pouvoir est de décider de leur destin et encore, même ses personnages lui filent parfois entre les doigts. Comment puis-je décider du destin de ces personnes ? Qui me donne un tel droit ?

— Moi, je te le donne, dit Bosco. Parce que je suis Dieu dans ta petite histoire."

Le canon du fusil monta encore et se plaqua contre ma gorge. Je tentai de déglutir, mais en fus incapable. J'inspirai profondément et sentis les odeurs de la forêt qui pénétraient par la porte et par les interstices entre les planches de la cabane.

Je me mis à parler.

Les yeux clos, la sueur tombant en cascade de mon front, le canon du fusil contre ma trachée et la présence inexorable de Bosco exigeant une réponse, je me mis à parler. Dans un déluge de paroles, je lui exposai la vérité qui était la vérité possible à laquelle pouvait aspirer un écrivain, un écrivain qui était le dieu de ses personnages et qui n'avait donc de comptes à rendre à personne puisqu'il n'y a personne au-dessus de lui pour condamner ou exalter les mots qu'il utilise. Je lui expliquai par le menu ce qui s'était passé la nuit de la mort de Don Metzger et ce qui s'était passé était tellement insolite et en même temps d'une beauté si cruelle que seuls un écrivain ou un affabulateur auraient pu le lui raconter comme je le fis ; mais s'il me fallait répéter, si on m'obligeait à répéter les choses que je lui racontai à cet instant où je crus que j'allais mourir dans cette cahute, dans une clairière au milieu d'une forêt de Sabaudia, alors, comme quelqu'un qui s'assiérait devant une vieille machine à écrire rouillée et taperait sur les touches afin de lutter pour sa survie, je dirais :

Bosco,

Lorsque Don Metzger, un homme mesurant deux mètres et pesant cent quarante kilos, est venu s'encastrer avec sa voiture dans la baie vitrée de la salle de l'aquarium cette nuit-là, il était déjà mort, même si biologiquement il était encore en vie, et c'est une chose qu'aucun d'entre nous n'a su comprendre parce que durant ce Bon Hiver une torpeur lourde et lancinante avait envahi nos âmes. Oui, il est possible d'être mort tout en étant en vie et Metzger, dans sa tête, avait déjà scellé son destin, parce que seul lui semblait vraisemblable un destin aboutissant à l'anéantissement de cette existence qui n'avait plus de sens, parce que depuis toujours il y avait dans son regard comme une tragédie inachevée. Tu savais, Bosco, qu'il y a des gens dont le visage est hanté par le malheur ? Disons qu'il s'agit, en l'occurrence, du malheur d'un garçon qui, un jour, au cours de son enfance dans un pays lointain appelé Afrique du Sud, s'est envolé dans les airs à bord d'une montgolfière en compagnie de ses parents et qui s'est senti irrémédiablement seul dès qu'il a vu la terre s'éloigner comme si ç'avait été un rêve, lourdes les jambes, lourde la tête, insoutenable le cœur et pourtant d'une infinie légèreté à compter du moment où les terres insondables de l'Afrique, qui sont trop belles pour le regard humain, l'ont convaincu de l'inutilité de cet endroit où nous vivons réduits en esclavage par les choses. Comme tu dis, Bosco, nous sommes des parasites, de la vermine, nous sommes des circonférences corrompues en leur centre. Et peut-être est-ce à ce moment-là que Don Metzger est devenu fou. Imagine un peu, fou depuis sa plus tendre enfance ! Si les paysages d'Afrique, vus du ciel, sont trop beaux pour le regard humain, à ton avis, qu'arrive-t-il à quelqu'un qui justement ne détourne pas son regard ? Perdrait-il la faculté de distinguer la cause des choses ? Ou le fou serait-il celui qui voit trop de causes en chaque chose, ce premier voyage vers le néant étant la cause de tout ce qui arriva par la suite, la raison qui annule à jamais toute possibilité de se sentir en communion avec le monde, voire avec soi-même ? Mais cette histoire commence bien avant, Bosco, elle commence avec une jambe morte, un écrivain raté, un voyage inattendu, une rencontre à Budapest et une proposition nocturne, une proposition placée sous le signe de l'aventure, mais aussi de la malveillance, une proposition faite par un homme qui voulait tout, un homme trop ambitieux et trop obstiné, ce qui devait finir par lui porter tort ; quelqu'un qui voulait agiter des eaux trop calmes, puis plonger dans ce fleuve et voir ce qui allait arriver. Tu sais de qui je parle, Bosco, tu sais à qui je fais allusion quand je prononce le mot homme ; tu le sais aussi bien que je sens sur ma peau le froid implacable du canon de ce fusil, et je peux encore t'en apprendre, je peux encore te dire que, lorsque Don Metzger, deux mètres et cent quarante kilos, a finalement réussi à s'extirper de sa voiture encastrée dans la baie vitrée, il l'a fait avec l'aide de Vincenzo, avec l'aide de son bourreau, le criminel inattendu venu à Sabaudia sous de faux prétextes et qui, immédiatement, a conspiré pour obtenir ce qu'il estimait devoir lui revenir, puisqu'il lui était impossible de comprendre comment pouvait appartenir à un autre la vie qui devait être la sienne. Je te parle d'un écrivain, Bosco, et c'est pour ça que je te dis que moi je ne suis pas écrivain et que je n'ai rien à voir avec ces individus qui remplacent la réalité par leurs fantaisies et en arrivent parfois à croire que la réalité est apocryphe et leurs fantaisies la véritable essence des choses. Mais je divague. Ce que je voulais te dire ou te faire comprendre, c'est que Vincenzo s'est convaincu que sa vie avait été usurpée par un autre, un Anglais du nom de McGill, que tu as rencontré au lac en cette aube fatidique, un Anglais qui croyait venir sur une mer paisible et s'est retrouvé en pleine tempête, un Anglais dont Vincenzo avait le sentiment qu'il lui avait volé la femme et le livre qui devaient être les siens : sans qu'ils lui aient jamais appartenu, il estimait qu'ils lui appartenaient depuis *toujours. Comme tu le sais, Bosco, il n'y a rien de pire au monde qu'un mélange de sentiments où entrent de l'amertume, de la jalousie et de l'admiration ; une trinité tellement dangereuse qu'elle peut conduire un homme à s'élever jusqu'aux cieux ou à se précipiter du haut d'un rocher dans les profondeurs de l'enfer. C'est pour ça que je veux te dire maintenant que, lorsque Don Metzger est arrivé cette nuit-là au Bon Hiver, c'est Vincenzo qui lui a fourni l'épitaphe de sa vie ravagée, et comment pouvait-elle être autrement que ravagée ; un homme qui vient de Rome en voiture en roulant à toute vitesse tout en buvant une bouteille de whisky et défonce la baie vitrée de sa propre maison est un homme qui cherche cette épitaphe car il ne sait plus quelle suite donner à cette chose que nous appelons existence ; parce que Don Metzger ne croyait ni en Dieu ni au diable, ni au ciel ni à l'enfer, et tu le sais bien, Bosco, tu sais bien que c'était un homme libre et qu'il a décidé de monter à l'échafaud de sa propre initiative. Qui plus est, tu remarqueras qu'au désir de mourir d'un homme a correspondu le désir de vengeance d'un autre, vengeance non pas pour ce qu'il aurait subi mais pour ce dont on l'aurait dépossédé à l'avance, et si un homme désire mourir et qu'un autre désire se venger, qui pourra dire qu'il n'y a pas dans cette rencontre de deux volontés un équilibre ou une loi secrète de la nature, d'une simplicité comparable à celle du ruisseau qui coule entre les pierres chaudes de cette clairière ou à celle des oiseaux qui pépient dans la forêt à notre passage ? Donc, Bosco, maître de notre petit monde, imagine à présent ce qui pouvait arriver à Vincenzo, après que certaines substances eurent navigué dans son sang comme ce fameux lymphome de l'humanité dont tu m'as parlé, lourdes les jambes, lourde la tête, insoutenable le* cœur, imagine que cet homme soit perdu dans une maison de Sabaudia avant le point du jour et qu'il vienne de se réveiller après avoir fait un cauchemar. Il est affalé sur un canapé, la salle empeste le tabac, l'alcool et la sueur des corps qui l'ont occupée, il flotte dans l'air un halo de brume, cette brume qui se lève des marécages occultes de Sabaudia, une brume que tu connais bien, Bosco, car tu es le dieu de la forêt et que tu as le pouvoir de la convoquer selon ton bon plaisir. Imagine que cet homme vienne de s'éveiller d'un cauchemar pour sombrer aussitôt dans un autre et qu'il se trouve au cœur de cet hiver soudain qui lui glace les os et pénètre en son âme ; il est seul, ou du moins le croit-il, car quelque chose l'appelle, un appel qui parvient tout juste à briser le silence morbide de l'aube, comme le gémissement d'un animal moribond que seul un autre animal pouvait entendre ; malgré tout, il le sent, ça vient de là-haut, il se lève, monte lentement l'escalier et se trouve face à un immense couloir obscur avec quatre portes closes de chaque côté, un couloir qui se termine par une baie vitrée à travers laquelle on aperçoit la cime des arbres qui forment ta forêt, Bosco, où avec le vieil Alipio vous fabriquez les ballons ; la lumière diaphane de la lune, suspendue au-dessus de la terre tel l'iris d'un dieu aveugle, transperce l'épaisseur de la brume enveloppant cette nuit qui progresse vers sa fin tragique. Maintenant, imagine que Vincenzo s'avance dans le couloir, il cherche l'origine de l'appel qu'il sent de plus en plus proche, il tourne au bout du couloir et s'approche lentement d'une porte plus grande que les autres, il laisse des traces sur le sol humide, il agite les mains devant lui pour dissiper la brume qui a envahi la maison, qui s'y est propagée comme un sortilège ou une maladie, Orphée cherchant Eurydice en enfer ;

c'est de là que provient l'appel, de l'autre côté de la porte entrebâillée. Il la pousse, la porte s'ouvre, la chambre ; par les fenêtres qui donnent sur le lac entre une lumière spectrale qui trace la silhouette d'une femme allongée sur le lit ; la femme l'appelle en silence, elle dort profondément mais elle l'appelle et Vincenzo fait un pas en avant, Bosco, un pas qui change tout ; parce que soudain il est sur Nina, il lui plaque les bras contre le lit, elle se débat à peine car les substances lui infectent encore le sang, il est sur elle et il l'embrasse, elle sera à lui, on l'en avait prématurément dépossédé, il la déshabille, il lui arrache ses vêtements, Nina gémit mais ce n'est pas un gémissement de plaisir, elle gémit parce qu'elle souffre, il continue, il lui touche les seins, elle se débat mais il est plus fort, elle sera à lui, il tente de la pénétrer, elle est sèche, il essaie à nouveau et quand enfin il y parvient, il a accompli la moitié de sa vengeance, il s'agite sur elle dans un vertige, dans un délire, puis c'est le soulagement, tout plaisir est soulagement, elle pleure ; à ce moment-là, il sent que quelque chose l'arrache du lit comme pour le décoller du monde ; une seconde après, il est plaqué au mur, ses pieds ne touchent pas terre, un visage le fixe avec mépris, immense et gélatineux, les yeux clairs, le nez comme une patate, les cheveux grisonnants coiffés en arrière, c'est Don Metzger qui le soulève sans pitié, la porte de la chambre est ouverte, Nina s'est arrêtée de pleurer, puis la main de l'autre commence à se fermer autour de sa gorge. Vincenzo ne respire plus ; l'autre va le tuer s'il continue, Vincenzo étouffe, il appelle au secours, se sent pris de vertige, sur ce Nina se lève, c'est elle qui le supplie, Laisse-le, Laisse-le, mais Don Metzger ne l'écoute pas ; il se concentre sur la main qui serre la gorge et Nina continue de le supplier. Vincenzo est au bord de l'évanouissement ; une minute d'agonie et c'est alors qu'un bruit bref et sourd, compact, le ramène à la vie, Vincenzo s'écroule mais se relève, Don Metzger s'écroule mais ne se relèvera pas. Vincenzo reprend son souffle et regarde le corps gisant au sol, il se penche sur lui et c'est à son tour de l'étrangler, ses mains se referment rageusement autour de la grosse gorge et serrent, serrent, serrent autant qu'elles le peuvent, il n'arrive pas à s'arrêter jusqu'au moment où Nina l'en supplie, jusqu'au moment où les yeux ouverts de l'autre ne voient déjà plus rien. Nina se remet à pleurer, elle lâche la statuette, elle a capitulé. Vincenzo se sent défaillir, la supplique de Nina est le seul bruit qu'on entend dans la maison plongée dans le silence, les doigts se desserrent sans le vouloir et libèrent la chair morte. S'il a tué, c'est par amour et il est impossible de se figurer le poids de l'amour ; la vengeance est complète, désormais. Les amants observent le corps. C'est un cachalot, le ventre est une montagne, les mains sont des raquettes. Qu'ont-ils fait, Bosco ? Cet homme et cette femme ont accompli, sans échanger un mot, un crime rituel dont ils ne savent ni l'un ni l'autre qui l'a finalement perpétré. Ils saisissent chacun une jambe de ce corps sans vie et le traînent dans le couloir, puis dans l'escalier, marche après marche, en silence ; quand ils arrivent au rez-de-chaussée, ils le traînent jusqu'à la cuisine, puis à l'extérieur. Le jour ne s'est pas encore levé, mais une clarté dans le ciel indique que c'est pour bientôt, clarté qui, une heure plus tard, aurait révélé à la forêt ces deux silhouettes maigres, en sueur, essoufflées, traînant à travers la pelouse un géant mort, en le tirant par le pantalon en direction du lac. Au bord de l'eau, à côté de l'arbre où la balançoire tourne sur elle-même à cause du vent qui s'est levé, à côté de la barque qui clapote à la surface du lac, voilà où est finalement scellé le pacte entre les larmes qui coulent sur le visage de cette femme et la flamme qui brûle dans le cœur de cet homme, le pacte d'une mort partagée, d'une responsabilité commune ; le pacte que Vincenzo avait voulu sceller depuis le début et qui condamne cette femme à être éternellement à lui à cause de ce secret ; imagine, Bosco, ce que ces deux-là ont ressenti quand ils se sont regardés au petit matin, deux créatures à jamais perdues l'une dans l'autre ; imagine maintenant Vincenzo, épuisé par l'effort, en train de traîner le corps jusqu'au bord du lac, il le retourne et lui plonge la tête dans l'eau pour que les poumons se remplissent de liquide et que la mort ait l'air d'une noyade. Il le maintient ainsi sous l'eau de longues minutes, les doigts autour de son cou gonflé, en appuyant sur la nuque blessée, le visage plaqué contre le fond sablonneux. L'homme regarde la femme une nouvelle fois et, toujours en silence, sachant qu'ils ne peuvent pas l'abandonner sur la berge, dans un dernier effort, ils hissent le corps à bord de la barque, détachent la corde qui la retient au ponton, et la barque s'éloigne vers le milieu du lac, où les nuages se reflètent sur l'eau à la lumière mélancolique de la lune. Sous peu, calcule Vincenzo, étant donné la fragilité de la barque, les deux mètres et les cent quarante kilos de Don Metzger, la frêle embarcation s'emplira d'eau et la victime sombrera dans son cimetière aquatique. La barque s'éloigne, elle est entraînée par le vent et ils reviennent tous deux vers la maison sans échanger un mot. Sans savoir, Bosco, qu'un Anglais trop obstiné, trop matinal, est en chemin et qu'ensuite toi-même tu arriveras ; sans savoir que le corps n'atteindra jamais le fond de ce lac.

Je respirai profondément. Encore essoufflé, je me mis à tousser, puis me frottai les yeux avant de les rouvrir.

La sueur continuait de dégouliner sur mon visage. Combien de temps s'était-il écoulé ? Dehors, un vent furieux s'était levé et la matinée s'était brusquement assombrie ; la porte s'agitait sur ses gonds faiblards comme un éventail devenu fou ; les feuilles qui se trouvaient éparpillées au sol s'envolèrent à travers la cabane, libres, animées d'une vie propre. Bosco ne bougeait pas. Ses yeux étaient deux bûchers enflammés. Je sentis le canon du fusil appuyé contre ma trachée.

C'est alors qu'il se mit à pleuvoir. Il y eut un éclair, suivi d'un coup de tonnerre, et subitement tout devint tempête. La pluie s'abattit sur le toit de la cabane, telle une rafale d'applaudissements. Bosco tourna momentanément son crâne chauve luisant de sueur vers la porte ; ensuite, comme s'il eût accepté l'avènement du déluge, il se tourna à nouveau vers moi. Le canon du fusil relâcha sa pression sur ma trachée.

"Maintenant va-t'en et dis-leur que j'arrive."

XXVI

Il allait pleuvoir toute la nuit, mais la nuit n'était pas encore tombée. Cet après-midi-là, je regagnai la maison sous une tempête si effroyable que le chemin à travers le bois s'en trouvait tout assombri. On ne voyait plus le ciel, caché par une pluie torrentielle qui se déversait de la cime des arbres. La forêt était plongée dans une obscurité sans fond et moi plongé dans la forêt. Je voulus courir, jamais je n'avais tant désiré pouvoir courir ; mais, comme dans les cauchemars où on fait du surplace, je ne pus guère que traîner mon corps diminué sur la boue du chemin, en m'appuyant sur ma canne. Je traversai la forêt d'un pas claudicant, en grognant, désespéré, la pluie dégoulinant de mes cheveux, les vêtements collés à ma peau, en éloignant rageusement de mon bras libre les branches des arbres en pleurs qui me barraient la route. Je dus faire de tels efforts que mes larmes de douleur se transformèrent bientôt en un rire railleur, et je me mis à rire de mon allure d'éclopé au beau milieu d'une tempête, et je me mis à rire de rage, je me mis à rire de la sueur qui me coulait sur les tempes, et je me mis à rire du monde et de ce qui pouvait se trouver au-delà du monde, et des dieux qui semblaient se moquer de ma lenteur. L'hiver était là, finalement ; et c'était un hiver de déluge, un hiver de mort, un hiver de culpabilité. C'était un hiver convoqué par des aveux et, malgré tout, plus que de la honte à cause de mon mensonge – à cause de l'infamie de mes accusations –, c'était de la perplexité que je ressentais car mes aveux avaient été, dans le fond, ceux d'un véritable écrivain – ce lâche et ce menteur qui, parfois, encore que très rarement, savait aussi se montrer courageux. Ils avaient été les aveux de quelqu'un qui se réfugie dans un mensonge possible en substitution d'une réalité impossible.

Quand j'émergeai du chemin de terre – de boue, à présent –, je commençai à entendre les cris. Ils se propageaient entre la lisière du bois et la maison ; c'étaient les cris d'un homme, des hurlements provoqués par une douleur insupportable qui traversaient l'espace en proie aux intempéries. Là où il y avait eu, le matin même, un ciel bleu et un soleil se reflétant sur les eaux paisibles du lac, il y avait désormais un oppressant plafond nuageux

qui déversait sa vengeance sur l'étang, la pluie coulant à flots sur sa surface noire. Je tentai de presser
le pas ; je ne savais plus si ce qui dégoulinait le
long de mon visage n'était que de l'eau ou si je
pleurais sous l'effort.

Ensuite je les aperçus devant la maison sur la
pelouse détrempée. Nina, Elsa et Vincenzo étaient
penchés sur deux silhouettes, l'une couchée, l'autre
agenouillée. Leurs vêtements ruisselaient. Je lon-
geai la courbe du lac à cloche-pied, sautant de
flaque en flaque, la maison se découpant sur l'obscurité du jour ; c'était Roger qui était allongé au
sol et qui beuglait à nouveau de douleur. On eût
dit que le son était allé percuter le plafond de nuages
pour ricocher vers la propriété. Penchée sur lui, Stella
semblait agiter son corps prostré, comme si elle
tentait d'épouvanter un démon. Quelque chose em-
pêchait Roger de bouger, mais avant que j'arrive
à voir ce que c'était, Vincenzo, qui était tourné vers
moi, se détacha du groupe et, trébuchant sur la
pelouse, parcourut tant bien que mal la distance
qui nous séparait. Il manqua de m'envoyer à terre
lorsqu'il me saisit d'une main à l'épaule et d'une autre
par le col de ma chemise.

"Que s'est-il passé ?" demanda-t-il.

Je sentis son angoisse comme une décharge
électrique. Nina remarqua ma présence, avant de
se retourner aussitôt vers Roger, que Stella tentait
d'apaiser.

Je lui posai la même question. "Que s'est-il passé
ici ?"

La pluie battante formait entre nous comme un
rideau.

"Raconte toi d'abord", dit Vincenzo.

Son haleine aigre parvint à mes narines. Nous
nous regardions les yeux dans les yeux et je vis le

désespoir qui avait envahi son visage ; sa face portait la tache d'une angoisse oppressante. Je ne lui répondis pas. Je soutins son regard pendant un moment ; derrière Vincenzo, Roger criait. Ensuite, je baissai la tête, incapable de continuer à le fixer. La pelouse gorgée d'eau engloutissait la semelle de nos chaussures. Je tentai de dire quelque chose, mais j'eus beau entrouvrir les lèvres, il me fut impossible de prononcer le moindre mot. J'essayai de parler à plusieurs reprises, je voulus lui expliquer, le prévenir, le mettre en garde, mais la culpabilité me paralysa et je fus incapable d'ouvrir la bouche.

Nous restâmes ainsi un long moment, jusqu'à ce que je relève les yeux pour constater que l'expression de Vincenzo avait changé. La pluie ruisselait sur nous, faisant de nous des cataractes humaines, mais, pendant une interminable seconde, le monde parut comme suspendu. Les gouttes s'arrêtèrent à mi-chemin entre le ciel et la terre ; les eaux du lac, livides, se figèrent dans le tumulte de la tempête ; les cimes des arbres, ployées par le vent, gardèrent cette position comme si elle leur était naturelle. En cette dernière seconde de quiétude, ce fut comme si Vincenzo parvenait à pénétrer dans mon esprit et, à partir de mon seul silence, comme s'il comprenait l'infamie que j'avais commise en prononçant sa condamnation.

L'Italien ouvrit grands les yeux, puis recula d'un pas. On eût dit qu'il venait de voir un fantôme ou, pire encore, qu'il était subitement devenu lui-même un fantôme, un mort prêt à s'agripper aux vivants de toutes ses forces.

Nina s'approcha, trempée jusqu'aux os ; les paumes de ses mains étaient ensanglantées.

"Il est en train de perdre beaucoup de sang, crit-elle. Qu'est-ce qu'on fait ?"

Stella sanglotait convulsivement. Elle était penchée au-dessus du corps et ses vêtements étaient déchirés comme si elle avait couru au milieu d'une forêt de ronces. Il m'avait semblé qu'elle secouait Roger, mais je voyais à présent qu'elle tentait, en vain, de le libérer, ou plus exactement de libérer sa cheville : autour de celle-ci, fermé comme la mâchoire d'un requin, se trouvait un piège à ours qui lui avait planté deux dents pointues dans la chair, une de chaque côté de la jambe. C'était un objet en fer, sinistre, avec l'aspect rouillé d'un instrument de torture du Moyen Age, une base plaquée contre la semelle de la chaussure de Roger et une chaîne détachée qui cliquetait chaque fois que Stella essayait avec la seule force de ses mains couvertes de sang de retirer les dents plantées dans sa jambe. Elsa, à côté d'eux, se releva et porta une main à sa bouche ; la pluie lui collait les cheveux sur la figure. Vincenzo ignora Nina et courut en direction de la maison.

"Vincenzo", cria Nina.

Ensuite, elle me jeta un bref regard et emboîta le pas de l'Italien. Appuyé sur ma canne, je m'agenouillai à côté de Roger. La vision de sa jambe dilacérée par le piège était difficile à supporter mais, d'une certaine manière, la pluie et l'obscurité camouflaient le torrent de sang qui s'en écoulait. J'observai le piège. Il y avait, au fond de celui-ci, un orifice pour une clé inexistante qui aurait permis de le débloquer : les efforts de Stella étaient inutiles.

"On l'a retrouvé là, dehors, dit Elsa. Stella l'a traîné depuis le bois. Ils n'avaient pas dû aller bien loin.

— Il pleut des cordes. Il faut le transporter à l'intérieur, dis-je.

— Non", cria Roger. Son visage était un masque de douleur, tandis que les veines saillantes de son

301

cou pulsaient du sang dans son corps en crise. "Si je dois mourir, que ce soit ici, dehors, grogna-t-il. Je ne veux plus jamais pénétrer dans cette maison. Qu'elle soit maudite. Qu'elle soit maudite.

— Tu ne vas pas mourir, sanglota Stella, qui avait renoncé à vouloir ouvrir le piège et le serrait dans ses bras. Tu ne vas pas mourir.

— Ils ont essayé de s'enfuir", me dit Elsa, à voix basse. Elle me serra le bras ; elle était au bord des larmes et grelottait de froid. "Je leur ai dit qu'il fallait qu'on attende, mais ils ne m'ont pas écoutée. Ils sont partis à travers bois derrière la maison et pendant quelques heures on n'a plus su où ils se trouvaient, jusqu'à ce qu'on entende les cris de Roger. Elle l'a traîné jusqu'ici sous la pluie, toute seule, je me demande comment elle en a eu la force, avec le piège refermé sur sa jambe."

Le Catalan avait certainement disposé des pièges dans tout le bois. Me traversa alors l'esprit, sans que je sache pourquoi, l'image des deux oiseaux morts dans leur cage. Je me retournai en direction de la forêt et, pendant un moment, je parvins à distinguer la silhouette colossale de Bosco avançant sans rémission sur le chemin, les bras raides, le tronc puissant penché en avant, le fusil à l'épaule, prêt à exécuter ma sentence.

"Ecoute, Elsa, lui dis-je. Il faut qu'on s'enfuie d'ici. Il faut qu'on s'enfuie d'ici et on ne peut pas regarder en arrière."

Elsa regarda Stella, qui tenait toujours dans ses bras le corps immobile de Roger, murmurant des paroles incompréhensibles, en pleurs.

"On ne peut pas les abandonner.

— On doit les abandonner, ou aucun de nous ne survivra à tout ça. Si Stella veut venir, très bien. Sinon, il faut qu'on les laisse. Elsa, écoute ce que je te dis."

Les larmes qui baignaient les yeux d'Elsa se mirent à couler sur ses joues ; elle comprenait.

C'est alors que Vincenzo et Nina surgirent de la porte coulissante qui donnait accès à la cuisine. La pluie s'était calmée et n'était plus maintenant qu'une averse tombant à l'oblique. Vincenzo marchait en tête, à pas rapides ; il portait son sac à dos à l'épaule et on lisait dans son regard une détermination qui s'apparentait à un désespoir contenu. Nina courut pour le rattraper et le tira par le bras ; l'Italien se retourna, à contrecœur, et ils commencèrent à se disputer à voix basse. Je regardai à nouveau vers le chemin qui conduisait à la forêt. L'après-midi s'était tellement assombri qu'on aurait cru la nuit tombée ; sur les eaux du lac, tièdes et troublées à présent, il tombait des gouttes de pluie grosses comme des noix qui formaient des cercles concentriques. Elsa s'agenouilla et essaya de parler à Stella, toujours prostrée aux côtés de Roger ; l'Australien restait silencieux, les yeux ouverts, vitreux, la chevelure blonde de sa femme éparse sur sa poitrine, fixant un ciel menaçant qui semblait prêt à s'abattre sur la terre. La jambe prise dans le piège était immobile et reposait sur l'herbe, mais l'autre, repliée, n'arrêtait pas de trembler. Je songeai, sans savoir pourquoi, à Olivia. Je me demandai ce qu'elle était devenue et si, par hasard, elle n'était pas en train de nous observer depuis quelque endroit secret, dans ce monde-ci ou dans n'importe quel autre. Peut-être se moquait-elle bien de nous, derrière un nuage.

Nina serra Vincenzo dans ses bras et appuya son visage sur son épaule. Elle aussi pleurait. Elle lui chuchota quelque chose à l'oreille et Vincenzo dit à voix haute :

"Non."

Il s'éloigna de Nina – en réalité, il dut la pousser pour qu'elle s'écarte – et, en passant devant moi, en me regardant avec un mélange de défi et de mépris, il cracha sur la pelouse.

"Alea jacta est", dit-il.

Sans se retourner, il commença à courir dans la direction opposée à celle du lac, vers l'ouest, vers la lisière du bois la plus proche ; le sac sautait dans son dos. Nina s'assit par terre, posa ses coudes sur ses genoux et enfouit son visage entre ses mains. Moi aussi, je m'assis sur l'herbe, épuisé, incapable de me tenir encore sur mes jambes. A ce moment précis, la pluie cessa et, pour la première fois depuis des heures, le monde plongea dans un silence qu'interrompaient seulement les paroles qu'Elsa murmurait à l'oreille de Stella. Je regardai le ciel : il n'était qu'obscurité et chaos. Une ultime goutte, énorme, en retard, vint se désintégrer dans le monde en se désintégrant sur mon visage. Le temps était venu.

XXVII

Nous étions finalement trois. Nous emportâmes ce que nous pûmes trouver dans le garage – une torche, une gourde d'eau – et nous filâmes dans le bois. Nous avancions lentement, comme tous ceux qui ne connaissent rien de la nature et tentent de l'apprivoiser sans savoir comment s'y prendre, craignant l'obscurité provoquée par la cime des arbres, guettant les bruits les plus secrets de la forêt, avec ses créatures bien à elle, cachées au milieu des branchages, derrière une pierre, dans le sol marécageux de Sabaudia. Nous n'avions plus de temps, ni pour la culpabilité ni pour les remords ; l'ombre de Bosco était là à chacun de nos pas, tandis que la peur se répandait sur nos corps sous la forme d'une sueur épaisse, causée par la chaleur que la tempête avait laissée derrière elle.

Je marchais en tête, me servant de ma canne pour tâter le sol couvert de feuilles, de terre et de racines, afin d'éviter d'autres pièges que Bosco avait pu disséminer à travers la forêt ; les pas d'Elsa et Nina crépitaient derrière moi tandis que nous avancions sur le terrain accidenté, zigzaguant à travers les troncs robustes des pins et des cyprès, aux racines entrelacées dans le sol telles des veines chargées d'une sève maudite. Nous avions décidé de marcher vers l'est, dans la direction opposée à celle qu'avait choisie Vincenzo, et Elsa avait été la seule à regarder en arrière sur le chemin qui allait de la maison jusqu'à l'endroit où s'achevait la clairière de Metzger et où commençait le bois, avec le lac à notre droite dans une étrange quiétude, piqué de quelques gouttes éparses dont les nuages ne s'étaient pas encore débarrassés, une quiétude qui ressemblait à un temps de pause. Elsa regarda plusieurs fois par-dessus son épaule, pleurant pour les deux silhouettes restées sur la pelouse – Roger, qui allait mourir, et Stella qui avait choisi de rester avec lui. Elsa, peut-être la seule à m'avoir déclaré innocent, probablement la seule à ne pas m'avoir accusé face à Bosco – à ne pas avoir fait de moi l'agneau de Dieu –, était aussi la seule à avoir encore la capacité d'aimer, la seule pour qui le destin d'autrui continuait d'être aussi précieux que le sien, voire plus précieux encore, car elle était la seule pour qui, en vérité, l'importance de la vie ne suffisait pas à justifier qu'on fasse passer son salut avant tout le reste.

La nuit était proche. La lumière ténue que la cime des arbres laissait passer commençait à faiblir et allait bientôt cesser d'éclairer le chemin. Nous avancions à l'aveuglette, si lentement que c'en était accablant, avec l'espoir désespéré qu'en allant toujours tout droit nous finirions par atteindre la route.

Nina restait silencieuse mais il n'était pas difficile de deviner ce que Vincenzo et elle s'étaient dit. C'est lui que Bosco poursuivrait en premier ; je le savais, il le savait, Nina le savait ; c'est pourquoi il était parti seul dans une fuite effrénée et lui avait probablement interdit de l'accompagner. A première vue, un geste généreux – s'éloigner de nous en servant de leurre – mais, en réalité, c'était la possibilité inverse qui l'avait fait s'enfuir à travers bois : la possibilité d'arriver jusqu'à la route sans être pénalisé par notre lenteur, qui nous épuisait peu à peu.

Au bout de deux heures de marche, nous décidâmes de faire une halte ; nous étions profondément enfoncés dans le bois. Elsa et moi nous assîmes sur un énorme rocher, épuisés ; elle avait déboutonné son chemisier et la sueur coulait sur son corps pâle. De sa main gauche, elle tenait la torche.

"Il faut qu'on oublie les pièges, dit Nina, hors d'haleine. Il faut qu'on avance, sinon la nuit va tomber et on sera foutus.

— On a ça, dit Elsa en montrant la lampe.

— A quoi ça nous avance ? demanda Nina. Quand il fera noir, on va perdre nos repères et on va tourner en rond. Avec ou sans torche.

— Il est probable qu'on soit déjà en train de tourner en rond, corrigea Elsa. Dans un bois, tout se ressemble, il n'y a pas de vrais sentiers ; qu'il fasse jour ou nuit, ça ne change rien."

Elsa me regarda. Même en oubliant les pièges, je n'arriverais jamais à les suivre si elles décidaient de presser le pas – depuis un certain temps déjà, je ne sentais plus ma jambe. Nina leva le regard vers la cime des arbres au-dessus de nos têtes.

"Quand la nuit sera là, ce sera terminé, insista-t-elle. Je suis désolée.

— Il est inutile de se mettre à courir maintenant, dit Elsa. Le jour va tomber d'un instant à l'autre."

Nina s'inclina vers l'avant et posa ses mains sur ses genoux. Ses cheveux roux lui tombèrent sur le visage ; la sueur coulait dans son dos.

"A cette vitesse, on est des proies faciles.

— Je n'abandonnerai plus personne", lança Elsa sur un ton ferme.

Nina releva la tête et la regarda ; il y avait du désespoir sur son visage.

"Alors on est tous morts", dit Nina.

Elsa haussa les épaules.

"Morts, on l'était déjà avant", ajouta-t-elle.

Nina but de l'eau de la gourde et la fit passer ; en trois longues gorgées, le niveau baissa de moitié. Nous nous remîmes en marche. Conformément à une sorte d'accord tacite, je cessai de tâter le sol à la recherche de pièges. Nina passa devant et Elsa et moi marchâmes ensemble, tous trois plongés dans un silence grave ; le fantôme de Vincenzo planait entre nous. Peut-être était-il déjà mort, mais qui eût pu le dire ?

Lorsque la nuit tomba, Elsa alluma la torche et marcha en tête. La lumière formait un triangle faiblard qui ne pouvait pas grand-chose contre la violence de l'obscurité. Les troncs des arbres semblaient chuchoter à notre passage ; les feuilles qui craquaient sous nos pieds le faisaient avec un bruit redoublé, comme si elles avaient voulu appeler le bourreau de la forêt. Quelque part dans le noir, des chouettes hululaient et des oiseaux, vassaux du démon, agitaient leurs ailes ; il était impossible de dire dans quelle direction nous avancions, ni même si nous avancions ; peut-être la forêt avançait-elle pour nous, créant l'illusion dans nos esprits fatigués que nous nous dirigions quelque part.

A un moment, Elsa recula d'un pas et agita la torche devant elle.

"Qui est là ?" demanda-t-elle, apeurée.

Nous nous regroupâmes tous les trois, tremblants de peur, tels des enfants projetés dans un cauchemar. Devant nous, quelque chose soufflait dans les arbustes ; la lumière de la torche étirait les ombres à l'infini. Nous restâmes silencieux, la respiration lourde, le cœur affolé, comme si nous étions un seul et même organisme. Comme rien ne bougea, nous recommençâmes à avancer dans l'obscurité. La peur nous saisit à plusieurs reprises : quelque chose passait à toute vitesse dans la lumière de la torche et allait se cacher dans les arbustes ou derrière un tronc d'arbre ; Elsa s'arrêtait un instant et agitait la lampe pour poursuivre les ombres ; nous tremblions de frayeur tous les trois et attendions comme si nous étions poursuivis et cernés par une créature qui parvenait à ne pas se montrer. Ensuite, les battements de nos cœurs ralentissaient et nous reprenions notre marche.

Il y avait cinq, peut-être six heures que nous avions quitté la maison ; le bois semblait ne jamais devoir finir ; la nuit avançait. Quand nous fîmes une nouvelle pause pour reprendre notre souffle, Elsa posa la lampe, nous nous assîmes autour et bûmes ce qui restait d'eau. Je pensai qu'au vu de la vitesse à laquelle il nous était possible d'avancer, nous devions avoir parcouru trois ou quatre kilomètres, peut-être un peu plus ; mais même aussi lentement, nous aurions dû arriver à la route si nous avions marché en ligne droite. Je gardai cette pensée pour moi. Il était inutile de la partager : continuer à marcher nous donnait au moins l'impression d'avoir un but – la dernière chose qui nous restait. Après quelques minutes de repos, nous reprîmes la marche.

Nous contournions les arbres, foulions la terre encore mouillée à la suite de l'orage, en suivant la tache lumineuse qui commençait à perdre un peu de son intensité, quand nous entendîmes un bruit d'eau. Je stoppai un instant, la paume calleuse de ma main contre le pommeau de la canne, qui semblait désormais être le prolongement de mon bras épuisé. Elsa et Nina s'arrêtèrent et la lumière de la torche, subitement pointée vers mon visage, m'aveugla.

"Excuse-moi", murmura Elsa.

Elle baissa la lampe qui éclaira brièvement nos chaussures en piteux état. Nous tendîmes l'oreille ; on entendait toujours le bruit de l'eau.

"Ça vient de par là", chuchotai-je.

Elsa éclaira dans la direction que j'indiquais.

"Attendez, dit Nina en nous retenant par les bras. Et si c'était Bosco ?

— Et si ce n'était pas lui ? répliqua Elsa. On marche depuis des heures, il faut qu'on s'arrête. C'est de l'eau, t'entends pas ? De l'eau."

Nous décidâmes de nous diriger vers la source du bruit. Elsa ouvrait la voie entre les arbres en braquant la torche au ras du sol ; lorsque le bruit de l'eau se fit plus proche, elle l'éteignit. Nous nous accroupîmes derrière un arbre et laissâmes nos yeux s'habituer à l'obscurité. Peu après, le contour des choses se dévoila dans la lueur bleutée de la lune. Il y avait une petite trouée dans le bois et, en son centre, brillait l'eau d'un ruisseau qui courait entre les pierres. C'était un bruit agréable, presque apaisant. Ensuite, Nina désigna une tache à côté du cours d'eau.

"Regardez."

Peu à peu, la tache révéla sa forme inattendue : c'était quelque chose de compact, de la taille d'un gros rocher, mais aux lignes trop nettes pour en être un. Elsa ralluma la torche et la pointa vers l'ombre : c'était une voiture, immobilisée près du ruisseau. Ses pneus étaient à plat. La lumière se déplaça sur la portière du conducteur à la peinture endommagée, puis, plus près de nous, sur la partie avant du véhicule, enfoncée lors d'une collision récente. C'était la voiture de Don Metzger.

Nous sortîmes de notre cachette et commençâmes à nous approcher de la voiture. Soudain, la portière du conducteur s'ouvrit. Elsa poussa un cri et, reculant d'un pas, buta contre Nina qui m'agrippa par le bras à la recherche d'un appui pour finalement m'entraîner dans sa chute sur le sol boueux. Je tombai à la renverse et laissai échapper ma canne. Durant un bref instant, je fus gagné par une incroyable sensation de quiétude – en regardant, à travers une brèche entre les nuages, la plus grande des étoiles qui régnait, solitaire, sur Sabaudia –, mais la peur m'obligea bientôt à me redresser, et bien plus promptement que ce dont je me pensais capable. Je tendis le bras, mis la main devant mon visage et reculai de plusieurs pas. J'entendis les voix de Nina et d'Elsa, ainsi que celle d'un homme – quelqu'un à l'intérieur de la voiture, alors que la portière grinçait toujours sur ses charnières – mais il n'y avait aucune lumière. Elsa avait probablement lâché la torche et celle-ci devait maintenant être égarée par terre. Je me figeai en attendant que cesse, pendant que mon cœur battait à un rythme effréné, le bruit de pas venus de tous côtés en même temps que des ombres s'agitaient et cherchaient à se retrouver dans le noir comme dans une partie de colin-maillard. J'attendis aussi la mort : le moment semblait en effet tout indiqué.

Tout à coup, la torche se ralluma et éclaira Vincenzo – ou ce qu'il en restait.

Il était assis à la place du conducteur. Il était torse nu et son visage était tellement tuméfié qu'il eût été impossible de le reconnaître sans ses cheveux en épis et ses omoplates saillantes. Nina et Elsa se trouvaient devant moi et le regardaient ; Elsa tenait la torche d'une main tremblante, qui faisait vaciller la lumière. Je m'approchai et remarquai sur son torse d'innombrables éraflures, des balafres sombres qui le barraient en tous sens. Vincenzo leva la main droite jusqu'à l'une d'elles, se passa un doigt sur la blessure et le lécha.

"Le sang dans la voiture n'est pas uniquement le mien, dit-il dans un filet de voix. Il y en a aussi un peu de McGill."

Il éclata de rire, très affaibli, et se mit à tousser. Son visage se transforma alors en un masque hideux : il lui manquait une dent et il avait le nez cassé. Nous le sortîmes de la voiture, l'assîmes par terre et nous agenouillâmes à côté de lui. Nina lui prit la main et sanglota.

"Qu'est-ce qu'il t'a fait ?

— Il m'est tombé dessus en dix minutes, dit Vincenzo. Et il va revenir."

Il tourna la tête et lança à terre un crachat vert foncé. Il nous parla à voix basse, par bribes, en s'interrompant pour cracher le sang qui s'accumulait dans sa gorge.

"Dès que j'ai mis les pieds dans le bois, je l'ai senti. Je l'ai vraiment senti, comme on sent la piqûre d'un insecte. J'ai eu beau courir aussi vite que j'ai pu, j'ai eu beau essayer de m'enfuir…" Il rit de nouveau. "Il n'avait qu'à tendre le bras. On aurait dit qu'il était partout. On aurait dit qu'il était non pas derrière moi, mais au-dessus de moi. Comme s'il était Dieu, bon sang. Ou une de ces machines avec un crochet qui attrapent les poupées dans les foires. Tu vois de quoi je veux parler ?"

Il me regarda ; Nina et Elsa l'imitèrent. Nous transpirions tous deux, mais lui, c'était du sang qu'il suait. Je baissai les yeux, incapable de lui tenir tête après sa provocation. Mais, en réalité, ce n'était pas une provocation ni même une façon de me déclarer coupable. Quand j'affrontai à nouveau son regard, je compris qu'il n'exprimait plus ni mépris ni rage. Ce n'étaient plus que de tristes adieux.

"Oui, répondis-je. Je vois de quoi tu parles.

— Il a surgi de nulle part et m'a attrapé comme le crochet d'une de ces machines. Et hop." Il rit à nouveau. Nina lui caressait la main pendant qu'il parlait. "D'un instant à l'autre, je me suis senti en train de voler, arraché de terre comme une mauvaise herbe. C'est quand il m'a cassé le nez. Je crois. Peut-être que c'est à ce moment-là. Je ne me rappelle pas bien. Ce que je sais, c'est que j'ai senti une douleur terrible au visage et après tout est devenu tout noir."

La lumière de la torche tremblotait. Elsa s'approcha de moi et nous restâmes épaule contre épaule autour de Vincenzo.

"Quand j'ai repris connaissance, j'étais pendu à un arbre, la tête en bas. Sous moi, par terre, il y avait une flaque de sang." Il toussa, agitant son corps taillladé, puis cracha une nouvelle fois. "J'ai vu la montgolfière dans laquelle Bosco va partir. Elle est étendue au centre de la clairière en face de la cabane. C'est un ballon bicolore et il ne lui reste plus qu'à le gonfler. Quand il m'aura tué, il grimpera dedans et s'en ira.

— Qu'est-ce qui s'est passé ensuite ?"

Vincenzo resta silencieux pendant un moment, tandis que nous parvenait le bruit paisible du ruisseau. Puis il ferma les yeux un instant, respira profondément et poursuivit :

"J'ai perdu et repris connaissance plusieurs fois. Ou alors c'étaient des cauchemars, je ne sais pas. Mais je me souviens d'avoir vu des choses terribles.

J'ai vu Olivia. A moins que ce ne soit seulement dans mon imagination. Elle portait un pyjama, ce pyjama blanc, et était penchée vers le sol. Elle tenait une pelle et creusait, comme si elle cherchait quelque chose. Ou alors elle creusait seulement un trou, je ne sais pas. Je voyais tout à l'envers et je ne sentais plus mon corps. Je pense que je l'ai appelée, mais peut-être si faiblement qu'il est possible qu'aucun mot ne soit finalement sorti de ma bouche. Je me suis évanoui une nouvelle fois. Quand j'ai rouvert les yeux, la nuit tombait et j'ai vu Bosco près des corps. C'était Roger et Stella. Stella avait les yeux ouverts. Ouverts, je vous jure. Mais elle était morte. Après, Bosco et Olivia ont fait rouler les corps dans la fosse et lui a commencé à les recouvrir de terre avec la pelle..." Vincenzo se remit à tousser. Nina lui passa affectueusement la main sur le front et dans les cheveux ; il lui était de plus en plus difficile de parler, mais il reprit : "... j'ai à nouveau perdu connaissance. Lorsque la nuit est tombée, je me suis finalement réveillé, mais je voyais trouble. Il est sorti de sa cabane avec une cravache. Il m'a cravaché tant et plus, sans s'arrêter. Ensuite, comme je ne hurlais pas et comme je ne le suppliais pas, puisque j'étais incapable de hurler comme de le supplier, ce fils de pute m'a détaché de l'arbre et m'a jeté à terre." Il éclata de rire encore une fois, d'un rire tragique, lourd de tristesse. "Je n'arrivais quasiment pas à bouger, mais lui m'a traîné par les cheveux à travers la clairière. Il n'a rien fait de moi, il m'a simplement traîné par les cheveux, comme une serpillière. Il s'est servi de moi pour passer la serpillière par terre. Et moi j'arrivais seulement à penser aux deux autres qu'il avait enterrés. Je me suis dit : je suis une serpillière qui nettoie le sol qui vient tout juste d'être souillé par les morts, et ça m'a donné envie de rire.

Après, il m'a frappé la tête contre les bouteilles de gaz, ça faisait un son creux, glong, glong. Au second coup à la tête, j'ai senti quelque chose se casser là-dedans. Ensuite, il m'a lâché ici, dans la boue. Il m'a donné deux ou trois coups de pied et il m'a laissé. Il a sans doute entendu quelque chose, ou le bois l'a appelé, ou je ne sais quoi que les tarés entendent, parce qu'il s'est désintéressé de mon sort." Nina faisait courir ses doigts dans les cheveux mouillés de Vincenzo, en douceur, comme une caresse légère ; Vincenzo respira profondément, les yeux endoloris, sans une lueur d'espoir, à demi cachés derrière les tuméfactions du visage. "Il a pris son fusil et il est parti. Comme si la conversation avait mal tourné et qu'il était fâché. Ce type est un sadique. Un fou et un sadique. Il a voulu que je m'enfuie pour pouvoir jouer avec moi. Il sait que je ne peux pas aller bien loin. Il viendra me chercher et m'emmènera de nouveau à la clairière. Quand il ne restera déjà plus rien de ce que je suis, il m'achèvera. Puis il montera dans son ballon et s'envolera."

Vincenzo secoua la tête et se remit à rire, d'un rire édenté et sinistre. La lumière de la torche d'Elsa était de plus en plus ténue et nos visages étaient à présent ceux de spectres jaunâtres autour d'un feu ancestral.

"Quand t'es-tu enfui ? lui demanda Nina.

— Quand j'ai réussi à bouger. Il n'est pas revenu entre-temps. J'arrivais tout juste à respirer, mais j'ai rampé pour quitter la clairière et rentrer dans le bois, jusqu'à ce que je parvienne à tenir debout. Je ne savais pas où j'allais, mais ça m'était égal. S'il était revenu, je n'aurais pas survécu à une autre raclée. J'ai erré au hasard, comme une âme en peine."

Vincenzo se passa le revers de la main sur ses lèvres ensanglantées et sèches.

"Depuis combien de temps es-tu arrivé ici ? demandai-je, en scrutant l'obscurité autour de nous.

— Je ne sais pas. Pas longtemps." Il porta la main à sa poitrine et son visage grimaça de douleur, comme s'il manquait d'oxygène. "Peut-être plus que ce que je crois, en réalité. Je pourrais pas dire."

Elsa me regarda.

"A quoi penses-tu ?

— On a tourné en rond depuis qu'on est partis. Il ne peut pas être allé bien loin dans un tel état. Et si on est près de la clairière de Bosco, ça veut dire qu'on est allés vers le sud au lieu de continuer vers l'est. On se trouve toujours au milieu de la forêt.

— Elle ne va plus tenir très longtemps, dit Elsa en agitant la lanterne.

— Il faut qu'on parte, alors", dit Nina, en regardant Vincenzo.

Lui aussi semblait prêt à s'éteindre.

"Vers où ? demanda Elsa.

— Je ne sais pas. Mais il faut le sortir d'ici", répondit Nina. Vincenzo recommença à tousser et cracha un nouveau jet de sang. "Vous n'avez pas entendu ce qu'il a dit ? L'autre va revenir et, quand il le trouvera, il le tuera. Il faut qu'on le sorte du bois."

Vincenzo saisit le poignet de Nina d'un mouvement brusque.

"Ne sois pas idiote, dit-il, à bout de souffle. C'est juste moi qu'il veut, il s'en fiche de vous. Il me veut moi et il veut me faire crever à petit feu. Fichez le camp. Vous avez le temps. Rebroussez chemin et vous finirez bien par arriver à la route. Sinon, cachez-vous quelque part et attendez l'aube."

J'échangeai un regard inquiet avec Nina ; nous hésitâmes un instant.

"Nina a raison, dis-je. On s'enfuira ensemble.

— Mais comment ? voulut savoir Elsa, recroque-
villée, apeurée par l'obscurité. Comment ? Par où
est-ce qu'on va partir ?"

C'est alors que la fin de notre histoire m'apparut
comme une évidence.

"On va partir par le haut", répondis-je.

XXVIII

Nina et Elsa aidèrent Vincenzo à marcher, en glis-
sant ses bras sur leurs épaules, pendant que j'ouvrais la voie à travers le bois. Même la canne dans
une main et la torche dans l'autre, je parvenais à
être plus rapide qu'eux ; même si la lumière ne
fonctionnait plus désormais que par intermittence,
prête à flancher. L'Italien resta déboussolé une minute lorsque nous le relevâmes, puis, se rappelant
comment il était arrivé là, indiqua une direction,
dans laquelle nous nous engageâmes. C'était un
plan absurde, mais c'était le seul qui nous restait ;
avec Vincenzo dans cet état, jamais nous n'attein-
drions la route. D'un autre côté, voler la montgolfière de Bosco était d'une audace digne d'un groupe
de candidats au suicide – même si, à dire vrai, nous
avions déjà fait décoller un ballon une fois, lors
des sordides funérailles de Metzger –, mais la folie
démesurée de cette entreprise jouerait peut-être
en notre faveur. Finalement, la dernière chose à
laquelle s'attend une bête sauvage, c'est qu'on
vienne se fourrer dans sa tanière. Peut-être n'étions-
nous pas très loin de la cabane de Bosco ; peut-
être ne s'était-il pas écoulé beaucoup de temps
depuis la fuite de Vincenzo ; peut-être Bosco n'était-
il pas encore revenu ; peut-être Olivia n'avait-elle
été qu'un cauchemar ou une hallucination ; peut-
être avions-nous le temps de gonfler le ballon et

de nous échapper ; peut-être, pour une fois, saurions-nous, en la défiant, échapper à la mort.

La torche s'éteignit quelques minutes plus tard, mais à ce moment-là nous entendions déjà distinctement le bruit du générateur. Les feuilles craquaient sous nos pieds et, tous les dix pas, Nina et Elsa devaient s'arrêter pour repositionner correctement les bras de Vincenzo sur leurs épaules. L'Italien avait épuisé ses forces en faisant son récit et, à présent, sa tête tombait sur sa poitrine, éclairée par la lune que les nuages avaient partiellement dévoilée. Nous devinions notre chemin à travers l'obscurité en nous fiant au ronronnement continu qui provenait de la clairière.

Ensuite, nous vîmes les lumières projetées au-dessus des arbres comme si une gigantesque luciole était en train de naître. Cette belle lueur irradiait à travers l'épaisseur de la forêt. Nous avançâmes, aussi silencieusement que possible, et parvînmes en bordure de la clairière. A travers les arbres, nous arrivions à voir la cabane de Bosco, les projecteurs fixés à une branche et, au centre, la toile du ballon attachée par des sangles à la nacelle couchée à terre. Nous attendîmes une minute, tapis derrière un arbuste ; nos cœurs battaient la chamade – je pouvais presque entendre ceux de Nina et d'Elsa derrière moi – tandis que Vincenzo, qui semblait suspendu entre veille et torpeur, était prostré dans les bras des deux femmes. Vu qu'il n'y avait personne dans la clairière, je résolus de m'y aventurer et, saisissant fermement ma canne, me relevai. Elsa me retint par le bras.

"Fais attention à toi", murmura-t-elle.

Je claudiquai jusqu'au centre du terrain vague. La lumière des projecteurs illuminait des milliers de petits moustiques qui s'agitaient comme des atomes affamés. Il faisait encore nuit noire, mais avec un éclairage artificiel d'une telle intensité, le jour de l'apocalypse semblait venu, enveloppé d'une excessive blancheur. Il régnait en ces lieux une étrange quiétude, que ne brisait que le bourdonnement fantasmagorique du générateur.

Je regardai dans toutes les directions : je vis Elsa, Nina et Vincenzo en train d'observer depuis l'arbuste ; je vis la corde attachée à l'arbre qui avait servi pour le calvaire de l'Italien ; je vis les ombres de chaque chose projetées aux quatre vents ; mais je ne vis pas Bosco. J'attendis un instant, puis donnai le signal : Nina et Elsa sortirent du bois en traînant Vincenzo. Je désignai la nacelle couchée au sol et mis l'index sur la bouche, pour demander le silence.

La porte de la cabane était ouverte. La lumière s'immisçait à travers les planches et ses faisceaux révélaient un épais nuage de poussière. Dans la pénombre, je cherchai le ventilateur ; il se trouvait au même endroit que la dernière fois que je l'avais vu, près de l'enclume. Subitement, un grand bruit métallique : je me retournai et me figeai, apeuré. Dans la cage, un oiseau se mit à piailler et à voleter dans tous les sens, en butant contre l'armature en fer ; la cage recommença à sonnailler ; les deux oiseaux morts gisaient toujours dans le fond. Ensuite, en prenant appui sur ma canne, je traînai le ventilateur hors de la cabane. Nina accourut pour m'aider ; Vincenzo était couché sur l'herbe, à demi inconscient, à côté de la nacelle en osier. Nous approchâmes rapidement le ventilateur et imitâmes les gestes qu'Alipio avait accomplis le matin des funérailles de Don Metzger : Elsa et Nina tinrent à bout de bras la partie supérieure de la toile afin que l'air puisse s'y engouffrer et je mis l'appareil en marche à la puissance maximale. Les hélices se mirent à tourner à toute vitesse. Ensuite, en boitillant, je gagnai le dépôt des petites bouteilles de propane, j'en choisis une qui me sembla pleine et revins près du ballon, en la traînant au sol. Je regardai la toile qui commençait à gonfler. Ça ne devait pas nous prendre plus d'une dizaine de minutes ; c'était le temps qu'avait mis Alipio pour gonfler la montgolfière de Metzger.

Le vrombissement du ventilateur s'était joint à celui du générateur et la nuit s'emplit ainsi d'un bruit monotone, continu. Il ne restait plus qu'à attendre ; un gigantesque essaim de moustiques planait au-dessus de nous. Les vêtements d'Elsa et de Nina étaient agités par l'air froid propulsé par le ventilateur qui commençait à gonfler l'enveloppe du ballon. On dirait deux anges dans une bourrasque, pensai-je alors, les bras étendus au maximum, sur la pointe des pieds, la toile bleue et rouge dansant derrière elles comme une vague colorée. Vincenzo se tenait à présent en position fœtale, les yeux clos, les traces laissées par la cravache et les hématomes sur son corps plus visibles sous la lumière vive, le visage couvert de sang. Mon cœur galopait et, tout en fixant le tuyau d'alimentation du brûleur à la bouteille de gaz, je regardai une fois vers la lisière du bois et imaginai Bosco en train de surgir d'entre les arbres, monté sur un cheval noir, se précipitant dans notre direction une massue à la main, prêt à réduire à néant ce qui restait de notre dernière tentative. L'enveloppe de tissu ne cessait de grandir et forma bientôt un demi-cercle dans la clairière, tendant les cordes qui la retenaient au panier. Tout à coup, il y avait de l'espoir dans les yeux de Nina et d'Elsa ; il y avait de l'espoir dans les miens ; la toile du ballon formait à présent une caverne colorée emplie d'air froid.

C'est alors que la forêt se mit à crier. Un cri distant au départ, couvert par le bruit du ventilateur, comme un esprit emprisonné au fond d'une armoire, puis de plus en plus proche, de plus en plus strident, comme si cet esprit sortait de l'obscurité, vorace, pour venir exhiber sa grande bouche carnivore prête à nous dévorer. Pris de panique, nous tournâmes la tête simultanément pour chercher l'origine d'un tel cri ; Nina et Elsa lâchèrent la base de l'enveloppe gonflée et je restai paralysé, accroupi près du brûleur.

C'était Olivia.

Elle marchait lentement vers nous, en pyjama blanc et pieds nus, sa silhouette filiforme se découpant sur la cabane, que l'ampoule défaillante plongeait par intermittence dans la pénombre. Elle marchait vers nous la bouche ouverte, les bras raides le long du corps, les poings rageusement serrés, les cheveux ébouriffés par le vent, et elle criait à pleins poumons, même si elle ne disait rien par ce cri – c'était seulement un hurlement, un hurlement aigu et indescriptible, un vortex sorti du fond de sa gorge qui semblait emporter avec lui tous les bruits alentour. Olivia – qui était un fantôme, rien d'autre qu'un fantôme – finit par se taire, puis fléchit légèrement les genoux et, comme si elle se préparait à sauter dans l'eau, emplit d'air ses poumons avant de se remettre à crier avec une force redoublée. Elle criait, le visage déformé par l'effort, pour attirer l'attention ; elle criait, je le compris alors, pour que Bosco la rejoigne.

Mais ce second cri ne dura pas longtemps. Nina saisit la torche que j'avais abandonnée par terre près de Vincenzo et, après avoir couru jusqu'à Olivia, la frappa à la figure d'un coup brutal. Le bruit du choc fut sec et bref : le sang gicla de son visage, mais Olivia ne s'affala pas immédiatement. Elle tituba, étourdie, le liquide rouge dégoulinant sur son pyjama, en agitant les bras avec des mouvements sinueux à la recherche d'un appui invisible. Mais avant qu'elle ait pu se ressaisir, Nina l'atteignit une seconde fois. Un autre bruit se fit entendre, cette fois quelque chose s'était brisé ; Olivia s'écroula et Nina, avec un mépris de la vie qui ne pouvait se manifester qu'à un moment pareil, se pencha sur le fantôme et se remit à frapper avec la torche une fois, deux fois, trois fois.

"Nina !"

Elsa la tira par les épaules et toutes deux tombèrent à la renverse. Le visage d'Olivia, tourné de côté, était un chaos d'hématomes violacés et de sang. Elsa retint fermement Nina pendant un moment, jusqu'à ce que la main de celle-ci laisse glisser la torche, qui dégringola à terre. Nina tourna les yeux vers Elsa, puis vers moi ; la fureur avait disparu de son regard.

"Allons-y", dit Elsa, en essayant de la relever en la tirant par le bras ; Nina résista un instant, puis finit par se laisser faire. "Allons-y", répéta Elsa.

Le ventilateur fonctionnait toujours, agitait la toile du ballon, dont les filins étaient de plus en plus tendus. Je lâchai la canne et m'agenouillai pour ramper à l'intérieur de la nacelle couchée. J'ouvris la vanne du propane et allumai le brûleur en libérant la manette. La flamme se projeta droit devant : c'était un nuage bleuté au centre duquel une rafale jaune brûlait l'air froid qui avait gonflé l'enveloppe. Nous avions peu de temps devant nous. Je mis la canne dans la nacelle pendant que Nina et Elsa, chacune de son côté, tentaient de tendre la base de la toile pour que l'air chaud entre le plus vite possible. A genoux dans la nacelle, je jetai un regard vers le bois, puis vers la cabane et enfin vers le corps immobile – ou sans vie, qui sait – d'Olivia. J'essayai d'éloigner de mon esprit l'image de Bosco. Nous étions tout près du but.

Soudain, l'enveloppe gonflée fut violemment secouée et commença à monter en position verticale. Elsa et Nina, sur la pointe des pieds, tenaient toujours la jupe de la montgolfière mais la toile leur glissa des mains et la larme inversée se dressa en l'air. Je dégringolai à l'intérieur de la gondole et manquai de passer par-dessus bord. Nous allions bientôt nous envoler.

"Vincenzo", montrai-je.

Elsa et Nina saisirent Vincenzo par les bras, le hissèrent sur leurs épaules, puis, avec la hâte que la situation imposait, lâchèrent son corps massacré dans la nacelle qui s'agitait dans tous les sens et commençait lentement à se soulever. Vincenzo sembla se réveiller, mais fut seulement capable de s'adosser contre un côté du panier, la tête posée sur le rebord, un bras ballant à l'extérieur. Le poids de son corps nous ramena d'abord à terre, mais la flamme continuait de brûler l'air et la nacelle redécolla. Ensuite, Nina et Elsa montèrent à bord comme elles purent et chacune s'accrocha à l'une des suspentes qui reliaient le panier à l'enveloppe. Je me tins au centre, cherchant à garder l'équilibre en me tenant fermement à la partie inférieure de la structure du brûleur. Enfin, nous étions tous les quatre dans le ballon, mais à seulement quelques centimètres du sol. Nous restâmes ainsi de longues secondes. Le brûleur fonctionnait à plein régime, l'enveloppe était remplie d'air chaud à en éclater, mais la montgolfière ne montait pas.

"Ce truc ne monte pas, dit Elsa, sur un ton désespéré. On est trop lourds."

Nina s'inclina à l'extérieur du panier.

"Non, c'est pas ça", dit-elle avant de sauter agilement à terre.

Elsa et moi nous penchâmes pour voir ce qui se passait. La nacelle était retenue par une grosse

corde attachée à une sorte de pieu métallique profondément enfoncé dans le sol et qui se terminait
par un anneau ; la corde était restée dissimulée par
la boue. Nina s'agenouilla près de l'anneau et commença à détacher la corde en agitant ses mains avec
une dextérité nerveuse.

"Vite, lança Elsa, angoissée. Vite !"

C'est à ce moment-là que je le vis surgir du bois
tel un centaure enragé. Elsa poussa un cri et recula
dans le fond de la gondole, tandis que la tempéra-
ture de mon corps chutait ; malgré la chaleur intense
que dégageait le brûleur, je me sentis soudainement
glacé, incapable de bouger. Le corps puissant de
Bosco galopait vers nous, la chemise déchirée, les
jambes grosses comme des troncs d'arbres, le fusil
en bandoulière, s'agitant comme la lance d'un guer-
rier antique. Il portait la mort dans son regard – ou
quelque chose de pire que la mort.

"Nina !" cria Elsa.

Nina parvint à libérer la corde et, avant de remonter dans le panier, se retourna une fois pour
regarder la silhouette terrorisante qui approchait
à toute allure. Bosco était à moins de dix mètres
lorsque le ballon se souleva. Bosco était à moins
de cinq mètres lorsque le ballon s'élevait à un mètre
cinquante au-dessus du sol. Puis Bosco bondit en
avant, le corps tendu, tel un boulet projeté par un
canon et, pour notre plus grande horreur – nous
reculâmes instinctivement dans la nacelle –, il parvint à attraper le bras que Vincenzo avait laissé
pendre à l'extérieur. La nacelle fut violemment
ébranlée et pencha du côté de Bosco. Nous dé-
gringolâmes tous les trois sur Vincenzo qui, incapable d'offrir la moindre résistance, était entraîné
par le poids du Catalan. Je pensai : on va basculer,
mais un ballon ne bascule pas : en réaction à la
secousse, la force de l'air chaud rétablit l'équilibre

de la fragile nacelle et nous projeta cette fois vers l'arrière. La gondole se balançait des deux côtés, ne sachant décider entre le poids de Bosco et la force de l'air qui explosait à l'intérieur de l'enveloppe. Avant que nous ayons pu reprendre pied, Vincenzo était déjà extirpé hors de la nacelle par la force du Catalan suspendu en l'air, les pieds à quelques centimètres du sol. Tandis que ses mains s'agrippaient fermement aux bras de l'Italien, son visage affichait une expression morbide de vengeance.

Puis tout alla très vite. Nous nous jetâmes tous les trois sur Vincenzo pour le secourir, mais c'est Nina qui fut la plus rapide. Encore aujourd'hui, je me demande si ce fut le fruit du hasard ou si, en vérité, cette issue avait été décidée à l'avance ; la réponse n'est jamais venue et ne viendra jamais. Peu importe : c'est Nina qui fut la plus rapide, c'est Nina qui attrapa, de ses bras mus par la force de l'amour, le pantalon de Vincenzo tandis que le corps de celui-ci disparaissait définitivement de l'intérieur du panier et c'est Nina qui, en une infime seconde, se vit entraînée par le poids des deux hommes et alla s'écrouler à terre avec eux, tandis que le ballon, soulagé, commençait à s'élever au cœur de la nuit, avec un ultime balancement de la nacelle. Alors Elsa et moi, accrochés l'un à l'autre, nous penchâmes par-dessus bord et vîmes les trois silhouettes gisant au sol. En quelques secondes, nous fûmes si haut que tout devint minuscule en bas. Nina essaya encore de lutter et nous la vîmes, au centre de la clairière, ses cheveux roux resplendissant sous la lumière électrique, se jeter sur le corps massif du Catalan, que nous ne reconnaissions plus à présent qu'à l'éclat de son crâne chauve et à ses larges épaules. Elle se plaça entre Bosco et Vincenzo et, avec des gestes agressifs, tenta de maintenir le Catalan à distance de l'Italien qui, prostré à terre, semblait avoir perdu connaissance. Nous continuâmes notre ascension et une larme coula des yeux d'Elsa au moment où, la clairière ressemblant à une ruche lumineuse au milieu d'un monde de goudron, nous vîmes Bosco pointer son fusil vers Nina, avant d'entendre le coup de feu qui nous parvint comme un écho lointain, le bruit mat d'un bouchon retiré d'une bouteille. Le corps de Nina s'affala. Elsa se cacha les yeux, se retourna et s'assit dans la nacelle. Moi aussi, je détournai le regard ; le second coup de feu retentit comme une illusion distante, estompée par le bruit du brûleur dont la flamme nous transportait loin de là, loin, loin, de plus en plus loin.

XXIX

Le ciel s'éclaircit et un vent amène nous transporta. Peu après notre départ de la forêt, le jour pointa à l'horizon, annoncé par une ligne de lumière tremblotante juste au-dessus de la mer. Quand il me sembla que nous étions suffisamment hauts, je coupai le brûleur et la flamme s'éteignit lentement. Je ne me demandais pas où nous allions atterrir : je m'en fichais. A mes pieds, Elsa sanglotait doucement. Dans les hauteurs, tout n'était que silence, tout n'était que mélancolie. Privé de la chaleur de la flamme, j'eus la respiration coupée par l'air froid du petit matin. Je jetai un œil vers le bas. Je vis le rectangle de la forêt se découper nettement sur les terres de Sabaudia. Je vis la clairière où la maison de Don Metzger, inhabitée désormais, resterait à jamais un repaire de fantômes. Je vis les maisons et les hameaux, les champs cultivés formant de petits carrés marron et verts, les lignes sombres des routes que nous avions parcourues en d'autres temps, le bleu turquoise de l'eau et le sable jaune des dunes du littoral. En esprit, je m'échappai vers d'autres contrées et c'est à compter de ce moment que je commençai à tout voir par l'autre bout de la lorgnette – comme si toutes les choses que je pensais perdues se retrouvaient projetées dans le vide d'un futur qui restait à écrire ; comme si ce futur n'était plus l'ombre de ma vie, mais un endroit inhabité dont je ne savais ni où il commençait ni où il se terminait ; comme si tout n'était pas maintenant et pour toujours destiné à l'échec et comme si la véritable chimère consistait précisément à se complaire dans la procrastination car futur et passé n'étaient pas des choses identiques ni même ressemblantes, mais bien plutôt les deux faces d'un miroir qu'on ne peut traverser qu'en voyageant à bord d'un ballon désorienté, à une vitesse impossible, pour fuir le cauchemar de ce qui est déjà advenu en mettant le cap sur l'inconnu de tout ce qui pourra advenir. Et c'est alors que je sus que j'atteindrai ce futur qui restait à écrire et que, dans ce futur, tout arriverait comme pour la première fois et que me seraient restituées toutes les choses que je pensais perdues, un futur dans lequel j'atterrirai à n'importe quel moment sans attendre de réponse, car je savais désormais qu'il n'y avait pas de réponse ou que la seule réponse consistait en une espérance secrète et apaisée.

Pendant que je me livrais à ces cogitations, Elsa se redressa et tira sur la corde qui ouvrit la soupape située au sommet de l'enveloppe. Je n'avais pas pensé à le faire, non seulement parce que j'ignorais que c'était à cela que servait cette corde, mais aussi parce que revenir à terre me semblait un geste inutile et inopportun. Elsa se rassit ; contrairement à moi, elle voyait dans le monde qui s'éveillait autour de nous un environnement inhospitalier. Il y avait peu de vent et, aussi naturellement qu'un oiseau, notre ballon de fugitifs descendit tranquillement du ciel. Il n'y avait rien pour le soutenir, mais rien non plus pour l'obliger à se poser, et nous fûmes entraînés le long d'une douce diagonale au-dessus des champs, des villages et des routes, survolâmes la ville de Sabaudia pour finalement nous poser dans un long champ couvert de marguerites sauvages, alors que le jour s'était déjà levé. Nous heurtâmes le sol à bonne vitesse ; je m'écroulai dans la nacelle et, dans ma chute, allai percuter Elsa. Le panier d'osier était couché sur le flanc. L'enveloppe du ballon se dégonfla et, telle une couverture qu'on étend sur un enfant endormi, nous recouvrit pendant que le soleil dardait ses premiers rayons qui, en traversant la toile bleue et rouge, nous inondaient de couleurs. Non sans effort, j'ôtai la toile qui nous avait ensevelis et rampai hors de la nacelle. Le champ vert envahi de fleurs jaunes s'étendait d'un côté ; de l'autre, un chemin de terre battue conduisait à une dune.

Elsa émergea de sous la toile et se coucha sur le dos au milieu des fleurs. Elle respirait lourdement et était aussi haletante qu'après une longue course. Ses yeux endoloris fixaient le ciel qui commençait à s'éveiller en déployant son immensité azurée. Toujours à genoux, je m'approchai d'elle et, avec douceur, posai mes lèvres sur les siennes. Elle ferma les yeux et parut sourire. Je connaissais bien cette bouche et c'était une bouche qui me connaissait, elle aussi : nous étions de vieux amis. Ensuite, je retirai mes chaussures et ôtai mes chaussettes humides de sueur. Lentement, je défis un à un les boutons de ma chemise crasseuse. Je pensai : ma canne est restée dans la nacelle. Mais je n'allai pas la récupérer. Je n'en avais plus besoin. Je me relevai et c'est alors que le jour s'épanouit, illuminant ce champ de fleurs estivales. J'avançai vers le chemin, en boitant, la partie de mon corps encore saine entraînant de son poids ma jambe malade. Lorsque je mis les pieds sur le chemin de terre, qui était encore mouillé après la nuit de tempête, la canne n'était déjà plus que le souvenir d'une autre vie. Je marchai, plein d'impatience, en direction de la dune. Je tombai à deux reprises avant d'atteindre la plage. La grève immense était déserte ; la mer était aussi bleue qu'une mer de rêve, sans la moindre écume ; une cigogne observait l'horizon du haut d'un rocher. Le sable fin s'immisçait entre mes doigts de pied. Je tournai la tête vers la gauche et aperçus, au loin, le profil de Circé découpé dans la roche par l'érosion. Ce pourrait être le visage de Don Metzger, pensai-je ; ce pourrait être le visage de n'importe lequel d'entre nous, un visage sculpté par l'érosion du hasard sur un promontoire tourné vers la Méditerranée, un promontoire dont le destin n'avait pas encore été décidé.

Rien n'est décidé, pensé-je. Je boite lentement vers la mer. Le sable tiède caresse mes pieds nus. Pas à pas, je finirai par atteindre le bord de l'eau et je plongerai pour laver mon corps de mes fautes. Je regarde le ciel où il n'y a pas un seul nuage en vue. On a sauté une saison, car l'été – le vrai et non pas ce vain mensonge – vient tout juste d'arriver.

Le ballon noir dans lequel Don Metzger était parti fut retrouvé sur l'île de Ponza, au pied d'une falaise, presque à la fin de l'été. Le corps, à l'intérieur de la nacelle, s'était putréfié et avait été partiellement déchiqueté par les mouettes. La police italienne considéra que la mort avait été causée par un "accident". Aucune autopsie ne fut pratiquée. L'article de La Repubblica évoquait la maison de vacances de Sabaudia, où la police mena ses investigations, en précisant qu'elle était vide, à l'exception du mobilier et de quelques effets personnels du producteur. L'article indiquait également que la maison se trouvait dans un état "d'exceptionnelle propreté".

Alipio et Susanna Rizzo furent interrogés et affirmèrent avoir passé l'été dans une maison de famille, en Lombardie, après avoir été informés par Don Metzger qu'il n'aurait pas besoin de leurs services.

Au cours des trois derniers mois, des nouvelles furent publiées çà et là au sujet des disparitions de John McGill, Roger et Stella Dormant et Vincenzo Gentile. En revanche, aucune nouvelle concernant celle d'Olivia Fontana ou de Nina Millhouse Pascal. Pour l'heure, aucune des disparitions signalées n'a donné lieu à un quelconque rapprochement avec la mort de Don Metzger. La police continue d'enquêter sur ces affaires séparément.

Nulle part dans les journaux il n'est fait référence à Andrés Bosco.

Je n'ai plus jamais vu Elsa Gorski. J'ai cependant la certitude qu'un de ces jours nos chemins se recroiseront.

OUVRAGE RÉALISÉ
PAR L'ATELIER GRAPHIQUE ACTES SUD
ACHEVÉ D'IMPRIMER
SUR ROTO-PAGE
EN AVRIL 2012
PAR L'IMPRIMERIE FLOCH
À MAYENNE
POUR LE COMPTE DES ÉDITIONS
ACTES SUD
LE MÉJAN
PLACE NINA-BERBEROVA
13200 ARLES

DÉPÔT LÉGAL
1re ÉDITION : MAI 2012
N° impr. : 82230
(Imprimé en France)